KB115127

도림천 연가

이요수 장편소설

도림천연가·상

타임라임

등장 인물

이성식 / 화자. 불어불문학과 82학번, 1964년 6월 생이다. 청주에서 고등학교를 졸업하고 서울대학교 어문계열에 입학한다.

정미현 / 불어불문학과 82학번. 외교관인 아버지를 따라 프랑스 파리에서 중학교 시절을 보냈다. 눈에 띄는 용모와 남다른 성장환경 탓에 알게 모르게 따돌림을 당하면서 점차 운동권 남학생들과 친해진다.

신영자 / 이성식의 어머니. 충청도의 한 도시에서 여자고등학교를 졸업하고 이민구와 결혼해서 2남 1녀를 두었다.

이민구 / 이성식의 아버지. 도청과 시청을 오가며 평생 공무원으로 살아왔다.

주철우 / 불어불문학과 82학번으로 성식이의 단짝이다. 마장동에서 정육점하는 아버지 아래서 일찍이 실질적인 경제활동에 눈을 떴다.

이해창 / 국어국문학과 82학번. 공대 81학번으로 입학했다가 적성에 맞지 않는다며 자퇴 후 어문계열에 재입학했다.

김선태 / 성식에게 데미안 같던 존재. 여수 선박 부호의 아들로 국어국문학과 80학번이다. 야학 등 사회참여에 적극적이며 후배들에게 인기 있다.

부경 / 물리학과 82학번. 부산 출신으로 성식의 기숙사 룸메이트였다. 록음악을 좋아해서 성식에게 퀸을 알려준다.

최영규 / 별명 영자 오빠. 기계공학과78학번으로 입학했다가 중퇴하고 사회학과 80학번으로 재입학했다.

박정수 / 항공공학과 79학번. 클래식기타 서클 선배로, 성식에게 스케일 기초부터 가르친다.

외숙모 / 1953년생. 명문 여자상업고등학교를 졸업 후 긴 직장생활 끝에 자력으로 혼수를 마련해 신영자의 남동생과 결혼한다.

김선영 / 불어불문학과 81학번. 대구 출신으로 성식에게 호감을 갖고 다정하게 대한다.

차미자 / 성식이 야학에서 알게 된 봉제기능공. 중학교를 졸업하자마자 집안 살림을 일으키기 위해 곧장 공장에 다니기 시작했다. 고졸 검정고시를 마치고 대학에 진학하는 것이 소망이다.

김승민 / 철우 고교 동창, 서울대학교 전자공학과 82학번.

차길태 / 철우 고교 동창, 서울대학교 경제학과 82학번.

이성준 / 이성식의 남동생.

이혜은 / 이성식의 여동생.

해양학과 85학번 / 야학 교사 동료. 원하던 학과에 진학했지만 전공 공부에서 길을 찾지 못한다.

수학교육학과 83학번 / 야학 교사 동료.

임승준 / 정부의 제적생 구제조치로 재입학한 83학번.

0. 1992

자정을 앞둔 금요일 밤, 남산 3호 터널 앞에 후미등 적색 불빛이 무수히 길게 늘어서 있다. 차창 밖으로 고개를 빼 본다. 한 차선만 빼고 모두 바리케이드로 막혔다.

음주운전단속이다. 나는 비로소 그날이 금요일인 걸 기억했다. 한 손을 뻗어 글러브 컴파트먼트를 뒤진다. 말라빠진 껌 몇 조각이 손에 잡힌다. 서둘러 서너 개를 한꺼번에 입안에 털어 넣고 씹기 시작한다. 문득 얼마 전 누군가 했던 말이 생각난다.

"술 냄새 안 나면 될 것 같지? 그래도 측정기로는 다 나온다고."

그렇게 타박 받은 후에도 알코올측정기가 어떻게 작동하는지 원리를 생각해본 적은 없다. 세상은 너무 미친 것같이 빨리 변했고, 무언가 새로 배울 시간은 없었으니까.

카투사에서 운전병으로 운전을 시작한 이후로 나는 웬만큼 취하지 않는 이상 내 혈중알코올이 내 운동신경을 마비시킬 거라고 생각해본 적이 없었다. 내 아버지나 내 삼촌들이 술 마셨다는 이유로 운전을 삼가는 모습을 본 적도, 안전벨트를 매고 운전하는 것도 보지 못했다.

나는 입사 3년 차로 접어든 일간지 기자다.

새벽 일찍 아직 완공도 되지 않은 신행주대교가 무너졌다. 규모가 컸을 뿐이지 대한민국 이곳 저곳에 흔히 있는 일이었다. 사진기자는 현장으로 달려가 사진을 찍었고, 나는 현장소장과 경찰에게 브리핑을 듣고 보도자료를 받았다. 신문제목은 정해져 있었다. 몇 단짜리 기사인가에 따라 제목에 글자 몇 개 만 가감하면 됐다.

부실관리가 부른 慘事(참사)
무리한 工期(공기)단축… 예정된 人災(인재)

안전사고는 신문사들이 좋아하는 소재 중 하나다. 안전사고가 일어날 때마다 신문사들은 기획기사를 쓴다고 부산을 떤다. 건설회사들은 사법처리를 받는 것보다 신문에 자기 회사 이름이 나오는 걸 더 두려워하는 것 같다. 덕분에 대기업에 취재를 나가는 기자들은 원하든 원치 않든 크고작은 뇌물을 끊임없이 제공받는다. 작게는 술집 접대부터 시작해서, 심지어 아파트 분양권까지 뇌물의 종류는 다양하지만 뇌물이라고 인식하는 사람은 거의 없다. 선배 기자들은 요즘엔 부수입이 거의 없다고 투덜댄다. 하지만 30대 초반의 경제부 기자의 결혼식에 3억 가까운 부조금이 들어오는 일은 여전히 그다지 큰 뉴스가 아니다.

강판(降板) 후 사내에 있던 기자들은 신문이 인쇄되어 나오길 기다린다. 경찰서 출입기자 당번이거나 특별한 일이 없는 이상, 보통은 신문을 확인해서 큰 문제가 없으면 대개 그날 예정된 술자리로 간다. 출력된 와리스케(신문조판 레이아웃)에서 내 기사를 다시 한 번 확인하고 시계를 보았다. 신문이 나오려면 적어도 15분은 더 기다려야 했다. 나는 주머니에 든 담배를 더듬어 찾으며 밖으로 나섰다. 내 옆에 쪼그려 앉아 있던 수습

기자에게 물었다.

"나가서 한 대 할래?"

수습기자가 머뭇대며 따라 나섰다. 이제 막 실내금연이 시행되던 무렵이었다. 이미 어두워진 건물 앞에서 기자와 직원들이 삼삼오오 모여 담배를 피우는 모습이 보였다. 사주(社主)가 큰 돈을 들여 현관 주변에 심은 훤칠하고 아름다운 금송들은 늘 자욱한 담배연기에 휩싸여 있었다. 현관을 나서려는 순간 사회부장이 내 선배들을 세워놓고 큰 소리로 떠드는 게 들렸다.

"야, 가 물어분다꼬 순순히 까나? 콱 뒤집어 삐야지."

나는 얼른 뒷문 쪽으로 돌아섰다. 담배 피우는 순간까지 부장의 욕설을 듣고 싶지 않았다. 건물 모퉁이 쪽에도 기자들이 빼곡히 서서 모두가 연기를 뿜고 있었다. 이제 갓 대학을 졸업한 수습기자가 허리를 숙여가며 내 담배를 받았다. 공손함의 대가로 선배들은 물질적 혜택을 베푼다. 어쩌다 선배가 후배에게 담배 한 가치라도 얻어 피우면 다음날 한 갑 정도는 사서 돌려주는 일이 흔하다.

"편하게 피워라."

겨우 서너 살 더 많은 내 앞에서 담배 한 모금 빨 때마다 고개를 돌리는 그의 몸짓이 못내 불편했지만 수습기자는 그 동작을 그치지 못했다. 내가 다시 한 번 재촉하자 하는 수 없다는 듯 고개 돌리기를 멈췄다. 그래도 여전히 나와 눈을 마주치지는 않았다. 신입으로 들어온 젊은 기자들을 신문사에서는 '수습'이라고 부른다. 6개월이 지나야 이름이 불리기 시작한다. 엄지와 집게손가락에 뜨거운 기운이 느껴질 만큼 담배가 짧아지자 수습이 물었다.

"저, 선배님, 질문 하나 해도 되겠습니까?"

내 윗대 선배들은 이런 말을 들으면 비아냥댔다. 야, 세상 좋아졌다. 수습이 질문을 다 하고. 그 말이 아무런 생각 없이 습관처럼 입에서 튀어나오려는 걸 되삼키며 나는 물었다.

"어, 그래. 뭔데."

"저, 신행주 같은 일이 요즘 들어 일어나는 것 같습니다."

"응. 우리나라가 그렇지, 뭐."

"전에는 아파트가 그냥 무너진 적도 있잖습니까? 그런데 왜 그러는지 근본적인 원인 같은 거 파헤치는 르포 같은 건 안 씁니까?"

"쓰잖아."

"아, 예…. 전 그러니까…. 행정이나 정책 말고, 공학적 관점에서 쓰는 기획은 없나 싶어서 질문 드렸습니다."

나는 수습이 하고 싶은 말이 무언지 알았다. 지난 2, 3년 사이 기자는 당연히 인문학이나 사회과학 같은 문과공부를 한 사람이어야 한다는 신문사 사주들의 굳은 믿음에 조금씩 균열이 보이기 시작했다. 1년 전 무슨 분야인지는 몰라도 과학을 전공한 기자가 한 명 들어왔다. 그리고 내 앞에서 쩔쩔매며 담배를 피우는 그 친구는 토목공학을 전공했다고 들었다.

그날 아침 출근하자마자 수습은 들떠서 내게 물었다. 제가 현장에 가면 안 될까요? 하지만 부장이나 나나, 실제 건설업체에서 한 번도 일해보지 않은 그가 신행주대교에 간다고 뭘 알아낼 거라고 생각하지 않았다. 일단 이 수습에게는 고급정보에 접근할 권한도 인맥도 요령도 없었다. 그 아이는 입사 이후 세 달 동안 해왔던 것처럼 선배들의 뒤치다꺼리를 하며 거대한 토목공사 사고가 일어난 날을 여느 때와 다름없이 보냈다. 나는 말을 돌렸다.

"근데, 넌 왜 건설회사 같은 데 안 가고 신문사에 왔냐?"

수습 아이는 그런 질문을 기다리기라도 했다는 듯 망설이지도 않고 대답했다.

"저희 아버지가, 공돌이들은 아무리 잘해도 문과 나온 사람들 하인 노릇밖에 못 한다고, 기자시험 준비하라고 하셔서…"

그리 뜻밖의 대답은 아니었다. 사람들은 여전히 사법고시, 행정고시, 외무고시야말로 입신양명으로 향하는 가장 빠른 길이라고 생각한다. 그러다 80년대부터 별안간 기자라는 직업이 그 뒤를 바짝 좇기 시작했다. 서구에서 백 년 이상 권세를 누리던 신문업이 한국에서는 80년대 이후 경제호황 덕분에 비로소 황금기를 맞았기 때문이다. 어떻게 보면 신문이나 방송은 기업들이 뿌리는 광고라는 떡고물을 먹고 자라는 기생산업(寄生産業)이었다. 그리고 개발독재와 계획경제 덕분에 다른 산업들이 눈부시게 성장한 상황에서, 신문업은 별다른 투자나 리스크 없이 부흥하기 딱 좋은 구조였다.

신문사들은 자기들에게 대중을 이끌 소명이 있다고 믿는다. 나는 그런 상황에 익숙하다. 어머니와 아버지는 매사 내게 정답이 무엇인지 묻는다. 학력고사 점수를 조금 더 잘 받았다는 건 곧 세상만사를 더 잘 안다는 의미라고 여기는 것 같다. 선거 때는 내게 누구를 찍어야 하느냐고 묻는다. 텔레비전 방송에 생소한 이야기가 나오면 무슨 말인지 내게 묻는다. 형식적으로는 여전히 아버지나 할아버지가 집안의 우두머리인지 몰라도, 실질적으로는 내 의견이 언제나 중요한 역할을 한다. 전문적인 설명은 원하지 않는다. 단답형 문제풀이처럼 직관적이고 단순하게 정답을 말해주기를 바란다. 신문사는 사람들의 그런 소망을 잘 안다.

"아버지께서 현명하시네. 너, 기자 되면 가장 좋은 점이 뭔지 아냐?"

수습이 비로소 고개를 들고 내 얼굴을 똑바로 바라보았다.

"살면서 억울한 일 당할 일이 없다는 거야."

세상에는 억울한 사람들이 많다. 그 억울함의 배경에는 사소한 법들을 어기고, 뇌물을 쓰고, 축첩을 하고, 아내를 때리고, 빚을 갚지 않고, 부하 직원을 학대하거나 희롱하는 사람들이 있다. 세상에서 그나마 상대적으로 공정해 보이는 건 대학입시와 고시제도 정도다.

무엇을 하고 있는지도 모르게 휩쓸려 살다가 결국 사법고시도, 행정고시도, 외무고시도 합격하지 못한 내게 주어진 또 다른 기회는 언론사였다. 그리고 내가 몸 담은 이 언론사는, 당시 굴지의 대기업들보다 더 높은 초봉으로 영리한 아이들을 꾀었다. 내게는 권력을 쥘 마지막 기회였다. 나는 수습에게 내가 늘 듣던 말을 무심히 되풀이했다.

"거지 같아도 참고 견뎌라. 다른 덴 더해."

내가 입사하고 얼마 지나지 않아 편집국에서 펜과 원고지는 사라졌다. 대신 키보드와 마우스가 손에 쥐어졌다. 그래도 여전히 펜으로 상징되는 신문사의 한 마디, 한 마디는 그 어떤 매체 못지 않게 큰 영향력을 행사한다. 사람들은 언론사의 영향력을 잘 알고 있다. 기업이고 개인이고 아무도 기자들을 함부로 건드리지 못한다.

알코올측정기 숫자를 읽은 경찰관이 얼굴을 일그러뜨린다.

"운전면허증 좀 보겠습니다."

당황스럽다. 차라리 평소 하던 것처럼 새벽 두세 시까지 술집에서 남들 옆에서 눈 좀 붙이고 있다가 출발할 걸 그랬다. 나는 안주머니에 손을 넣어 지갑을 꺼낸다. 실수를 가장해 운전면허증 대신 기자증을 꺼내 경찰에게 내민다. 기자증을 받은 경찰의 표정이 변한다.

"아, 이건…."

나는 태연을 가장하고 경찰을 잠시 쳐다보곤, 비로소 알아차렸다는 듯이 다시 지갑에서 면허증 꺼내는 시늉을 한다.

"괜찮습니다. 넣어두십시오. 기자신 줄 모르고…."

나는 만 원권 한 장을 꺼내 손바닥에 보이지 않게 감추며 경찰에게 내민다.

"늦은 시간에 수고가 많으십니다."

경찰은 멋쩍은 얼굴로 얼른 만 원권을 호주머니에 감춘다. 국내 최대 일간지 기자는 겁 같은 거 씹을 필요 없다. 알코올측정기의 원리 같은 것도 알 필요 없다. 나는 다시 운전대를 잡고 반포의 내 아파트를 향해 달리기 시작한다.

1982

1. 아주 작던 내 세상

수화기 너머 어머니가 몇 번이고 다그쳐 물었다.

"진짜니? 네 이름 맞니?"

아무리 맞다고, 내 이름이 적혔다고 말해도 어머니는 쉽사리 믿으려 들지 않았다. 이미 학교에 전화를 해 수험번호를 대고 확인했으면서도 그랬다. 어머니가 거듭해 묻자 나는 어쩐지 겁이 나기 시작했다. 정말로 내가 잘못 본 것이면 어떡하지?

"삼촌 카메라 빌려 갖고 가서 사진 찍을 걸 그랬다, 얘. 나중에 딴소리 못 하게."

나는 한숨을 쉬었다. 어머니는 매사에 아무도 신뢰하지 않았다. 아무 것도 믿지 않겠다고 작정한 사람의 마음을 바꾸는 것만큼 어려운 일도 없었다.

'뚜뚜뚜.'

때마침 넣은 동전을 다 써 간다는 신호음이 났다.

"맞아유, 맞다구유!"

성이 나거나 흥분하면 나도 모르게 자꾸만 할머니와 할아버지의 말투가 튀어나왔다. 나는 서둘러 전화를 끊고 뒤를 돌아보았다. 내 뒤에 아이들이 길게 줄지어 서있었다. 나는 인문대 합격자가 적힌 대자보로 돌아가 다시 한 번 내 이름과 내 수험번호를 확인했다. 콘크리트 옹벽에 적힌 5천 개 이름 중에 분명 내 이름이 있었다. 어머니의 의심 때문에 잠시 상했던 기분이 금방 다시 좋아졌다. 고개를 들고 길게 허공에 숨을 내쉬었다.

나는 이제 서울대학생이다.

운동장을 나선 나는 벅찬 가슴을 펴고 순환도로를 따라 걷기 시작했다. 하지만 곧 웅크리고 두 팔을 겨드랑이에 낀 채 종종걸음을 쳐야 했다. 1월 하순의 바람이 몹시 찼다. 인문대 방향을 가리키는 표지판이 나타났다. 가슴이 두근댔다.

진작부터 나는 합격할 것이라 믿고 있었다. 내가 합격한 인문대 어문계열 경쟁률은 1.1대 1에 지나지 않았다. 학력고사 점수를 받은 후 이를 바탕으로 지원하는 체계였기에 서울대학교와 같은 명문대학들의 경쟁률은 전체적으로 그리 높지 않았고, 내 점수가 뛰어나게 높은 건 아니었지만 설사 추첨이라 하더라도 내가 1.1대1의 관문을 통과하지 못할 정도로 운이 없을 리 없다는 생각도 있었다.

그래도 막상 합격자 명단에서 내 이름을 확인하는 순간, 나는 무언가 큰 일을 이뤘다는 생각에 잔뜩 들떴다. 며칠 후 있을 고등학교 졸업식에서는 몇 되지 않는 명문대 합격자들을 하나하나 호명할 것이다. 어머니와 아버지는 민망할 정도로 주변에 자랑을 늘어놓을 것이다. 할아버지와 할머니는 교회에 감사기도를 드리러 갈 것이고, 감사헌금을 바칠 것이다. 교회의 목사는 기도 말미에 내 합격의 영광을 하나님께 돌린다고 덧붙임으로써 미처 내 소식을 듣지 못한 온 동네 구석구석에 소문을 내줄 것이다.

관악산 기슭에 위치한 캠퍼스에 부는 바람은 몹시도 차가웠다. 고등학교 교무실 같은 모습을 상상하며 한동안 학교 본부건물을 찾아 헤맸다. 방학 중이라 그런지 사람들은 별로 보이지 않았다. 어쩌다 보이는 사람들은 다 나같이 합격자명단을 직접 눈으로 확인하러 온 아이들이나 학부모들이었다. 꽁꽁 얼어붙은 채 겨우 찾아낸 본부건물 앞에서 나는 그 이질적이고 현대적인 유리 건물의 모습에 압도되어 감히 들어가지도 못한 채 잠시 멍하니 서 있었다.

*

나는 1964년 청주에서 태어났다. 잠깐의 여행 몇 차례를 제외하면 청주를 벗어나 살아본 적이 거의 없었다. 서울에서 고속버스를 타고 불과 두 시간 남짓 떨어졌지만 그 거리는 심리적으로 너무도 멀었다.

20년 가까운 세월을 살기에 청주는 좁은 곳이었다. 그러나 큰 세상을 본 적 없던 나는 그 도시가 작다는 것도 몰랐다. 육이오전쟁 직후 지방대학을 간신히 졸업한 아버지, 여고를 졸업하고 한 번도 외지에 나가본 적 없는 어머니가 청주보다 더 작은 내 세상의 두 기둥이었다.

그 두 기둥이 떠받치던 내 세상은 알고 보니 가난했다. 아버지와 어머니는 늘 내가 모르는 수준의 지독한 과거의 가난에 대해 이야기했지만, 내가 태어났던 시절에도 이미 우리는 충분히 가난했다.

내가 아직 아이였을 때, 공무원이던 아버지의 한 달 월급으로는 다섯 식구 한 달 먹을 쌀을 사고 나면 남는 게 거의 없었다고 했다. 그러면 어떻게 살았냐고 물었더니 어머니는 대답했다.

'그래서 쌀을 못 샀어.'

그리고는 대개 훌쩍이며 눈가를 훔치는 시늉을 했다. 과거의 가난은 어머니 같은 사람들에게 자기애적 낭만을 불러일으키는 배경이기도 했다. 어머니는 스스로를 그 지독한 가난과 불운을 극복한 입지전적 전기(傳記)의 주인공이라 생각했다. 아버지도 별로 다르지 않았다. 아버지는 이따금 자랑 삼아 떠벌렸다. 너무나 가난해서 시청 어느 부서에서 '남는 쌀'과 '남는 밀가루'를 가져다 먹기 시작했다고. 농사 짓던 친척들이 팔지 못한 채소를 얻어와 김치를 담그고 짠지를 담갔다고. 덕분에 박봉에 지친 시청 공무원들이 하나 둘 떠날 때도 버텨낼 수 있었다고.

어머니는 그렇게 어렵사리 모은 돈을 사채로 빌려주고 이자를 받았다. 연수가 차고 호봉이 높아지자 자연스레 아버지의 직급이 올라갔고, 덕분에 고급 개발정보에도 접할 수 있었다. 이자가 불어나고 곗돈이 불어나자 어머니는 그것으로 시장 부근 자투리 땅을 사들이기 시작했다. 내가 고등학교 3학년이 되던 무렵이었다.

사람들은 그렇게 악착같이 버텨내는 걸 성공이라고 불렀다.

버티지 못하는 사람들도 많았다. 그 작은 지방도시에서조차 아버지 또래 많은 사람들이 돈을 벌기 위해 먼 곳으로 떠났다. 누군가의 아버지는 사우디아라비아로 떠났으며, 누군가의 큰아버지, 누군가의 고모는 독일로 떠났다는 말을 드물지 않게 들을 수 있었다. 내 아버지도 내가 태어나기 전 외항선 선원이 되고 싶었다고 했다. 어머니와 결혼하기 전 내 아버지는 독일에 광부로 일하러 갈 생각도 했다고 들었다.

내 조부는 그 말을 듣고 펄쩍 뛰었다고 들었다. 조부는 대학 물까지 먹은 장남이 양놈들 나라에 가서 '천한 광부'가 된다는 걸 용납할 수 없었다. 양반의 도시라 불리던 그 작은 도시에서 당시 '대학 물'을 먹는다는 건 대단한 일이었다. 내 조부는 이렇게 말했다고 했다.

"넌 장남이여. 장남은 판검사 자리가 나도 고향 뜨면 안 되는겨. 돈 번다고 부모 계신 고향 뜨는 건 상것들이나 허는 짓이여."

그리고 할아버지는 아버지에게 공무원을 권했다고 했다.

"공무원 하믄 어쨌든 굶지는 않을겨."

당시엔 굶지 않는다는 게 그렇게 큰 야망이었다. 공무원이 굶지 않는다는 건 생계형 부정부패가 용인된다는 의미기도 했다. 어쨌든 당시 내 조부모나 부모 세대에겐 부정부패라는 개념조차 없었다. 물자의 교환이나 상거래 규모 자체가 지금의 읍-면 단위로 열등하던 그 작은 도시에서 아버지가 불의하게 가져올 수 있는 거라곤 본래 빈민 구호품으로 지급된 묵은 밀가루, 식료품보단 사료에 가까운 곡식 포대 정도가 고작이었기 때문인지도 몰랐다.

어머니는 빈민 구호품을 가져오는 아버지를 막지 않았다. 어머니는 자신이 증오하는 가난에서 벗어날 돈을 모으기 위해서 거의 20년 동안 구호품에 의지해 빈민처럼 살았다. 아버지가 가져오는 월급 대부분을 저축하려면 가난하게 사는 것말고 별 도리가 없었다.

어머니는 그 돈을 '계'로 모아서 불린다고 말했다. 은행에 넣어 두는 것도 나쁜 방법이 아니었다. 인플레이션이 꽤 심했지만 높은 은행금리는 그걸 변제하고도 남을 수준이었다.

시장 근처 방 두 칸짜리 허름한 집에서 살던 어머니는 벌레 먹고 못나서 팔지 못하는 채소들을 친인척들에게서 얻어왔다. 그걸로 김치를 담그고, 반쯤 시든 무청과 배춧잎, 벌레 먹거나 찌그러진 애호박을 다듬어 한 평도 채 되지 않는 툇마루 천장에 말려 겨우내 반찬을 삼았다.

구청에서 가져온 구호품 밀가루는 수제비나 칼국수로 만들었다. 어린 시절의 나는 밀가루 음식을 먹을 때마다 설사를 했다. 어머니는 밀가루가 내 몸에 맞지 않는다고 했다. 누군가 '묵은 밀가루라 그런 것 아니야?' 하고 물었을 때 어머니는 성내며 부인했다. 나는 일주일에 세 번 이상 묵은 밀가루로 수제비를 뜨고 칼국수를 만든 어머니를 원망하지 않았다. 아니, 원망할 수 없었다. 수제비나 김치말고 딱히 아는 음식도 없었고 원하는 음식도 없었다. 잡채니, 지짐이니 하는 것들은 잔칫날에나 먹는 음식이었다.

나는 반찬 투정 한 번 해본 적 없는 착한 장남이었다. 어머니는 나에 대한 편애를 감추지 않았으며, 나 역시 어머니가 세상의 전부인 줄 알고 자랐다. 어머니는 늘 술을 마시고 집에 늦게 들어와 주정하던 아버지로부터 우리를 지켜줬다. 매일 밤 늦게 대문 여는 소리가 나면 우리 남매들은 재빨리 불을 끄고 자는 시늉을 했다. 그러나 나일론 이불과 얇은 창호지가 아버지의 고함소리를 막아주진 못 했다. 아버지는 언제나 화가 나 있었고, 언제나 소리를 질렀다. 어머니는 이유 없이 우리를 깨워 때리려고 하는 아버지에게 매달렸다. 여보, 내일 애들 시험이야. 애들 자게 내버려 둬. 이튿날 어머니 얼굴이나 팔에 파란 멍이 들어 있는 일도 드물지 않았다.

그런 어머니의 가장 큰 소원은 시골 고등학교에서 전교 10등 안에 드는 내가 서울에 있는 대학에 가는 것이었다. 내가 서울에 있는 대학에 합격하기만 해도 기적처럼 세상이 바뀔 거라고, 아니 최소한 어머니의 삶이 바뀔 거라고 믿는 듯했다. 내가 장차 무엇을 하고 어떻게 살아야 할지는 어머니도 아버지도 몰랐다. 내 부모가 댈 수 있는 진로는 그저 '법대'와 '의대'뿐이었다.

그러나 어머니의 희망이자 꿈인 나에게는 서울대나 연세대, 고려대의 법대나 의대를 갈 성적을 내지 못했다. 당시엔 제 아무리 법이나 의학을 공부했더라도 국립대를 제외한 지방대 출신은 그다지 인정받지 못했다. 말은 제주도에, 사람은 서울에 보내야 한다고들 말했다. 여유 있는 집안 아이들은 방학이면 서울로 올라가 과외교육을 받았다. 하지만 과외는 우리집이 감당할 수 없는 사치였다. 지방도시 학원강사나 과외교사들은 미덥지 않았고, 어쩌다 실력 있다고 소문난 강사들은 우리에겐 무리한 액수의 강사료를 요구했다. 고등학교 2학년을 앞둔 겨울방학 때, 장승백이에서 용산으로 출퇴근하던 외삼촌의 비좁은 하숙방에 끼어 살며 두어 달 노량진 역 부근 대입학원에 다녀 본 게 내가 받은 과외다운 과외의 전부였다.

그러던 중 내게 큰 기회가 왔다. 1980년 여름, 전두환이 느닷없이 대학교 본고사를 폐지시킨 것이다. 그리고는 학력고사와 내신성적만으로 대학입시가 치러졌다. 고2 여름방학 때까지 지방 법대와 서울 소재 대학 사이에서 저울질하던 나는 학력고사를 마친 후 '서울대학교 인문대학'과 '연-고대 법대' 사이에서 예상하지 못했던 행복한 고민을 하게 됐다.

택시 안에서 몇 번이고 거듭해 '우리 아들 서울대학교 입학식'에 가는 길이라고 들떠 자랑하던 어머니는 택시비 거스름돈의 마지막 10원짜리 동전까지 꼼꼼히 센 후 택시에서 내렸다. 방배동 허허벌판에 새 양옥을 짓고 사는 작은 이모도 함께 있었다. 어머니는 교문 앞에서 멈추더니 내 팔짱을 끼고 서서 이모에게 사진을 찍어 달라고 청했다.

그리고 나서 어머니는 한동안 눈물이 글썽한 채 괴이하게 생긴 철제 교문을 우러러봤다. 이모가 수 차례 재촉한 후에 어머니는 겨우 심호흡을 하고 천천히 걷기 시작했다.

마침내 나는 대한민국 모든 대입 수험생들의 우상이 되어버린 철제 골조 교문을 신입생 자격으로 통과했다. 대운동장으로 들어서자 여기저기 아들 딸의 팔짱을 끼고 카메라 앞에 서서 웃는 어머니들이 보였다. 내 어머니도 연단 플래카드를 등지고 서더니 이모가 또 다시 들이대는 카메라 앞에 눈물을 닦으며 어색한 웃음을 지었다. 1982년 3월 2일이었다.

2. 똥파리

나는 합격의 기쁨에 겨워 훗날을 생각할 겨를이 없었다. 사실 생각할 능력도 없었다. 내가 살던 좁은 세상에서 서울대학교 합격통지서는 신분 상승 증명서 같은 것이었다. 적어도 내 부모는 그렇게 생각했다.

내 증조, 고조, 그리고 그 위 할아버지들을 모신 아버지 집안의 가족 산소에는 대대로 '학생(學生)' 두 글자만 적혀 있었다. 흡사 평생 공부를 손에서 떼지 않았다는 듯 낭만적으로 들리던 이 표현은, 알고 보면 평생 한 번도 과거에 급제하지 못했다는 의미에 지나지 않았다.

합격 잔치를 한다며 친인척을 모두 불러 먹고 마시던 날, 아버지는 친구 고조할아버지 산소 비석에 적힌 종육품(從六品)이라는 세 글자를 보고 너무 부러운 나머지 그 친구를 미워하기 시작했다고 고백했다. 아버지는 잔을 높이 들고 외쳤다. 우리 성식이는 학벌로 보면 최소 정삼품(正三品) 당상관이여, 으이? 그러자 사관학교 출신 육군 소령이던 작은아버지가 술잔을 내려다보며 웅얼댔다.

"정삼품은 무신 정삼품이여. 이제 끽해야 생원(生員)이나 진사(進士) 된 거 아녀. 성식이는 문과니께 생원이라고 하면 딱이겠네."

작은어머니가 작은아버지의 옆구리를 찔렀다. 떠들썩하던 가족들이 일순 입을 다물었다. 아버지가 언짢은 듯 입을 꾹 다문 채 술병을 직접 들어 직접 빈 술잔을 채우려 했다. 작은어머니가 냉큼 일어나 술병을 들고 내 아버지의 곁으로 가더니 잔을 채웠다.

"아주버님, 제가 한 잔 올릴게요!"

아버지는 떨떠름한 표정으로 작은어머니의 잔을 받아들었다.

나는 작은아버지의 솔직한 무례에 별로 기분 상하지 않았다. 나는 운이 좋았을 뿐이었다. 1981년부터 본고사만 없어진 게 아니었다. 졸업정원제도 시작됐다. 졸업정원보다 30퍼센트의 학생들을 더 선발하되, 매년 학점에 따라 탈락시키고 일정 수의 학생들에게만 졸업장을 수여하는 제도였다.

내가 시험을 치던 해 학력고사는 과거 본고사를 시행하기 전에 치르던 예비고사와 문제 유형이 크게 다르지 않았다. 문제 난이도는 평이한 편이었다. 기본적이고 단편적인 지식을 갖췄는지 묻는 문제들이 대부분이었다. 과거보다 30퍼센트 늘어난 정원, 그리고 단편적 지식 암기 여부를 묻는 초기 학력고사 출제유형이 맞물리며 내게 가장 유리한 조건이 만들어졌다.

본고사를 치르고 입학한 80학번 이전 선배들은 우리 학번의 발음을 따서 우리를 똥파리 떼라고 불렀다. 수가 많다는 뜻이기도 했고, 본고사 없이 학력고사로 운 좋게 서울대에 합격해 실력이 검증되지 않은 아이들이라는 걸 암시하기도 했다. 입학식 후에는 학교에서 주최하는 신입생 오리엔테이션이 열렸다. 학생처장은 매년 10퍼센트 정도가 실격되면서 70퍼센트만이 졸업장을 받게 되리라고 경고했다. 오리엔테이션을 마치고 강당에서 쏟아져 나오는 아이들의 얼굴은 추위와 근심에 잔뜩 오그라들어 있었다. 두려웠다.

나는 태어나서 한 번도 진정한 실패나 좌절을 겪어보지 못한 순진한 모범생이었다. 내가 낙오한다면 그건 나 혼자만 감당할 일이 아니었다. 아버지와 어머니, 심지어 조부모까지 부끄럽게 만들 일이었다.

그 때까지 나는 스스로 나 자신을 위해 살아본 적이 없었다. 태어나서 언어를 이해하는 순간부터 주변 친인척 어른들이나 교사들은 말끝마다 습관적으로 덧붙였다. 부모님을 위해, 가족을 위해, 우리 반을 위해, 우리 학년을 위해, 학교를 위해, 국가와 민족을 위해.

그러나 대학이라는 곳에서는 그 누구도 내가 앞으로 누구를 위해 혹은 무엇을 위해 공부하는지 알려주지 않았다. 지정교수도 조교도 명목상으로만 존재했다. 그저 각자 알아서 살아남아야 했다.

아직 학과조차 결정되지 않은 우리들은 버려진 고아 같았다. 강의시간 이외엔 어디로 가야 하는지, 어디에 머물러야 하는지 몰라 허둥댔다. 많게는 80명, 적게는 60명씩 콩나물 시루 같은 교실에 갇혀 살던 우리였다. 지시나 강요가 없을 때, 스스로 판단하고 결정해야 할 때 우리는 무능했다. 나는 한동안 캠퍼스를 탐험할 생각조차 하지 못했다. 다음 강의가 진행될 강의실에 미리 가서 몇 시간이고 기다렸다. 강의실이 비지 않았으면 복도나 계단참에 앉아 오들오들 떨면서 머리에 들어오지도 않는 교재만 들여다보았다. 아무리 기온이 떨어져도 3월부터는 공공기관이나 학교에서 난방기를 가동할 수 없었다.

3월의 어느 오후, 나는 여느 때처럼 빈 강의실에 앉아 아직 한참 남은 다음 강의를 기다렸다. 나말고도 대여섯 명이 듬성듬성 떨어져 앉아 있었다. 한 아이가 정적을 깨며 강의실에 들어왔다. 그는 쾅 소리가 나도록 가방을 바닥에 내려놓더니 내 옆에 앉았다. 아이들이 일제히 바라보았다. 그가 내게 몸을 기울이더니 말을 걸었다.

"뭐 하냐?"

어쩐지 다음 강의 예습을 한다고 말하기 부끄러웠다. 나는 보던 책을 덮었다. 그가 또 물었다.

"너 현역으로 왔지?"

무슨 뜻인지 이해하지 못해 머뭇대자 그가 부연했다.

"재수 안 하고 왔냐고?"

나는 비로소 알아듣고 고개를 끄덕였다.

"너 이름 뭐냐?"

내가 대답하자 그가 물었다.

"넌 내 이름 아냐?"

고개를 젓자 그가 되물었다.

"왜 안 묻냐?"

내가 우물대며 이름을 묻자 그는 코끝을 덮을 만큼 긴 앞머리를 옆으로 쓸어 넘기며 말했다.

"이해창. 원래 81이야."

나는 무슨 뜻인지 얼른 알아듣지 못했다. 그가 설명하기 시작했다. 전년도에 81학번으로 공과대학 화학공학과에 입학했다가 한 학기 만에 자퇴하고 다시 학력고사를 치렀다는 것이다. 놀라웠다. 나는 감히 상상도 해본 적 없는 용감하고도 무모한 일이었다. 나를 비롯해 주변에 앉았던 아이들 얼굴에서 경외의 표정을 읽기라도 한 듯 그는 득의양양하게 내뱉았다.

"공대 가니까 수학만 시키더라고. 그게 싫어서 그만뒀다. 수학이 인생에 대해 알려주진 않지."

내가 더듬대며 물었다.

"부모님께서 뭐라 안 하셨어요?"

그가 빙글빙글 웃으며 대꾸했다.

"학교 계속 다니는 척하면서 몰래 했지."

그리고 내 팔을 툭 치며 덧붙였다.

"말 낮춰라."

이미 한 학기를 경험해본 해창은 우리와 사뭇 달랐다. 매사 우리보다 더 여유 있었고, 머리도 유난히 좋은 것 같았다. 본래 이과였던 그가 6개월 남짓한 시간 동안 세계사나 세계지리와 같은 문과 과목을 완전히 새로 공부하고도 나보다 더 높은 점수를 받다니 머리도 좋은 게 분명했다.

해창은 넉살이 좋았다. 그는 식당 식권 내지 않고 밥 먹기, 중간고사 기출문제 구하기, 필수교양과목 타과에서 이수하기 등 몇 가지 신입생들에게 유용할 편법을 알려줬다. 그리곤 곧 화제를 바꾸더니 졸업정원제를 만들어낸 '군사독재정권의 음모'에 대해 말하기 시작했다. 그는 졸업정원제의 진짜 목적은 학생들을 공부에 붙잡아 둠으로써 사회부조리에 등돌리게 하려는 것이라고, 우리로 하여금 서로 경쟁하게 함으로써 우리의 유대감을 와해하려는 게 본래 목적이라고 우리를 '일깨워줬다.' 우리는 그저 입을 딱 벌리고 듣기만 했다. 우리 중 누구도 그 주장의 타당성이나 진위 여부를 따져보거나 되묻지는 않았다.

우리 세대에게는 어떤 일에 대한 진위여부나 논리, 원인을 선임자나 연장자에게 묻는 게 금기나 다름없었다. 당연했다. 우리는 일본제국주의시대 장교 제복을 본떠 만든 못생긴 검정교복을 입고 죄수처럼 머리를 깎인 채 6년을 보냈다. 우리는 교도소 수감자들과 비교해 아주 조금 더 자유를 누릴 수 있었다. 우리 가슴에는 수형인의 이름표가 달려 있었다. 거의 모든 것이 금지되었다. 술이나 담배는 말할 필요도 없고, 고작 여학생을 만나거나 동네 극장에 갔다는 이유로 정학처분까지 받는 경우도 흔했다. 교사들의 폭력은 일상적이었다. 나나 내 대학동기들처럼 꽤나 모범생인 아이들도 하루가 멀다 하고 선생들에게 두들겨 맞았다. 학교는 형무소와 별로 다르지 않았다. 학교생활 12년은 지적으로나 비판적으로 생각하는 법을 알려주지 못했다. 그저 대다수의 의견이 무엇인지 재빨리 알아내는 눈치를 배웠을 뿐이다.

대학생활은 일상적인 일을 얼마나 잘 반복하는가에 따라 모범생이 가려지던 고등학교 시절과 너무나 달랐다. 수강신청부터 도서관에 들어가거나 학교식당을 이용하는 사소한 일상생활까지 나는 아무 것도 확신할 수 없었다. 나는 더 이상 다른 아이들의 모범이 될 수 없었다.

학교 밖으로 나가면 상황은 더 나빴다. 혼자 있을 때 나는 버스 탈 줄도 모르고, 길도 찾아갈 줄 모르고, 밥 사먹을 줄도 모르고, 그렇다고 길 가는 사람을 붙들고 물어볼 숫기도 별로 없는 지진아였다. 실수도 잦았고 그만큼 부끄러운 기억도 많았다. 서울대학교에서 광화문 교보문고까지 가는 것조차 힘겨웠다. 버스를 잘못 타고, 정거장을 잘못 내리는 일이 허다했다.

나는 뒤처져서 앞사람들을 따르기 시작했다. 그 넓은 학교에서도 '똥파리 떼'라는 별명대로 우르르 몰려다니던 우리 학번 신입생들을 찾아내는 건 일도 아니었다. 나뿐 아니라 많은 아이들이, 아무런 확신 없이 그저 앞사람을 따라다니는 거라고 난 생각했다. 그 방법은 단순하지만 효과 있었다. 그 방법으로 점심시간에는 식당을, 학생증을 찾으려 할 때는 본부건물을, 다음 강의를 찾으려 할 때는 다음 강의동과 강의실을 찾을 수 있었다.

해창과 처음 통성명을 한 바로 그 수업을 마치고 강의실을 나서는데 신입생 환영회 때 본 듯한 80학번 선배 서너 명이 우리 일학년 아이들을 기다리고 있었다. 그들은 우리에게 '스터디'를 해주겠다고 했다. 무어라 답해야 할지 몰라 그저 고개만 끄덕였다.

기숙사로 돌아가는 길에 한 시골뜨기가 중얼댔다.

"졸업정원제 진짜 그래서 만든겨?"

또 다른 시골뜨기가 확신에 찬 목소리로 단언했다.

"내사 마, 그런 줄 알았다."

그래, 우리가 이렇게 힘들고 외로운 건, 우리가 멍청한 시골뜨기라서가 아니었어. 그렇게 생각하자 갑자기 조금씩 숨쉬기가 쉬워졌다. '가증스러운 군부독재가 진취적이고 정의로운 대학생들의 연대감을 무너뜨리기 위해서'라는 해답이 우리를 열등감과 불안감에서 해방시켰다. 그래, 우리가 못나서 이렇게 힘들고 외로운 게 아니었어. 뭔가 거대한 음모가 숨어 있었던 거야. 어느 틈에 우리는 우리가 명동에 나가 길을 찾지 못하는 것도, 여학생들에게 말조차 걸어보지 못하는 것도, 교양영어 교재에 모르는 단어가 아는 단어보다 더 많은 것도 다 체제의 음모로 설명하기 시작했다.

3. 피비 케이츠

　우리는 열아홉 살 이후로 첫사랑을 미루도록 강요 받았다. 언제나 지시와 강요에 순응했던 나는 여학생을 만나볼 궁리는커녕, 그 고루하고 진부하고 위선적인 '이성교제'라는 어휘조차 입에 담아본 적이 없었다. 어쩌다 다른 아이들의 '연애' 이야기를 전해들은 적은 있었다. 기껏해야 오가다 우연히 마주친 여학생을 보고 반해서 그 뒤를 밟아 집주소를 알아내서 편지를 썼다는 정도였다.

　일찌감치 대학진학을 포기한 아이들의 세계는 달랐을지도 모른다. 하지만 나는 학교에서 시키는 대로만 살았던 고지식한 모범생이었다. 1974년 고등학교 입시제도가 사라지고 평준화 정책이 시작된 이후 고등학교 교실 안에는 두 개의 세계가 공존했다. 나같이 대학진학이 인생의 목표인 아이들의 세계와, 대학에 갈 형편이나 실력이 안 되는 아이들의 세계였다. 그 두 세계는 서로 침범하지 않은 채 아슬아슬한 균형을 이루면서 제법 견고하게 자기 영역을 지켰다.

　연애는 나와 다른 세상 이야기였다. 내 세계에서 연애라는 건 추하거나 그렇지 않으면 창피한 일이었다. 길에서 여학생들과 같이 걷는 모습을 들키기만 해도 다음날 학생부로부터 호출을 받고 교무실에서 엎드려뻗쳐 같은 체벌이나 태형을 받던 시절이었다. 그런 모든 위협을 무릅쓰고 상습적으로 여학생을 만나는 아이들은 신기하게도 교사들에게 들키지 않았다. 들켜서 체벌을 받는 건 꼭 어수룩한 풋내기들이었다. 그러니 내 주변에서 여학생들과 교제하는 아이가 없었다. 두어 다리 건너 이런저런 소문을 이따금 전해 듣기는 했다. 누가 모 여고 아이를 임신시켜 퇴학당했다 하더라. 누가 모 여고 아이와 야반도주를 했다더라. 대개 그런 소문의 주인공들은 존재하는지도 모르고 살았던 낯선 이름의 아이들, 나와 다른 세계의 아이들이었다.

호르몬이 미친 듯 폭주하기 시작한 나이였음에도 나는 한 번도 현실에서 여자를 보고 진정으로 설렌 적이 없었다. 우리는 마치 비좁은 공간에 빽빽하게 갇힌 수탉들 같았다. 자기가 수컷임을 과시하려는 개체, 서열을 정하기 위해 서로를 쪼려 시도하기라도 하는 개체는 이내 잡혀서 부리를 갈리거나 무리에서 도태시켰다. 자연스레 여자를 좇아다니고 영역다툼을 할 나이였던 우리는 살아남기 위해 스스로를 정신적으로 거세시켰다.

현란한 닭볏과 깃털을 키우며 우쭐댈 나이의 남학생들은 죄수처럼 바짝 민 머리카락에 시대착오적인 못난 검정교복을 강요받았다. 여학생들 역시 여성성을 최대한 감추며 중성화됐다. 몸매가 드러나거나 유행에 맞게 교복을 고쳐 입거나 귓불보다 1센티 이상 길게 머리를 기르는 여학생들은 학교에서는 물론 동네에서도 거의 창녀 취급했다.

1982년 내가 대학에 입학하면서 교복과 머리모양을 학생들의 자율에 맡긴다고 발표했다. 하지만 대부분의 학교들은 여전히 학생들의 복장과 머리모양에 간섭했다. 그 해 고등학생이 된 내 남동생은 나보다 더 길 뿐 여전히 까까머리였으며, 중학생이던 내 여동생의 단발머리는 여전히 뒷목을 다 드러내고 있었다. 자율화란 허울뿐이었다. 학생들을 전쟁포로만도 못하게 대우하던 교사들은 겨우 자율화 정책 때문에 자신들이 누리던 쾌락을 포기하지 못했다. 학생들을 겁박하고 지배하면서 누리던 그 가학의 쾌락을.

나 같은 아이들은 또래 무리에서 아름다움과 성적매력을 찾아 찬탄하는 것이 마치 더럽고 추한 욕망이라도 되는 양 생각했다. 대신 먼 나라, 아마도 살아생전 한 번도 가까이에서 보지 못할 그런 여배우들을 숭배했다. 그 중에서도 가장 인기 있었던 건 우리 또래의 브룩 실즈, 소피 마르소 그리고 피비 케이츠 같은 서양의 연예인들이었다. 천상의 것만 같던 그들의 비현실적인 아름다움은 통제하기 힘든 10대 후반 소년들의 성적 욕망을 숭고한 경배로 위장할 수 있게 해주었다.

그렇게 여자애들을 거의 못 보다시피 하면서 10대를 보낸 내게, 인문 1계열 반의 절반을 차지하던 여학생들은 몹시 불편한 존재였다. 언제나 펑퍼짐한 아줌마 바지를 입고 학교에 오는 여자애, 중학교 때부터 강요당하던 짧고 못난 단발을 아직도 차마 바꿀 용기를 내지 못하는 여자애, 고등학교 때 너무 앉아서 공부만 하는 통에 몸매가 터무니없이 망가진 여자애… 당시 서울대학교 여학생들은 언제나 서울 소재 명문대에서도 가장 못난 아이들로 간주됐다. 브룩 실즈의 완벽한 비례의 얼굴과 몸매에 익숙해진 우리들에게 그녀들의 못난 외모는 아주 좋은 놀림감이었다.

사실은 그들의 '못난' 외모가 불편한 게 아니었음을 깨닫는 데는 한 달 정도 시간이 걸렸다. 아무런 프라이버시도 없는 좁고 누추한 기숙사 침대에서 선잠을 자던 중, 나는 꿈처럼 환상처럼 문득 어떤 못난 여학생을 보았다. 그리고 그 환상 속에서 나는 누구인지 기억조차 하지 못하는 전형적인 못난 서울대학교 여학생과 태어나서 한 번도 하지 못한 성행위를 하고 있었다. 선잠에서 깨어나는 순간, 몽정이라도 했을까 봐 겁이 났다. 후다닥 자리에서 일어나 이부자리를 확인하면서 나는 깨달았다. 나는 그 못난 얼굴과 못난 몸매를 가진 아이들로부터 끊임없이 성적 자극을 받고 있었다. 그 애들의 외모를 폄하하고 조롱한 것은 그저 다스리기 힘든 내 육적 욕망이 부끄러웠기 때문이었다.

기숙사 룸메이트의 라디오에서 'April is a cruel time'이라고 절규하는 노래를 처음 들은 어느 날이었다. 학생식당에서 아이들의 줄을 바라보며 다른 아이들과 밥을 먹던 중, 나는 한 여자애를 '발견'했다.

그 여자애는 엉덩이 선이 다 드러나는 청바지에 나이키 운동화를 신고 있었다. 다른 여자애들과 달리 머리카락도 제법 길었다. 굵게 물결치는 파마머리가 그 애의 몸을 한층 더 날씬하고 가냘퍼 보이게 했다. 다른 여학생들과 함께 스테인리스 식판을 들고 선 그 아이는 어두컴컴하고 어수선한 학생회관 식당 한 구석에 후광처럼 빛을 내뿜고 있었다.

도대체 그 아이가 어떻게 개강 후 한 달 내내 내 눈에 띄지 않았는지 알수 없었다. 나는 숟가락을 든 채 동작을 멈추고 뚫어지게 그 아이를 바라보았다. 어쩌면 입도 벌리고 있었는지 모르겠다. 옆에 앉아 함께 밥을 먹던 철우라는 아이가 내 쪽으로 몸을 기울이며 속삭였다.

"야, 너, 피비 케이츠 보냐?"

순간 그 애 별명이 피비 케이츠라는 걸 깨달았다. 부정할 틈도 주지 않고 철우가 말을 이었다.

"예쁘지? 서울대에 저런 애가 올 줄 누가 알았겠냐? 얼굴만 되는 게 아니라 분위기가 남다르지 않냐? 쟤네 아버지가 재불 외교관이어서 파리에서 중학교 다녔어. 고등학교는 반포에서 다녔고"

그 순간 나는 그렇게 중요한 고급정보를 갖고 있던 철우를 존경하기 시작했던 것 같다. 나는 경탄을 애써 감추며 큰 관심 없는 척 물었다.

"기냐. 근디 반포가 어디냐?"

"야, 어떻게 반포를 모르니?"

"아, 모를 수도 있지! 넌 옥천이 어딘지 아냐?"

철우가 피식 웃으며 다시 밥을 먹기 시작했다. 피비 케이츠는 식판을 들고 배식대 뒤편 토스트 판매대 쪽으로 사라졌다. 나는 낮은 목소리로 물었다.

"야, 근디, 우리 문무대(文武臺) 갈 때 말이여."

"응."

"과 여자애들이 편지 보내고 과자 보내고 막 그런다는데, 진짜냐?"

철우가 고개를 들어 나를 바라봤다.

"왜? 기대되냐?"

"아니 그냥 어색허고 이상혀서…."

"뭐가?"

"아무 사이도 아닌디 여자가 남자한테 그렇게 막 선물하고 그라믄…."

"아, 넌 왜 꼭 잊을 만하면 촌에서 온 티를 한 번씩 내냐."

철우가 풀풀 흩어지는 밥을 젓가락으로 집으려 애쓰면서 말을 이었다.

"이러면 너 앞으로 학교생활 어떻게 하냐? 인문대에 여자가 반인데?"

"그른 거냐?"

피비 케이츠의 진짜 이름을 물어보고 싶었지만 차마 입이 떨어지지 않았다. 그날 기숙사로 돌아온 나는 학교에서 나눠준 비상연락망을 뒤졌다. 우리 반 아이들은 모두 40명이었고, 그 중 절반은 여자애들이었다. 20명 중 반포 근방에 사는 여자애가 세 명이나 됐다. 누가 피비 케이츠인지 알 수 없었다.

그날 밤 나는 이유 모를 오한과 고열을 앓았다. 4월의 긴 낮과 화사한 햇살에 속아서 외투를 입고 나가지 않았기 때문이었던 것 같다. 이튿날 아침에도 몸은 무거웠다. 나는 간신히 일어나 9시 수업에 나갈 채비를 했다. 10분 전에 도착했지만 짐짓 제일 뒷자리에 앉은 나는 교과서를 내려다보는 척하며 강의실 뒷문만 노려보았다. 아이들이 하나, 둘씩 들어와 자리에 앉았다. 9시에서 5분쯤 지나자 서양사 교수가 들어왔지만 피비 케이츠는 들어오지 않았다.

내가 무언가 잘못 본 것일까? 내가 어제 본 아이는 정말 존재했던 걸까? 아픈 걸 무릅쓰고 출석한 게 슬그머니 후회되기 시작했다. 교수가 막 출석을 부르기 시작하는 순간, 뒷문이 살그머니 열리며 그 여자애가 들어왔다. 그 아이는 민망한 듯 귀엽게 콧등을 찌푸리며 교수의 눈길을 피해 빈 자리를 찾았다. 제일 뒷자리에 빈 자리는 내 옆뿐이었다. 일체형 의자의 탁상 부분을 젖히고 살그머니 허리를 뒤틀며 의자에 앉는 여자애의 긴 머리가 아직도 살짝 젖어 보였다. 아직도 완전히 마르지 않은 머리에서 샴푸 냄새가 났다. 피비 케이츠였다. 나와 눈이 마주치는 순간 그 아이가 다시 한 번 콧등을 찌푸리며 소리 없이 웃었다.

흔한 샴푸였던 것 같다. 강의동과 도서관, 식당을 오가며 여학생들을 지나치다 보면 하루에 한 번 정도는 맡을 것같이 그렇게 가볍고 달착지근한, 꽃 같기도 하고 과일 같기도 한 향기였다. 그날 오후 기숙사로 돌아가다 말고 나는 낙성대 쪽으로 계속해 걸었다. 무언가 심장 쪽에서 큰 덩어리가 부풀어 목구멍까지 올라오는 느낌이었다. 고통치고는 너무 감미로웠고, 쾌락이라고 하기엔 너무 씁쓸했다.

한참을 걷자 근대화슈퍼라는 이름이 붙은 구멍가게가 보였다. 동네 사람들이 당장 급한 물건을 사는 당시에 흔한 편의점 같은 곳이었다. 구석진 자리에 대여섯 가지 샴푸가 진열돼 있었다. 나는 하나씩 뚜껑을 열고 냄새를 맡아봤다. 모두 다 비슷했지만, 그날 1교시에 맡은 바로 그 향기는 없었다.

*

두 주 후, 문무대에서 돌아온 나는 우중충한 교련복을 입은 채 거대한 철제 교문을 지나 학교로 돌아왔다. 이제 막 사회대 2학년 아이들이 전방으로 떠난 듯, 학교 곳곳에 플래카드와 대자보가 어지럽게 붙어 있었다. 인문 제1계열 아이들이 모이는 과룸 벽도 크고 작은 벽보가 가득했다. 철우와 함께 커피우유를 마시던 나는 나도 모르게 중얼거리고 말았다.

"근디 지금 일주일 가 있다가 나중에 군생활 한 달 줄여주는 거면 이득 아녀?"

과룸 '분단상황 고착하는 교련교육 철폐하라'고 적힌 격문 아래 한 구석에서 누군가의 보고서를 열심히 베끼고 있던 한 4학년 선배가 한심하다는 듯 나를 쳐다봤다.

"너 같은 놈들 때문에 남북통일이 안 되는 거다."

이름도 모르는 그의 무례함에 울컥 기분이 나빠졌다. 그래도 따질 용기는 없었다. 내겐 지식이 없었다. 논리도 몰랐다. 아니, 설사 지식과 논리가 갖춰졌다 하더라도 토론이란 걸 해본 적이 없었다. 그것도 연장자나 선배와는 더더욱.

무엇보다도 그 순간 나는 토론을 할 기분이 아니었다. 내 가방에 든 옅은 꽃무늬 하늘색 편지봉투 때문이었다.

문무대의 마지막 저녁, 남학생들은 각자 여학생들로부터 편지를 받았다. 인문대에는 남학생과 여학생들의 수가 비슷해서 여학생 한 명이 남학생 한 명에게 편지를 보내는 게 관행이라고 했다. 아이들은 호명되는 대로 일어나 편지를 받아 들었다. 마침내 내 이름이 불려서 나가 받은 그 편지에는 또박또박한 글씨체로 수신인과 발신인의 이름이 적혀 있었다. 발신인의 이름은 '정 미현'이었다. 그 편지봉투에서 내가 '정미현'이라는 이름을 본 순간 옆에서 훔쳐본 몇 명의 사내애들이 낮은 함성을 질렀다. 누군가 내 어깨를 툭 치며 내뱉었다.

"얌마, 이거 피비 케이츠한테 받았네!"

나는 그때야 비로소 피비 케이츠의 이름이 정미현인 걸 알았다. 얼굴이 확 달아올랐다. 짐짓 천천히 편지를 열었다. 편지는 별다르지 않았다. 그저 글 잘 쓰는 초등학교 고학년 여학생이 '국군아저씨'에게 의무적으로 쓰던 위문편지 같았다. 그럼에도 편지봉투와 편지지에 예쁜 글씨체로 적힌 내 이름과 그 애의 이름은 마치 무슨 상처처럼 내 가슴을 간질였다. 나는 남몰래 편지지에 코를 박고 편지지의 냄새를 맡았다. 어쩐지 편지에서 그날의 샴푸 냄새가 나는 것 같았다.

그날도 나는 기숙사에서 발걸음을 멈추지 못했다. 나는 그 애의 샴푸 냄새를 처음 맡았던 날보다 더 멀리 나갔다. 근대화슈퍼를 지나 10분을 더 걷자 널찍한 4차선 대로가 보였다. 담배를 파는 가게의 창구를 들여다보며 한 중년 여자에게 물었다. 반포 가려면 몇 번 타야 하나요? 채소가게 앞에 나와 있던 내 어머니 또래의 여자가 떠들썩하게 끼어들며 버스 번호를 알려줬다. 꾸벅 인사하고 돌아서려는 나에게 두 여자들이 칭찬을 던졌다. 아이고, 서울대학생이 인물까지 훤하네! 그러게, 키도 크고! 나는 심호흡을 하고 그 아주머니가 알려준 번호의 버스를 기다렸다. 3월 초 딱 두 장 쓰고 남은 학생 할인 버스표 중 한 장이 나를 구반포까지 데려다주었다.

하룻밤 사이 벚꽃을 모두 떨어뜨린 느닷없는 봄추위에 감기라도 얻었는지 몸에 신열이 느껴졌다. 덕분에 피비 케이츠의 샴푸 냄새를 처음 맡은 날 느꼈던 그 갑갑한 느낌은 점점 더 심해졌다. 그 좁은 기숙사 방에서 월요일까지 세 번의 밤을 견딜 자신이 없었다. 그 애의 얼굴을 보고 무슨 말이라도 한다면 나아질 것 같은 막연한 생각이 들었다.

편지에 적힌 반포 주공아파트는 생각처럼 멀지 않았다. 차멀미도 하지 않았다. 버스에서 내리는 순간 후줄근한 교련복과 며칠 전 볼에 돋은 붉은 여드름이 마음에 걸렸다. 길을 건너 아파트단지 안으로 들어서 걷기 시작했다. 쪽지에 적힌 반포 주공아파트 71동이 먼 발치에 보였다.

나는 그 자리에서 멈췄다. 더 이상 가까이 갈 용기가 나지 않았다. 나는 71동 주변을 돌기 시작했다. 조그만 가건물 안에서 자리를 지키고 있던 경비가 나를 몇 번 쳐다보았다. 혹시 나한테 왜 왔느냐 물을까 봐 두려웠다. 고개를 푹 숙인 채 큰 길 쪽으로 다시 걷자 공중전화부스가 보였다.

공중전화부스는 깨끗했다. 잘사는 동네라 그런 것 같았다. 나는 몇 번이나 수화기를 들었다가 놓았다. 주머니 속 동전을 꺼내 하릴없이 몇 번을 다시 셌다. 마침내 용기를 내어 다이얼을 돌리자 이내 신호음이 들렸다. 그러나 딸깍, 하고 누군가 수화기를 드는 소리가 나는 순간 나는 내던지듯 수화기를 내려놓았다. 사람 목소리조차 듣기 전이었다.

나는 공중전화부스에 기대섰다. 가슴이 터질 것처럼 두근댔다. 가까스로 큰 길로 나가 다시 버스를 탔다. 낙성대입구 정류장에 내릴 무렵 차창에 조금씩 비가 듣기 시작했다. 버스에서 내릴 무렵에는 제법 비가 많이 내렸다. 우산도 없이 낙성대 입구에서 기숙사까지 한참을 걸었다.

다음날 아침 나는 자리에서 일어나지 못했다. 룸메이트 부경의 도움으로 기숙사 양호실에 다녀왔지만 소용없었다. 일요일 오후 늦게 부경이 기숙사 밖에 나가 약국 약을 사다 주었다. 월요일 아침이 되자 나는 언제 아팠냐는 듯 자리에서 벌떡 일어나 수업 나갈 준비를 했다.

10분 일찍 도착한 나는 2주 전과 같이 맨 뒷자리에 앉았다. 교수와 거의 동시에 뒷문으로 들어온 피비 케이츠, 아니 미현이 민망한 듯 콧등을 찌푸리고 웃으며 자리를 찾더니 내 옆자리가 아닌, 문에서 가장 가까운 자리 의자에 앉았다. 책상 부분을 젖히지도 않고 휠 것처럼 가는 허리를 비틀면서. 나는 교수 쪽으로 고개를 돌렸다. 강의 내내 그 애 쪽을 바라보지 않으려 애썼다.

감기는 며칠 앓으면 나았다. 그러나 문무대에서 돌아온 날 반포 주공아파트 71동 앞에서 느꼈던 그 무력감과 패배감은 그 애의 샴푸 냄새와 함께 아주 오랫동안 비밀스러운 상처로 남아 나를 괴롭혔다.

4. 해방전후사의 인식

80년대 학번들 대다수는 인문계열이나 자연계열 모두 고등학교 때 제2외국어를 배웠다. 중국어를 배우는 경우는 거의 없었다. 중국은 적성국가로 분류돼 있어서 중국어 강좌가 개설되는 경우는 거의 없었으며, 설사 배운다 하더라도 당장 쓸 데가 없었다.

일본어도 별로 다르지 않았다. 내가 태어난 이듬해 일본과 수교가 '재개'됐지만 일본어를 배우려는 젊은이들은 거의 없었고, 일제강점시기에 학교에서 일본어를 배운 노년층의 일본어 지식은 어쩐지 일반대중이나 매체에 의해 거의 해악한 것처럼 여겨졌다.

서울처럼 좀 규모가 크고 학생수가 많은 학교들은 예외였지만, 대개 고등학교는 서너 명 이내의 제2외국어 교사를 두고 형편이 되는 대로 가르쳤다. 아이들에게는 선택의 여지가 없었다. 거리에 근거해 추첨으로 중고등학교에 배정됐던 것처럼 그렇게 우리는 우리의 의지와 상관없이 무작위로 배정된 제2 외국어를 배웠다.

이제 막 대학생이 된 82년도 만 열여덟 살의 나는 그저 어디서 들은 대로 프랑스 어가 세상에서 가장 멋진 언어라고 믿고 있었다. 잘못된 정보든, 거짓 정보든, 왜곡된 정보든, 정보 자체가 희귀하던 시절이었다.

그렇다고 내가 고등학교 때 프랑스 어를 배운 것도 아니다. 나는 독일어를 배웠다. 독일어 교사는 독일어가 철학과 사유의 언어라고 말했다. 칸트와 괴테의 언어라고 했다. 언뜻 매우 복잡해 보이지만 규칙적이고 체계적인 언어라고 했다. 그러나 직접 비교하고 판단하는 법을 배우지 못하고 그럴 기회조차 없던 나는 사람들이 왜 독일어를 가리켜 그런 말을 하는지 이해하지 못한 채 그들의 말을 앵무새처럼 반복했다.

사실 왜 그런지 별로 알고 싶지도 않았다. 어떤 주장에 대한 근거나 추론을 요구하는 것은 버르장머리 없고 당돌한 아이들이나 하는 짓이었다. 수업시간에는 무조건 입을 다물고 있어야 했다. 자칫 질문이라도 잘못 하다가 '야 거기 주둥이 놀린 새끼 튀어나와, 너 말이야, 그래, 너, 여드름!' 소리 듣기 십상이었다. 우린 그저 들은 대로 기억만 하면 됐다.

프랑스 어가 아름답고 시적(詩的)이란 것도 내가 직접 겪고 느낌으로써 유추하거나 연역해 결론을 내린 게 아니었다. 누군가 그렇게 말했을 뿐이다. 그 시절 사람들은 즐겨 유명인의 경구를 암송했다. 위대한 학자나 정치인들이 했다고 전해진 명언들을 마치 종교경전처럼 외웠다. 많이 외울

수록 똑똑한 사람 취급을 받았다. 그 의미나 맥락 같은 건 필요 없었다. 그저 명언과 그 명언을 한 사람의 이름만 제대로 짝지을 수 있으면 됐다. 누군가 유명한 사람이 했다고 전해지면 그 말은 별다른 의문 없이 '참인 명제'로 그 권위를 인정받았다.

그렇게 얕고 얇은 지식의 유희가 유행한 데는 여러 가지 까닭이 있었을 것이다. 70년대에 책 자체가 드물고 귀했던 것도 한 원인이었을 것이다. 내 어머니부터 그랬다. 어머니는 교과서나 참고서 외 다른 책에 돈을 지불하는 건 큰 낭비라고 생각했다. 내가 대학에 올 때까지 우리 집에선 한 번도 신문구독에 돈을 써본 적이 없다. 어쩌다 잘 사는 친구 집에 가면 책장에 즐비하게 꽂힌 세계문학전집 같은 게 보였다. 언뜻 가죽처럼 보이는 적갈색 종이에 금박으로 박혀서 책장에 꽂았을 때 번드레해 보였지만, 막상 펼쳐 들면 어색하거나 고풍스러운 번역 때문에 그리 수월하게 읽히지 않았다.

과학이나 철학, 사회에 관한 책은 더 드물었다. 내가 접한 건 일본에서 들여와 활자만 한글로 바꾼 '학습만화' 정도가 고작이었다. 내 부모 세대 사람들은 문학 이외 분야의 책들은 별 가치 없다고 생각했다. 학교에서 추천하는 책들 대부분은 19세기 이후 유럽이나 미국의 소설이 차지했다. 덕분에 반강제로 접한 프랑스 소설은 몇 편 있었다. 삼총사나 몬테 크리스토 백작, 괴도 루팡 같은 것이었다. 조금 더 진지하게 들리는 프랑스 문학으로 내가 읽어본 것이라고 해봐야 '적과 흑'의 한국어 번역본, 그리고 역시 번역된 랭보의 시 몇 편 정도가 다였다. 몇몇 소설들은 매우 흥미진진하긴 했지만 제대로 된 문화적 지식도 역사적 지식도 없어서 그저 피상적인 줄거리만 간신히 이해할 수 있었다.

프랑스 어는 고사하고 번역된 프랑스 문학조차 제대로 접하지 못했던 내가 프랑스 문학과 프랑스 언어를 최고로 생각한 건 그저 권위 있다고 생각하던 어떤 교사나 똑똑하다고 여기던 친구의 말을 굳게 믿었기 때문이었다. 우리는 권위 있는 사람이 한 말을 절대적 진리로 간주했다. 어린 시절의 내 가치관은 누군가 다른 사람들이 말한 경구와 인용문들을 조각조각 기운 누더기 같았다. 내가 암기하고 있던 그런 경구와 인용문들은 돌이켜 생각해보면 심지어 서로 상충하기까지 했지만 그 당시에는 전혀 깨닫지 못했다.

그렇게 세뇌되듯 주입된 프랑스 어에 대한 환상이 씻긴 건 아마 대학교 1학년 중간고사가 시작되기 직전 어느 날 기초 프랑스 어 수업 때였을 것이다. 강사는 별안간 무작위로 학생들을 지목해 접속법 동사변화를 묻기 시작했다. 그리고 내가 걸린 동사는 꺾는다는 의미의 동사 cueillir였다. 앞에 나가 칠판에 동사변화를 적고 읽어 내렸다. 꾀이으, 꾀이으, 꾀이으, …. 한글 표기로 배운 엉터리 발음에 충청도 억양까지 섞인, 프랑스 어에서 가장 소리내기 어려운 모음이 들어간 그 동사를 절뚝이듯 내뱉은 내 발음은 아마도 몹시 우스꽝스러웠나 보다. 몇몇 아이들이 킥킥댔다. 간신히 마치고 들어오던 순간, 나는 그만 생글생글 웃고 있던 피비 케이츠와 눈이 마주치고 말았다. 그 애의 표정은 마치 어떻게 저런 촌닭이 서울대엘 왔는지 의아해하는 것처럼 보였다.

그날 해창이 말했다.

"한국인은 죽었다 깨어나도 불어 발음 안 돼. 왜냐? 그냥 안 돼. 체질이 달라."

그의 말에 굳이 권위를 실어주지 않더라도 나는 내가 죽었다 깨어나도 어린 시절을 프랑스에서 보낸 피비 케이츠보다 프랑스 어를 잘할 수 없으리라고 생각했다. 사실 그 애뿐 아니라 모든 여학생들이 다 나보다 훨씬 더 프랑스 어를 잘하는 것 같았다. 내심 충격적이었다. 말을 알아듣기 시작할 때부터 대학에 입학하는 순간까지 나는 늘 여자애들은 남자애들보다 열등하다는 말을 듣고 살았다. 입학식 날, 여학생이 거의 절반을 차지하던 인문1계열 아이들을 보고 어머니는 속삭였다.

"애 낳고 살림할 계집애들이 뭐 하러 다른 남자애들 앞길 가로막으며 꾸역꾸역 서울대를 온다니?"

피비 케이츠를 발견하기 전까지만 해도 나는 어머니의 그 말에 내심 동조하고 있었다.

그날 수업 후, 아직도 얼굴이 화끈거리는 느낌에 다른 아이들의 시선을 피하려 고개를 푹 숙이고 강의실을 나서던 참이었다. 선배로 보이는 사내애 두 명이 강의실 문밖에서 아이들을 한 명씩 붙들고 무언가 얘기하려 애쓰고 있었다. 그들은 무언가 복사한 종이뭉치를 들고 있다가 관심 보이는 아이에게 나눠 주기도 했다. 화학공학과 자퇴생이라는 해창이 복사물을 건네받는 걸 멍하니 뒤에서 보고 있는데, 얼마 전에 봤던 둘 중 키가 큰 곱슬머리 선배가 내게 다가왔다.

"너 지난번에 스터디 나오라고 했는데 왜 안 왔냐?"

"아, 그게, 뭐 하는 건지 잘 몰라서…"

"일단 나와 봐. 봐야 알든 말든 하지."

"그래도, 대충 뭐 하는 건지는 알아야…"

"사회과학. 하, 요즘은 신입생들이 되게 따지네."

나는 어리둥절했다.

"사회과학을 왜요?'

후에 알았지만 그의 이름은 선태였다. 선태가 내 어깨를 툭 치며 대답했다.

"일단 와 봐. 이거 집에 가서 읽어보고."

그러더니 덧붙였다.

"내일 오면 밥 사줄게!"

그날 저녁 기숙사로 돌아간 나는 선태가 복사해준 '해방전후사의 인식' 발췌문 몇 페이지를 뒤적여보았다. 서체도 생소했고, 표현도, 용어도 낯설었다. 도통 머리에 들어오지 않았다. 나는 중요하게 보이는 생소한 단어들을 찾아 줄을 치고 몇 번이고 다시 읽었다. 중간고사가 꼭 일주일 후로 다가왔을 때였다.

5. 데미안

18년 동안 나는 잠을 자고 있었던 것 같았다. 분명 내 눈이 세상을 보고 있었고, 내 귀가 세상을 듣고 있었다. 난 분명 꽤나 공부 잘 하는 학생이었고, 졸업정원제 덕을 봤다지만 어쨌든 서울대까지 합격한 수재라 불렸다. 그런데도 나는 왜 한 번도 내가 보는 것과 내가 듣는 것을 의심하지 않았을까?

선태가 이끄는 스터디 모임에 참석한 날부터 나는 그 모든 게 이승만과 박정희 때문이라고 생각하는 법을 배웠다. 특히나 내가 기억하는 한, 박정희는 우리를 보호한다는 명목으로 우리의 자유를 침해했다. 바람직하지 않게 들리는 어휘나 뉘앙스가 든 것은 그 맥락이나 내용을 가리지 않고 모조리 금지시켰다. 어린아이에게 성인물을 못 보게 하듯, 아주 사소한 퇴폐성이나 일탈마저 금지시켰다. 그 중에는 공산주의나 사회주의라는 어휘도 있었다.

금지된 것은 '유해한' 사상만이 아니었다. 일반 대중들에게는 어떤 나라에서 어떤 법 속에서 살아가야 할지 논의할 능력도 의지도 없다고 간주됐다. 논의하는 과정에서 으레 일어나게 마련인 의견충돌을 해결하는 법은 당연히 배우지 못했다. 선태는 말했다. 우리는 생각하는 것을 금지당했다고. 생각하는 대신 우리는 단순하고 짧은 명제들을 암송했다. '우리의 소원은 통일'. '때려잡자 공산당'. '잘 살아 보세'. '하면 된다'. 왜 우리의 소원이 통일이 되어야 하는지, 어째서 공산당을 때려잡아야 하는지, 잘살기 위해서 무엇을 어떻게 해야 하는지 우리는 궁금하지 않았다.

우리는 개인이 아닌 집단의 일원으로서 생각했다. 성장통을 겪어가며 자신의 세계를 구축할 시간 같은 건 없었다. 긍정적으로 보자면 과보호였고 부정적으로 보자면 억압이었다. 12년 동안 내가 배운 것은 과보호라는 두건을 쓴 폭력과 독재, 그리고 전제주의에서 살아남는 법이었다. 나는 아마 늘 사람들이나 부모의 지시에 순응하는 듯 보였을 것이다. 간혹 정말로 너무나 부당한 일을 부모나 교사가 시킬 때면 그저 '한 척'하거나, 도저히 할 수 없는 상황을 만들거나, 아니면 도망가서 그 순간만 모면하는 법을 찾아냈다. 덕분에 나는 남들보다 덜 맞았고, 모범생으로 인정받았다.

'척'하는 일은 식은 죽 먹기였다. 우리는 항상 교실과 교사가 부족한 채로 학교를 다녔다. 서울 아이들은 대개가 2부 수업을 경험했다고 했다. 내가 살던 작은 지방도시에서도 한 교실에 6, 70명 심지어 80명씩 앉는 일이 허다했다. 그러니 그 무리에 끼어 '공부하는 척', '청소하는 척', '말 잘 듣는 척'하는 건 일도 아니었다. 죄의식이나 자괴감 같은 건 거의 느낀 적이 없었다. 교사들의 훈육을 빙자한 일관성 없고 감정적인 폭력은 일단 피하는 게 현명했다.

그렇게 소신이 아닌 눈치로 살아오면서 아무런 비판력도 키우지 못한 나에겐, 아니, 우리에겐 새로운 사실이나 견해로 포장된 '사회과학 공부'라는 생화학 공격에 대해 아무런 저항력도 없었다. 우리는, 아니, 나는 조직 내의 선임자나 연장자를 무조건 추종하도록 길들여져 있었다.

그날의 '스터디'는 실제 우리 1학년들이 당장 해야 할 '시험공부'와 아무런 관련이 없었다. 그러나 아무도 불만을 표하지 못했다. 어쩌면 12년 동안 시험공부에 질렸던 우리, 한 번도 제대로 규칙을 어겨본 적 없던, 한 번도 무엇이 정의이고 무엇이 선(善)인지 생각해본 적 없이 어수룩하고 미욱한 우리 일곱 명의 일학년들은 중간고사를 불과 닷새 앞두고 벌인 아마도 일생 최초의 일탈행위에 묘한 쾌감과 긴장을 즐기고 있었다.

우리가 철이 들 때까지 겪어왔던 오직 한 명의 대통령, 종신직 군왕인 줄만 알았던 그 대통령을 친일 부역자라 부르는 순간 선태는 거의 지하세계의 영웅처럼 보였다. 선태가 박정희만 비난한 건 아니었다. 현직 대통령은 물론, 우리나라 정부, 그리고 우리나라의 건국까지 그는 사회에 대해 우리가 갖고 있던 신뢰를 하루 저녁 사이 완전히 무너뜨렸다.

그가 소개한 이론은 사실 그리 낯설지만은 않았다. 중고등학교 시절부터 국사, 국어, 윤리, 정치경제와 같은 수업시간에 교사들이 수시로 암시하던 내용들이었다. 무슨 일이든 만족스럽지 않은 일이 생길 때마다 나라의 근본을, 독재를, 정부를, 일본제국주의를 탓하는 데 수업 시간의 절반 이상을 할애하던 교사들로부터 알게 모르게 주입된 이야기들과 같은 맥락이었다. 신문 한 쪼가리 읽을 여유도 없던 우리는 그저 교사들의 말을 그대로 받아들일 수밖에 없었다.

선태가 그 교사들과 한 가지 확실하게 다른 점이 있긴 했다. 훗날 일어날 수도 있는 문제를 회피하려고 두리뭉실하게 얼버무리며 국가와 사회를 간접적으로 책하던 그 교사들과 달리, 그 대학교 3학년생은 분명하게 뜻을 한정하는 어휘들을 사용했다. 용어전술이었다. 선전선동의 기본인 용어전술이 당시 나라에서 가장 똑똑한 아이들이 모였다는 그곳에서 그렇게 효과적일 수 없었다. 어차피 똑똑하다는 건 권위자가 부여한 지식을 잘 암기한다는 뜻이었으니까. 선태의 '편'에서는 이미 민족, 민주, 자주와 같이 온갖 듣기 좋은 어휘를 모두 선점하고 있었다. 우리에게 그 좋은 어휘들을 암송시키기만 하면 됐다.

우리 중 설사 다소 비판할 능력이 있는 아이가 있었더라도 별 소용없었을 것이다. 선태가 말하는 이야기 대다수는 음모론이거나 혹은 음모론과 같은 틀을 갖고 있었다. 이미 중고등학교 때 숱한 언어적, 신체적 폭력과 부당함을 일상적으로 겪은 우리는 항상 무언가 그 부조리함의 원인에 대한 간단하고 이해하기 쉬운 해답을 찾고 있었다. 그리고 그 요구에 음모론만큼 적당한 해답은 없었다. 수십 편의 학술논문으로 겨우 설명할 수 있을까 말까 한 사실들이 상상력과 억측으로 간단히 설명됐다. 그리고 우리 일곱 명의 일학년 아이들은 그 단순하고 우아한 음모론에 완전히 매혹됐다.

"그래서 그 때부터 지금까지 정부요직이 완전히 친일파로 다 채워진 거야. 쪽발이들이 한반도에서 떠나니까 모두들 이제 해방이라고 좋아했는데, 그 새끼들이 친일파라는 트로이의 목마를 두고 간 거야."

이 말을 하는 순간 선태는 내게 마치 데미안처럼 느껴졌다. 아벨의 형 카인이 이마에 받은 표식을 생각지 못한 '음모론'으로 설명해주던 데미안. 우리는 데미안의 화자 열 살배기 소년보다 더 세상을 몰랐기에, 선태와 민식이 하는 모든 말에 근거가 있을 거라고 간주하고 그들의 말을 받아 들였다. 그 전에 우리가 사회과 교사들에게 들었던 것을 의심하지 않고 받아들였듯, 그 때부터는 선태의 말을 의심하지 않고 받아들인 것이다.

인문대 한 작은 빈 강의실에서 '스터디'를 마친 우리 일곱 명은 80학번 선태와 민식에게 이끌려 학교 부근 동네 자하골의 한 주점까지 걸었다. 버스로 두 정거장 남짓한 거리였지만, 개발제한구역이라 아무 것도 없는 길은 꽤나 황량했다. 가로수 나뭇가지 새순들마저 회색으로 보였다.

그날 우리가 간 지하 주점은 신입생 환영회 때 갔던 곳보다 곰팡이 냄새와 젖은 목재 냄새, 기름 찌든 냄새와 담배 냄새가 훨씬 더 고약한 어둡고 음침한 장소였다.

12년 동안 초중고 교사들이라는 고약한 신들을 섬기던 나는 그날 그 퀴퀴한 지하 사원에서 새로운 신들을 만났다. 교사들은 심술궂고 변덕스럽고 무지했지만, 내 앞에 새로 나타난 '선배들'이라는 작은 신들은 더 다정하고, 친절하고, 무엇보다도 우리를 진심으로 좋아하는 것처럼 보였다. 아이들이 거의 다 취했을 무렵, 민식이 기타를 꺼내 들더니 노래를 시작했다.

"하얀 목련이 질 때면…"

처량한 노래가 일학년 아이들을 몹시 어색하고 불편하게 만들었지만 아무도 내색하지 못했다. 담배를 피울 줄 아는 아이들은 담배를 꺼내 피워 물었다. 담배조차 필 줄 모르는 아이들은 말없이 소주잔만 내려다봤다. 문득 내 앞자리에 앉았던 선태가 자기가 물고 있던 솔 담배를 내게 내밀었다. 필터에 니코틴과 타액이 거무튀튀하게 섞인 걸 언뜻 보고 잠시 망설였지만 나는 이내 호기 있게 담배를 빨아들였다. 눈물이 핑 돌았다. 세상이 빙글빙글 도는 것 같았다. 화장실로 달려간 나는 혹시나 술도 마실 줄 모르냐는 핀잔이라도 들을까 두려워 애써 조용히 저녁 내 먹은 걸 게워내야 했다. 눈물 어린 눈으로 벽을 바라보았다. 지은 후 한 번도 청소한 적이 없어 보이는 지저분한 벽에 아이들이 남긴 낙서들이 보였다.

군부독재타도

Yankees go home

조국해방의 그날까지

고속도로 휴게실이나 고속터미널, 기차역의 화장실 벽에서 흔히 보던, 옆집 누나와 벌인 돌발적이고 충동적인 정사 이야기 같은 낙서는 신기하리만큼 하나도 없었다.

그날 밤 네 명의 아이들과 신림동 자하골에서 기숙사까지 걷는 데 거의 한 시간이 걸렸던 것 같다. 모두 많이 취해서 제대로 걷지 못했기 때문이다. 교문을 지나 5분쯤 걸었을까? 몹시 취한 한 아이가 순환도로 길가에 멈춰 서더니 풀숲에 대고 저녁내 먹은 술을 게우기 시작했다. 보고 있으면 나도 토할 것 같아 나는 수풀을 바라봤다. 아직 새순도 나지 않은 마른 나무들 사이, 목련나무 한 그루가 주황색 나트륨 등 아래서 노랗게 빛나고 있었다.

'언제까지 내 사랑이어라. 내 사랑이어라.'

그 목련나무를 보는 순간 나도 모르게 형욱이 불렀던 처량하고 어색한 노래의 마지막 구절이 떠올랐다. 실컷 토한 아이가 별안간 목놓아 울기 시작했다. 아무도 우는 이유를 묻지 않았다. 어머니에게 억지로 떠밀려 갔던 교회 수련회에서 기도 시간에 느닷없이 울음을 터뜨린 여자애가 생각났다. 그 애에게 막 성령이 내렸다는 지도교사의 말을 듣고 두려움에 떨며 그 아이를 지켜보던 기억이 떠올랐다. 그의 울음은 마치 종교적 각성처럼 느껴졌다. 경상도 사투리가 강하던 한 아이가 협박하듯 달래려고 애썼다.

"마, 니, 미쳤나? 와 그라노, 뜬금없이?"

꽃샘추위에 목련나무가 새파랗게 얼어가던 그 4월의 밤, 서울의 봄이 얼마나 추운지 모르고 변변한 외투도 없이 저녁 길을 나섰던 우리 촌놈들은 어른이 된 줄 알고 무턱대고 마시고 피운 술과 담배에, 그리고 새로운 사상에 형편없이 취해 있었다.

6. 한강

"스터디라기에 난 시험공부 요령이라도 알려줄 줄 알았는데…. 뭐냐? 술만 먹고 후진 노래나 하고…."

중간고사기간 마지막 날의 마지막 시험을 마치고 나오는 길에 철우가 구시렁댔다. 내가 대꾸했다.

"니는 그날 차 끊어진다는 핑계 대고 일찍 가기라도 했지. 기숙사 있는 애들은 그날 완전히 죽었다 깨났어."

"어이구, 엄살 하곤…. 야, 참, 오늘 너 시간 되냐? 이대 애들이랑 미팅하는데, 너 안 갈래? 그게, 사실 우리 서울고 동문끼리 하는 건데, 한 놈이 못 간다고 어젯밤에서야 연락한 거야."

"아, 그냐."

"가자, 응? 너 안 간다고 하면 얼른 딴 애 구해야 돼."

"가지, 뭐. 근데, 이러고 어떻게 가냐?"

밤새 동사변화를 외우느라 세수도 못 한 나는 남루한 티셔츠와 남색 운동복바지에, 양말에, 슬리퍼 차림이었다.

"얼른 기숙사 가서 갈아입어. 나 학생회관 음악감상실에서 기다릴 테니 한 시간 후에 보자."

나는 한껏 들뜨며 2동과 3동을 잇는 구름다리 아래 계단을 뛰어올라갔다. 구름다리 아래 우리 과 여자애들 서너 명이 모여 수선스레 재잘대고 있었다.

"어떡해. 나 과거분사 하나 틀리게 쓴 것 같아!"

"괜찮아. 기말 때 잘 보면 되잖아?"

위로하는 여자애 목소리에 나도 모르게 고개가 돌아갔다. 피비 케이츠였다. 나와 잠깐 눈이 마주친 그 애가 콧등을 찌푸리며 살짝 웃더니 동사변화 한 개를 잘못 쓴 여자애와 함께 내가 오른 계단을 내려가기 시작했다.

'왜 웃었지? 왜 웃은 거지?'

기숙사에 도착해 가장 깨끗한 옷으로 갈아입고 다시 교정으로 돌아와 철우를 찾기까지, 나는 그 애가 왜 나를 보고 웃었는지 알아내려 필사적으로 머리를 굴렸다. 혹시나 내가 자기 집에 전화했던 걸 아는 걸까? 아니, 그럴 리 없었다. 내가 자기 집 근처에서 배회하는 걸 본 걸까? 그건 있을 수 있는 일이었다. 상상만 해도 부끄러워 얼굴이 달아올랐다.

철우는 다른 아이들과 함께 학생회관 음악감상실 안에 앉아 있었다. 천장이 낮고 어두컴컴한 홀 안에 조용한 오케스트라 음악이 들렸다. 팔짱을

긴 채 눈감고 앉아 있던 철우의 어깨를 툭 쳤다. 철우가 하품을 하며 음악 감상실 밖으로 따라 나왔다.

"몇 명이나 나가냐?"

"일곱."

"너네 학교에서 서울대 온 사람이 일곱 명이나 돼?"

"아니, 문과 애들 몇 명 만 가는 거야. 우리 학교에서 전부 스물한 명 왔던가? 아, 재수생 합해서 스물다섯 명이던가?"

"이야, 명문이네. 니네 학교가 경기고보다 더 잘하는갑네."

"경기고는 더 왔을 걸?"

문득 나를 포함해 서울대 합격한 세 명의 이름이 박힌 플래카드를 내걸던 내 모교가 생각났다. 철우가 친구들과 나를 소개했다. 두 명이 법대, 두 명이 경영대, 다른 한 명은 경제학과였던 걸로 기억한다.

"여기서 내가 제일 지진아야. 얘들 다 나보다 최소 20점은 더 받았을 걸?"

철우와 비슷한 점수를 받고 지방도시에서 보기 드문 수재로 칭송받으며 서울대에 온 나는 그 농담에 웃을 수가 없었다. 이런저런 인사치레와 실없는 농담이 오가던 중, 경제학과 아이가 학력고사 점수와 신장(身長)이 서로 양의 상관관계가 있다고 주장했다. 철우가 발끈해서 내 이름을 들먹이며 반례를 들었다.

"성식이가 저리 큰 건 어떻게 설명할 거냐?"

다른 아이가 불쑥 내뱉았다.

"쟨 시골에서 왔잖아? 모집단이 다르지."

다른 아이들과 함께 나도 웃어 넘겨야 했는데, 나도 모르게 발끈했다.

"청주가 어째 시골이여?"

"아 미안. 그런데 청주에 수돗물 나오냐?"

"그걸 말이라고 혀?"

"그럼, 전기는?"

이번엔 아이들이 더 크고 왁자하게 웃어댔다. 얼굴이 화끈거렸다. 말을 할수록 나만 우스워진다는 걸 알았다. 나는 애써 웃어넘기는 척하며 아이들을 따라갔다. 지하철 2호선 순환선이 아직 개통되기 전이었다. 교문 앞 버스 정류장에서 잠시 기다리다 한 버스에 다 같이 올라탔다.

채 노량진역도 가지 않아 속이 메스꺼워지기 시작했다. 한강 이남은 아직 개발도 덜 되었고 인구밀도도 높지 않았지만, 공기는 이따금 숨쉬기 어려울 만큼 혼탁했다. 중유나 경유를 때는 공장이나 시설도 여기저기 흩어져 있었고, 경유 차량들도 제한 없이 서울시내를 드나들었다. 아직 대도시 생활이 낯선 내게는, 특히나 낡은 버스의 디젤엔진에서 나는 기름 찌든 냄새는 흡사 고문처럼 느껴졌다. 입을 꾹 다물고 창 밖만 바라보는 내게 철우가 속삭였다.

"야, 괜찮으냐? 너 얼굴이 안 좋다."

여학생들을 만날 생각에 잔뜩 들떠 시시덕대고 있는 오만한 서울 아이들에게 차멀미한다고 사실대로 말하는 건 너무 창피한 일이었다. 나는 고개만 도리도리 젓곤 철우에게 눈길도 주지 않았다.

"촌놈이라고 해서 삐친 거냐?"

"아니여."

"진짜? 진짜 아니냐?"

그 때, 거대한 철제건조물이 차창 밖에 나타났다. 이윽고 버스가 그 거대한 철제건조물 안으로 들어서 달렸다. 다리가 어찌나 높던지 버스 안에선 강물을 보기도 힘들었다. 메스꺼움은 사라지고 별안간 가슴이 벌렁댔다. 나는 태연을 가장하며 철우에게 물었다.

"이거 뭐냐?"

그 때까지 늘 강남고속버스터미널을 이용해서 서울과 청주를 오갔기에 그게 제1한강교인 것도, 그런 철제구조물을 트러스교라고 부른다는 것도 몰랐다. 그 거대한 철제건조물은 마치 금방이라도 나를 새로운 차원의 세상으로 보낼 것만 같았다. 마치 강 너머 무엇이 있는지도 모르고 달려가는 느낌이었다.

7. 너희가 음악을 아느냐

그 때까지 내가 상상하던 남녀 간의 애정이라는 건 젊은 베르테르의 슬픔이나, 제인에어, 혹은 오만과 편견 같은 소설과 크게 다르지 않았다. 마음 속에서 시끄럽게 들끓는 육욕을 철저하게 부정하며 그저 관념적인 허상만 좇아야 하는 줄 알았다. 미현이 내 마음을 사로잡고 있었지만, 그 애는 그저 내 욕망을 대표하는 상징이었다. 대체할 사람만 찾을 수 있었다면 얼마든지 대체할 수 있었다. 그게 바로 내가 142번을 타고 서울 도심을 돌고돌아 그 먼 신촌까지 나갔던 이유였을 것이다.

이화여자대학교 아이들은 예뻤다. 우리 학교 여자애들과는 아주 달랐다. 성인 여성처럼 화장을 하고, 귀고리를 하고, 브룩 실즈같이 풍성한 파마머리를 하고 있었다. 한 여자애가 입은 스커트는 의자에 앉으면 허벅지 중간까지 기어올라갔다. 바지를 입은 여자애들도 보기 민망한 건 매한가지였다. 그녀들이 입은 청바지는 엉덩이와 허벅지, 그리고 사타구니의 윤곽을 고스란히 드러냈다. 나는 도무지 시선을 어디에 둬야 할지 알 수 없었다.

살아 있는 여자아이들의 그 모습들은 웬만한 도색잡지보다도 더 자극적이었다. 사춘기 이래 너무나 오래 억제해온 탓에 존재하는지도 불분명했던 내 리비도의 고삐를 풀어버리기에 충분했다. 나는 비로소 내가 무엇을 원하고 있는지, 왜 대학에 입학한 후 내내 안절부절못했는지 알 것만 같았다. 하지만 문제가 하나 있었다. 온 몸으로 여자임을 웅변하는 그 아이들이 함께 간 서울고등학교 출신 남자애들과 하는 이야기를 나는 제대로 알아들을 수가 없었다.

"그런데, 왜 별명이 그래요?"

한 여자애가 고등학교 동기들에게 '봉자'라고 불리는 경영대 아이에게 방싯 웃으며 물었다. 그런 질문을 받고도 경영대 아이는 전혀 부끄러워하지 않았다. 오히려 좋은 질문이라면서 반색했다. 그 아이는 고등학교 야간 자율학습시간에 도망가다 붙잡혀서 교사들에게 몽둥이로 맞을 위기에 처했지만, 학생부 담당교사들 앞에서 체육복 반바지를 접어 입고 장기인 나이트클럽 봉춤을 춘 덕분에 위기를 무사히 넘긴 후 지금껏 별명이 봉자가 됐다고 너스레를 떨었다. 나는 봉춤이 무슨 뜻인지 알아듣지 못했다.

이에 질 수 없다는 듯, 자칭 에릭 클랩턴이던 법대 아이 한 명은 음악을 하겠다고 고3 여름방학까지 전자기타를 붙들고 있다가 마침내 아버지에게 전자기타를 압수당한 후 하는 수 없이 공부에 전념해 마침내 서울대 법대까지 오게 됐다는 무용담을 늘어놓았다. 이 터무니없이 들리는 이야기에 다른 아이들이 증인으로 나섰다.

"얘는 진짜 실력이 아까워요. 입학하자마자 공대 선배들이 어떻게 알고 대학가요제 나가자고 스카우트 제안을 하더라니까요?"

"맞아. 너 진짜 나가라."

"야, 나 맞아 죽어."

"아버님이 못 알아보시게 선글라스 쓰고 나가."

"확실하게 콧수염 붙이고 나가는 건 어떠냐?"

여자애들에게 별 매력 없을 줄 알았던 철우조차 프랑스 샹송에 대한 뒷이야기로 여자애 한 명의 마음을 얻는 데 성공했다. 그 여자애는 두 손으로 턱을 괴고 눈을 반짝이며 종알거렸다.

"어머, 멋지다. 저도 영문과나 불문과 가고 싶었는데 부모님이 안 된다고 하셨거든요. 그래서 정치학과 왔는데, 벌써부터 재미없어 보여서 큰 일이에요."

철우가 이해한다는 듯 고개를 끄덕였다.

"그랬군요. 저희 부모님도 경영대나 법대 가라고 그러셨어요. 그런데 제가 꼭 문학을 하고 싶어서 부모님을 설득했죠."

몇 번이고 함께 점심을 먹었어도, 이따금 지망학과에 대한 이야기가 오갔어도 철우가 문학을 하고 싶어한다는 말은 들은 적이 없었다. 법대나 경영대를 못 가서 패배감 느낀다는 얘기만 두어 번 나눴을 뿐이다. 하지만 철우의 말은. 그저 여자애에게 잘 보이기 위해 즉석에서 지어내는 것 치고는 꽤나 구체적이고 호소력 있었다. 철우의 이야기는 프랑스 샹송으로 넘어갔다.

"샹송이란 게 원래 음유시인 전통에서 비롯됐거든요. 그래서 노래를 한다기보다는 시를 읊는 것처럼 들리는 게 많아요. 가사 자체에 리듬이 있고 각운이 딱딱 맞아요. 아폴리네르의 미라보 다리 시 아시죠?"

여자애가 맞장구 쳤다.

"미라보 다리 아래 우리 사랑이 흐른다는?"

"네! 역시 아시는군요. 세르쥬 레지아니라는 가수가 그걸 라이브에서 노래처럼 읊은 게 있어요. 나중에 기회 되면 카세트테이프에 녹음해 드릴게요. 처음 들으면 뭐 이런 걸 가수가 하지, 하고 의아할 수 있어요. 그건 샹송이 리듬이나 멜로디보다는 시 낭송, 그러니까 언어 위주의 음악이기 때문이죠."

그 때까지 나는 세상 모든 일에 남자가 주도권을 가지는 줄 알고 살아왔다. 하지만 그날 이화여자대학교 앞 작은 커피숍의 분위기는 내가 갖고 있던 선입견과 전혀 다른 사실을 밝혔다. 분명 그 자리에서는 여자애들이 남자를 고르고 있었다. 여자애들은 각자 어느 남자애가 가장 유능하거나 매력적인지 평가하는 것 같았고, 남자애들은 되도록이면 가장 예쁜 아이에게 선택받기 위해 분주하게 자신들의 능력과 잠재력을 과시했다.

말도 없고 여자애들과 눈도 제대로 마주치지 않던 내가 딱했는지, 아니면 따분했는지, 내 앞에 앉은 여자애가 별안간 나를 바라보더니, 이것저것 말을 걸어보려 애썼다. 그 아이는 얼굴이며 몸이며 모든 것이 작고 가냘프고, 무엇보다 예뻤다. 그 애가 나지막하게 물었다.

"음악 좋아하세요?"

"아, 예."

"누구 좋아하세요? 전 퀸 좋아하는데."

나는 그 애가 하는 말을 이해하지 못해 쩔쩔매며 건성으로 대답했다.

"아, 예."

여자애가 반색하며 재차 물었다.

"퀸 좋아하세요? 퀸 노래 중 뭐 좋아하세요?"

당혹감에 얼굴이 후끈 달아올랐다. 그렇다고 그제야 퀸이 뭐냐고 물을 수도 없었다. 순간 내 옆에 앉아 있던 철우가 끼어들었다.

"어! 저도 퀸 좋아해요!"

퀸을 좋아하는 여자애가 문학소녀보다 더 예뻐서 그랬는지, 철우는 재빨리 주제를 샹송에서 영국 대중음악으로 전환했다. 비틀즈, 레드 제플린, 롤링 스톤즈, 딥 퍼플…. 퀸을 좋아하는 여자애는 철우가 한 마디 할 때마다 눈을 반짝였다. 불가사의했다. 이 방배동에서 고등학교를 다녔던 사내애들은 그 칙칙하고 우울하던 고등학교 시절에 도대체 어떻게 팝송과 샹송을 배우고 기타를 연습하고 '봉춤'을 연습하고 놀면서 서울대에 합격했단 말인가?

마침내 일곱 명의 사내애들과 여자애들은 추첨으로 짝을 짓기로 했다. 나는, 퀸을 좋아한다던 여자애가 내 번호를 쥐고 짓던 불가해한 표정을 아직도 잊지 못한다. 짝을 지은 아이들은 각자 흩어져 나갔다. 누군가는 종로에 있는 개봉관 극장에 간다고 했고, 또 누군가는 음악다방에 간다고 했다. 나는 어찌해야 할지 모르고 우물쭈물했다. 모두 다 자리를 떠나고, 나는 퀸을 좋아하는 여자애와 함께 찻집 앞에 우두커니 서 있었다. 마침내 여자애가 더 이상 어색한 침묵을 참지 못하겠다는 듯 입을 열었다.

"우리 어디 가요?"

"아? 네. 글쎄요, 제가 이 동네를 잘 몰라서…"

여자애는 자꾸만 무언가 물었다.

"키가 참 크시네요. 음악다방 가 보셨어요?"

"아, 아니요."

여자애가 잠깐 입을 다물더니 다시 물었다.

"혹시 독수리다방 가 보셨어요?"

"도, 독수리다방이요? 처음 듣는데요."

저녁노을 빛에 발갛게 물든 여자애의 머리칼이 참 보드랍고 예뻐 보였다. 나는 그 머리칼을 어루만져 보고 싶은 충동을 억누르려 바지 주머니 깊이 양손을 찔러 넣었다. 여자애는 내가 아무 말이라도 하길 바라는 눈치였지만, 도무지 무슨 말을 해야 하는지 알 수 없었다. 그저 버스와 택시들이 내는 경적과 유압 브레이크 소음 속에서 어찌할 바를 모르고 우두커니 서 있었을 뿐이다.

"아, 네… 그럼, 저 이만 가봐도 될까요"?

말을 마친 여자애는 신촌오거리 쪽 큰 길을 따라 걷기 시작했다. 나도 그녀를 뒤따라 걸었다. 버스정류장이 어디 있는지 몰랐기 때문이다. 버스정류장에 버스 한 대가 도착했다. 여자애는 머뭇대며 내게 목례를 했다. 내가 얼떨결에 같이 목례를 하자 여자애는 버스에 올랐다.

*

"야, 퀸이 뭐여? 니 아냐?"

당시에는 낯선 도시나 동네에서 대중교통을 이용하는 건 큰 모험이었다. 길 가는 사람을 붙잡고 길 물어보는 것조차 어려워하던 나에겐 더욱 그랬다. 버스정류장에 이따금 노선도가 붙어 있긴 했지만 내겐 유명무실했다. 두 시간이 넘게 걸려 간신히 기숙사로 돌아가는 데 성공한 나는 들고 있던 가방을 침대 위에 팽개치며 침대 위에 앉아 기타를 튕기던 룸메이트 부경에게 물었다.

"뭐? 퀸? 밴드 퀸? 촌놈이 먼 일이가? 퀸을 다 묻고?"

"촌놈 소리 좀 그만 혀. 니는 촌에서 안 왔냐?"

"부산이 와 촌이가? 직할시다, 직할시."

"알았다, 알았어. 직할시. 퀸이 뭔지나 말혀봐."

"니 퀸 벌써 들어봤다."

"그건 뭔 소리여."

"내가 전에 틀었을 때 시끄럽다고 끄라 안 했나?"

"니가 돼지 멱따는 소리로 따라 부르니까 그랬겠지!"

입씨름 끝에 마침내 부경이 큰 선심이라도 쓰듯, 책상 위 카세트테이프 재생기에서 이어폰 잭을 빼곤 재생 버튼을 눌렀다. 언젠가 들어본 듯도 한 요란한 록음악이 조악한 음질의 스피커에서 흘러나왔다.

"뭐가 좋다는겨? 노래 같지도 않구면."

"하, 이 촌놈. 하긴 스피커가 너무 후지다. 좋은 스피커로 들으면 음악에 이응도 모르는 니 같은 촌놈도 그냥 한 방에 뿅 갈긴다. 이거 금지곡이다, 금지곡. 라디오 같은 데서 안 나온다."

"알았다. 금지곡이면 위대한 거냐? 그래, 퀸 배우려면 어떻게 해야 하냐?"

"팝송을 배우긴 뭘 배우나? 그냥 듣는 거지. FM 들어라."

"기타 말이여, 기타로 퀸 치려면 어떻게 혀? 코드 외우면 되냐?"

부경의 낯빛이 변했다. 그러더니 내가 모욕적인 말이라도 한 듯 잔뜩 흥분해서 별안간 장광설을 늘어놓기 시작했다. 그는 코드만 암기해서는 기타 곡을 제대로 연주할 수 없다며, 클래식기타로 기본을 다져야 한다는 말을 몇 번이고 되풀이했다.

다음날, 나는 학생회관 2층 복도에서 한참을 서성였다. 어두침침한 건물 내벽과 내부 철문들은 온통 낯설고 기괴한 포스터와 유인물로 가득했다. '민중이 주인 되는 세상을 위하여', '나가자 싸우자 오월항쟁 기념행사 아크로폴리스', '미제의 식민지배를 떨치고 일어나라', '노동자를 위한 학생연대 발족회', '오 해방이여 민주주의여' …. 포스터와 대자보만 봐도 학생회관이 이런 저런 모임들로 자리잡은 어린 공산주의자들의 해방구라는 걸 알 수 있었다. 클래식기타 서클 문 앞에서 한참을 주춤대는데, 한 남학생이 문을 열고 나오려다 나를 보고 물었다.

"1학년?"

"예, 그런데요."

그가 뒤돌아 외쳤다.

"야! 신입 모셔라!"

그렇게 나는 한 번 더 생각할 겨를도 없이 끌려가듯 클래식기타 서클에 가입하게 됐다.

8. 스케일

끌려들어가듯 들어간 클래식기타 서클룸엔 찌든 담배 냄새가 가득했다. 한쪽 벽을 거의 다 차지하는 유리창 밖으로 넓은 본부건물 앞 잔디밭이 내다보였지만 햇살은 들지 않았다. 의자가 여럿 있었고, 소파와 탁자도 놓여 있었다. 낡다 못해 팔걸이 한 쪽이 반쯤 뜯겨나간 그 인공가죽 소파에 한 남자애가 앉아 기타를 퉁기며 욕설이 잔뜩 섞인 노래를 부르고 있었다.

영자야 내 동생아

몸 성히 성히 성히 잘 있느냐

군대에 있는 이 오빠는

장교가 아니란다

니미씨팔 가정환경 좆도

문이 열리기 전까지만 해도 난 누군가가 알함브라 궁전의 추억같이, 텔레비전 방송시간이 끝날 때 틀어줄 법한 잔잔한 클래식 명곡을 연주하고 있으리라 상상했었다. 나를 서클룸 안으로 인도하던 남자애가 문간에 서 있지 않았더라면 난 분명 당황해서 슬그머니 도로 나가버렸을 것이다. 남자들 대부분이 사병으로 복무하는 나라에서 장교가 아닌 게 왜 그렇게 욕설까지 뱉을 만큼 큰 문제인지 그 짧은 한순간 의아했던 것도 기억한다. 내 팔을 붙들고 있던 아이가 외쳤다.

"아, 형, 신입 왔는데 노래가 품위 없이 그게 뭡니까?"

소파 위에 앉은 아이는 히죽대며 우리 쪽을 잠시 바라봤지만 노래를 멈추지는 않았다. 내 팔을 붙들고 들어온 아이가 그는 소파와 멀리 떨어진 자리로 나를 이끌어 앉기를 권했다. 머뭇대며 자리에 앉은 그가 간단한 통성명 끝에 물었다.

"클래식기타 좀 쳐봤어?"

"아뇨. 통기타 코드만 몇 개 아는데요. 통기타는 안 되나요?"

그는 고개를 저으며 황급히 부정했다.

"아니, 안 되긴, 뭐든 해봤으면 좋은 거지."

78학번이라는 그는 포크기타와 달리 클래식기타를 배우는 데는 꽤 인내심이 필요하지만, 본인에게 욕심이 있고 좋아한다면 별로 힘든 일이 아니라고 장황하게 설명했다. 나는 아직도 그의 이름을 기억한다. 박정수. 그는 소파 쪽을 힐끔거리며 조용히 속삭였다.

"아 그리고, 가끔 서클 물 흐리는 사람들이 있는데, 신경 쓰지 마."

"네? 어떻게요?"

"지금 우리가 클래식기타 같은 거 두들기고 있을 때냐고 후배들을 들쑤시는 애들이 간혹 있어."

나는 그 말의 뜻을 확실히 알 수 없었지만, 어쩐지 더 이상 물어봐도 대답이 시원치 않을 것 같은 예감이 들어 그저 고개만 끄덕였다. 소파에서 영자를 목놓아 부르며 기타를 퉁기던 사내아이가 외쳤다.

"야, 신입 전부 몇 명이지, 지금까지?

"글쎄요, 한 다섯 명 정도."

"그새 늘었네? 신입생 환영회 안 하냐? 계획 짜라."

정수는 대꾸하지 않았다.

나는 그날부터 하루도 빠짐없이 서클룸에 가서 클래식기타의 기본을 배우기 시작했다. 일주일 정도 지나자 그러나 슬그머니 후회가 밀려왔다. 손가락도 아프고 무엇보다도 지루했다. 부경의 말을 무시하고 전자기타로 시작할 걸 그랬나 싶기도 했다. 매일처럼 지루하게 스케일 연습만 반복하던 나는 더 이상 참지 못하고 정수에게 물었다.

"형, 연습하시는 곡 이름이 뭡니까?"

"타레가의 그란 발스. 왜?"

"저, 스케일 그만 하고 그런 거 하면 안 됩니까?"

정수가 잠시 멈칫하더니 대답했다.

"이게 뭐 그렇게 엄청나게 어려운 곡은 아니지. 그래도 일단 스케일이 좀 익숙해지도록 더 연습하고 기초적인 곡도 좀 해본 다음에 하자."

"제가 악보 잘 못 보긴 하지만, 형이 어디 짚어야 하는지 하나씩 가르쳐 주면 그대로 외울게요."

"뭐?"

정수는 별안간 벌떡 일어서더니 서클룸을 서성였다. 그날 그에게 처음으로 화난 기색을 읽었다. 내가 무슨 이상한 말을 한 것도 아닌데 영문 없이 화를 감추지 못하는 그가 몹시 무례하게 여겨졌다. 나도 덩달아 불쾌해져 물었다.

"왜 그러세요?"

"야…."

그가 검지손가락으로 나를 가리키며 뭔가 말하려다 다시 입을 다물었다. 그가 다시 내게 다가와 의자에 털썩 앉더니 애써 침착하게 설명하기 시작했다.

"음악이라는 게, 그러니까, 외국어 배우는 거랑 비슷해. 우리가 중학교 1학년 땐 게티스버그 연설 죽어도 못 외우잖아. 그렇지만 고1 정도 되면…."

"전 중 2때 외웠는데요?"

"그래? … 하지만 문법이나 의미 같은 걸 다 이해하고 외운 건 아닐 거 아냐."

"그냥 소리 하나씩 순서대로 외우면 되는 거 아닌가요? 언어를 뭘 알고 자시고 할 거 있나요?"

그 때 나는 정수의 얼굴이 벌겋게 달아오른 걸 느꼈다. 정수가 별안간 물었다.

"너희 학번 예비고사만 보고 본고사 안 봤지?"

선배들이 이따금 뱉는 '예비고사'와 '본고사'라는 용어에서는 언제나 퇴물 같은 느낌이 났다. 일제시대 때 비롯된 근본 없는 일본어 용어를 쓰는 못 배운 사람이라도 대하듯 나는 어쩐지 우쭐해졌다.

"저흰 학력고사만 봤습니다."

"그래…."

그 때, 처음 서클에 오던 날 영자 노래를 하던 선배가 별안간 다가와 내 등을 치며 말했다.

"야! 이따 신입생 환영회 올 거지?"

정수가 고개를 들어 그를 쳐다보며 말했다.

"무슨 신입생 환영회를 매주 해요?"

"일주일 넘었는데? 야야, 치사하다. 회비 필요 없어. 내가 살 거야."

정수가 나를 바라보며 조용히 고개를 저었다. 갈 필요 없다고 말하는 듯했다. 하도 영자 노래를 매일 불러 대는 통에 별명이 영자오빠였던 그 선배가 말했다.

"형이 음표 하나, 하나 씹어서 입에 넣어 줄 테니 도망가지 말고 꼭 와라!"

9. 꽃잎

그 학기에 클래식기타 서클에 새로 가입한 아이들은 열다섯 명이었지만 그날 참석한 신입생들은 다섯 명뿐이었다. 여기에 영자오빠와 다른 이름 모를 선배들이 대여섯 명 정도 함께 했다. 정수는 오지 않았다.

학교에서 버스를 타고 몇 정거장인가 나가면 아이들이 신사리라고 줄여부르는 신림사거리라는 곳이 있었다. 그 부근 개천가에 순대를 맛있게 볶아주는 허름한 시장 식당이 몇 개 있다고 했다. 선배 한 명이 낄낄대며 덧붙였다.

"시장에서 개천 꺾어지는 쪽으로 조금 더 넘어가면 정육점도 있다. 기숙사의 밤이 너무 길면 한 번 가보든가."

알아들은 몇 명은 와자하게 웃고 알아듣지 못한 몇 명은 침묵했다.

시장 안에 도착한 우리는 장정 서너 명이 앉으면 무너질 것 같이 조잡한 나무 벤치에 둘러앉아 매캐하게 황이 타는 냄새를 맡으며 순대를 집어먹고 있었다. 연탄 냄새인지 고춧가루 타는 냄새인지 구분하기 어려웠다. 곧 영자오빠가 소주잔을 돌리기 시작했다.

몇 배나 돌아갔는지 세기도 어려웠다. 돌아가는 술잔을 제때 비우지 못해 두 잔을 앞에 둔 아이는 안경으로 불렸다. 앞 사람 빈 잔을 제때 채우지 못 한 아이는 갖은 핀잔을 감수해야 했다. 영자오빠는 그 시끄럽고 어수선한 곳에서 우리에게 노래까지 시켰다. 노래를 못하고 우물쭈물대던 나는 설사 운이 좋아 장가를 가서 아들을 낳더라도 고자 세쌍둥이를 낳으리라는 저주의 노래를 들었다. 이윽고 영자오빠가 노래할 차례가 됐다. 다른 선배들이 젓가락을 두들기며 그의 이름을 연호했다. 김영규! 김영규! 김영규!

영자오빠의 이름은 공교롭게도 영규였다. 그는 탁상에 놓인 숟가락을 들고 일어서더니 우스꽝스러울 만큼 낮고 묵직한 목소리로 자기 소개를 시작했다. 그제야 나는 그가 본래 77학번으로 기계공학과에 입학했다가 79학년도 사회학과로 다시 서울대에 들어온 걸 알게 됐다. 정확히 말하자면, 기계공학과 1학년 두 학기를 마친 후 자신에게는 '가야 할 길이 있다'는 걸 깨닫고 자퇴한 후 다시 시험을 쳐서 사회학과에 들어왔다고 말했다. 그는 그 자리에 있던 세 명의 공과대학 신입생들은 아랑곳하지 않고 너스레를 떨었다.

"공업수학 같은 거 배워 뭐 하나 싶더라. 나라가 이 꼴인데 말이야. 그렇게 좆나게 공부해서 졸업하면 뭐 하냐? 문과 애들이 다 사장, 회장 하는데 그 밑에서 딱깔이밖에 더 하냐? 근데, 그렇다고 내가 출세하고 싶어서 기계공학과를 때려치웠느냐? 그건 아니지."

나와 비교도 되지 않게 기타를 잘 치던 공대 신입생 두 명 사이에서 위축돼 있던 나는 어쩐지 그의 말에 우쭐해졌다. 그 공대 아이들에게는 없는 무언가 다른 빛나는 미래가 내게 있을 거라는 기분이 들었다. 영규는 아이들의 시선이 집중된 틈을 이용해 그가 기계공학과를 버리고 사회학과로 재입학한 것이 얼마나 정당하고 올바른 일인지 장황히 설파했다.

"허구헌 날 전자계산기나 두들겨대는 공돌이들이 뭘 알겠냐? 인생을 알겠냐, 세상을 알겠냐?"

누군가 추임새처럼 덧붙였다.

"여자를 알겠냐?"

아이들이 와자하게 웃었다.

이제 대학 1학년으로 채 깃털도 제대로 돋지 않은 채 대학교라는 거대한 연못에 던져져 허우적대던 못난 오리새끼 같던 내게 그의 말 한 마디, 한 마디는 별안간 하늘에서 떨어진 뗏목처럼 느껴졌다.

모두가 사내애들인 우리 중 누구도 무리의 우두머리 수컷에게 이견을 제시하려 들지 않았다. 나와 내 세대 아이들은 연장자를 권위자로 대우하도록 훈련됐다. 내 아버지가 아무리 술을 먹고 와서 횡설수설하고 소란을 피우고 터무니없는 이유로 이따금 가족들에게 손찌검을 해도 결코 대들고 따지지 않았던 이유이기도 했다.

"세상은 말이야, 우리 같은 먹물 서생들이 만들어 나가는 게 아니야. 세상은 노동자들이 만들어 가는 거라고. 우리가 장학금 받는 거나 다름없이 싼 등록금 내고 서울대를 다니잖아? 이게 얼마나 대단한 특혜냐? 그러니까 우리도 노동자들이 일궈온 이 사회에 뭔가 보답해야 하는 거야."

연장자의 권위를 인정하는 척 시늉하다 보면 결국 그 권위의 지시를 따르게 마련이었다. 나는 덩달아 나 역시 어떤 고귀한 열정이나 목표가 있어 법대나 경영대를 고사하고 인문대에 입학했을지도 모른다는 생각이 들었다. 누군가 외쳤다.

"아, 형, 노래는 안 할 거예요?"

그가 기타를 집어들었다. 그에게는 사람들의 시선을 끌어 모으는 재주가 있었다. 그의 장광설을 지겨워하던 아이나 그에 매혹됐던 아이들 모두 입을 다물고 그를 주시했다. 마침내 그의 손가락이 기타를 뜯었다. 흥겨운 전주가 시작됐다.

쿵따다 쿵따 쿵따다 쿵따.

누군가 짐짓 절망적인 목소리로 외쳤다.
"으아, 또 영자야?"

영규는 기타를 퉁기던 손을 멈추더니 익살스러운 표정으로 아이들을 둘러보았다. 한 아이가 속삭였다. 쉿. 짧은 침묵 후 그의 손이 잔잔하게 아르페지오를 퉁기기 시작했다. 이윽고 그가 노래했다.

저 하늘에 구름 따라
흐르는 강물을 따라
정처 없이 걷고만 싶구나

나는 그의 목소리가 그렇게 좋은 줄을 그날 처음 알았다. 순전히 열등감 때문에 클래식기타 서클에 가입했지만, 태어나서 한 번도 제대로 음악에 가슴 뭉클해본 적은 없었다. 나는 그날 난생 처음 눈물 날 것 같은 공감을 노래에서 느꼈다. 친숙하고 편하던 내 작은 도시를 떠나 낯선 대도시의 낯선 아이들 속에서 꾹꾹 뱃속으로 삼켰던 소외감과 외로움, 그리고 상처받은 자존심이 채 소화되지 못한 채 내 명치끝에 억눌렸다가 그 노래를 구실 삼아 목구멍 밖으로 치밀어 오르는 느낌이었다. 노래가 끝나자 아이들이 젓가락으로 탁상을 두들기며 그 박자에 맞춰 연거푸 외쳤다.

"다시 해! 다시 해! 잘할 때까지 다시 해!"

영규는 사양하는 척도 하지 않고 서너 곡을 더 불렀다. 그의 연주는 내게 나무랄 데 하나 없이 느껴졌다. 짓궂은 아이들은 한 곡이 끝날 때마다 '잘할 때까지' 다시 하라고 연호했다. 마침내 그가 외쳤다.

"아, 시발, 알았다, 알았어. 이번이 진짜 마지막이다."

아이들이 조용해지자 그가 아르페지오 기타 반주에 맞춰 노래를 부르기 시작했다.

꽃잎처럼 금남로에

뿌려진 너의 붉은 피

한 소절을 마치자 일학년들을 제외한 아이들 모두가 따라 부르기 시작했다.

두부처럼 잘리워진

어여쁜 너의 젖가슴

나는 뒤통수를 몽둥이로 맞은 느낌이었다. 온 몸에 소름이 돋았다. 이게 무슨 노래인가? 우리나라에 이런 일이 있었단 말인가? 아니면 그저 어떤 끔찍한 역사적 사실을 은유한 것일까? 일제시대 이야기일까, 아니면 육이오 전쟁 때? 나는 이 노랫말이 무엇을 말하는지 전혀 알지 못했다. 가사는 피비린내 나도록 끔찍한 이야기인데, 멜로디는 이상하리만큼 익숙했다. 멜로디가 주는 익숙한 느낌은 마치 내가 그 노래를 이미 알고 있었던 것처럼 착각하게 만들었다.

왜 쏘았지 왜 찔렀지

트럭에 싣고 어디 갔지

아이들이 따라 부르면서 처음 4박자의 나긋나긋한 바로크 춤곡 같던 리듬은 이내 군가처럼 변해버렸다. 학교에 다니기 시작하면서 또래 여자와 손 한 번 잡아보지 못한 채 만 18살이 되어버린 사내아이의 상상력은 걷잡을 수 없는 곳까지 치달았다. 총탄에 다치고 강간당해 피투성이가 된 가여운 소녀들이 트럭에 실려 수용소로 끌려가는 모습을 상상하던 나는 어느 틈에 노래가사를 문자 그대로 상상하기 시작했다. 흡사 내 누이, 혹은 내 여자를 총칼로 무장한 군인들에게 빼앗기기라도 한 듯한 침통한 느낌이 들었다.

시장에서 나올 무렵엔 모두가 많이 취해 있었다. 영규와 몇 명의 선배들이 어깨동무를 하고 좁은 시장 길목을 가로막고 걸으며 오월의 노래를 거듭 불렀다. 일학년 아이들도 곧 익숙해진 후렴구를 따라 불렀다.

오월 그날이 다시 오면
우리 가슴에 붉은 피 솟네

이름을 기억하지 못하는 한 선배가 우리에게 먼저 가라고 손짓했다. 그는 정육점이 있다는 시장 뒷동네로 사라졌다. 매캐한 최루탄 냄새가 가로수 꽃가루와 뒤섞여 어수선하게 날리던 어느 오월 초순의 봄밤이었다.

10. 사실과 진실

기숙사에 도착했던 것은 기숙사 문이 닫히기 직전, 자정이 가까울 무렵이었다.

"내 오늘 너무 기분 나쁜 일이 있었다."

책상에 앉아서 온갖 수학 기호와 부호를 적어가며 열심히 과제를 하던 부경이 내가 방에 들어서자마자 기다렸다는 듯이 내게 하소연을 시작했다.

"뭔데?"

같은 학번에 기숙사 방까지 같이 쓰고 있지만, 부경과 제대로 된 대화를 하는 일은 드물었다. 서로 공부하는 내용이 너무 다르다 보니 공통의 화제가 거의 없었던 것이 가장 큰 이유였다. 타 지역 사람들이 알아듣기 힘든 그의 억센 사투리 억양도 한몫했다. 하지만 내가 몸살을 앓던 그날 후로 우리는 많이 가까워졌다. 부경은 2학년이 되면서 물리학과를 지망할 예정이라며 늘 학점 걱정이었다.

부경이 의자에서 몸을 내 쪽으로 돌리더니 짐짓 심각한 얼굴을 하곤 내게 물었다.

"니, 광주사태 대자보 봤나?"

"응."

"그게 진짜 있었던 일이가? 니 우째 생각하노?"

"뭐, 진짜 있었던 일이겠지. 설마 없던 일을 그렇게 떠벌리겠나?"

"그래, 우리 고2 때 신문에도 막 나고 그랬다. 사람 그리 죽은 건 여기 와 알았다. 근데 그래도 좀 이상한 게 있다."

"뭔데?"

부경은 내 쪽으로 의자를 당기더니 더욱 더 목소리를 낮추며 이야기를 계속했다. 며칠 전 자기가 다니는 바둑 서클 벽에서 민간인들의 시체가 끝도 없이 늘어서 있는 흑백사진을 봤다고 것이다. 부경은 근심 어린 표정으로 말했다.

"그게 불과 2년 전 일 아이가. 그런데 그거 보면 수십 년 전 사진 같은 기라. 화질이 안 좋아서 확실히 모르겠는데, 사람들 옷도 이상했다. 요즘

우리나라 같지 않았다. 아, 그리고 2년 전 일인데 컬러사진 한 장 없는 것
도 그렇고."

"그려?"

"무엇보다도 그 사진들이 너무 눈에 익은 기라. 너무 이상해가, 며칠을
생각하지 않았나? 근데 말이다…."

부경은 잠시 어두운 표정이 되어 입을 다물더니 다시 말을 이어갔다.

"그게, 그 사진이 아무리 생각해봐도 전에 책에가 본 난징대학살 사진
같은 기라. 우리나라 광주가 아니고."

"뭐여, 그럼 중국사람들 사진이란 말여?"

"맞다. 그래서 오늘 내가 서클 선배한테 묻지 않았나? 왜 난징대학살 사
진 갖다 놓고 우리나라라고 하느냐고."

"그려?"

"아 근데, 아주 기분 나쁘게 빈정대면서 나더러 회색분자라는 거 아이
가."

"왜?"

"나더러 그러더라. 중요한 건 사실이 아니라 진실이라고."

"건 또 무슨 소리여?"

"그 선배가 하는 말이, 진실을 효과적으로 민중에게 전달하기 위해선
사실에 왜곡이 있는 것처럼 보일 수 있다는 기다. 그래서 그거 공산주의
자들 전략전술 아니냐 했다가 욕을 바가지로 먹었다. 지식인이 사실 여부
만 따지느라고 아무런 행동을 하지 않으면 진실을 거스르고 역사를 거스
르고, 그러더라. 지엽적 사실여부만 따지는 일차원적 인간이고 역사를 퇴
행하고 어쩌구 저쩌구… 아, 내도 모른다. 일일이 말로 옮기기도 어렵다."

"근디, 진실이랑 사실이랑 어떻게 다른겨?"

"니 문관데 그런 거 안 배우노, 철학개론 같은 시간에?"

"몰러? 철학개론 책에 그런 게 나오나? 철학개론 시간에 뭐 하는지 나도 모르겠다. 틈만 나면 박정희, 전두환 욕만 하고 딱히 가르치는 게 없다. 기말고사를 어떻게 볼지 벌써부터 걱정이여."

"문과 좋네, 맨날 놀고. 우리 일반물리 교수는 진도 못 나갔다고 기말고사 전까지 월, 수, 금 아침 8시까지 나오라더라. 근데, 철학시간에 돌아가신 박정희 대통령 각하 얘기는 와 하는데?"

순간 나는 박정희 이름 뒤에 '각하'를 붙이는 부경의 무지와 무신경함을 보고 어쩐지 우월감을 느끼며 우쭐한 느낌이 들었다.

"독재자였잖여. 친일파고."

부경은 더 이상 묻지 않고 책상 위 과제물에 얼굴을 파묻었다. 그는 적분기호와 행렬기호와 그 외 내가 알아볼 수도 없는 이상한 그리스문자들로 가득한 과제물은 풀 수 있을지 몰라도, 내 논리에는 더 이상 토를 달지 못했다. '친일파'는 우리 세대에게 모든 논란에 종지부를 찍어주는 마법의 단어이자 궁극의 무기였다.

11. 지랄탄의 운동방정식

"야, 정문으로 못 나가겠다."

오후 4시 무렵, 대운동장 건너편 관악산 계곡을 왼쪽에 끼고 이백 명 넘는 아이들이 교문을 향해 행진하고 있었다. 서울대의 아이콘인 철문 너머 전경들이 새까맣게 진친 모습이 보였다. 클래식기타 서클 아이들 몇 명이 함께 낙원악기상가에 가서 구경도 하고 기타줄도 사기로 한 날이었다.

"영자오빠가 오늘 나가면 술 사준다고 한 게 저거였구나."

"너한테도 그랬냐? 지금 때가 어느 땐데 한가하게 기타 줄 산답시고 놀러 다니냐고?"

"지금이 어떤 때인데?"

옆에 있던 공과대학 82학번 아이 둘이 두런댔다. 저 멀리 운동장 너머로 보이는 플래카드에 적힌 대로 나는 대답했다.

"군부독재시대?"

나와 함께 서 있던 두 82학번 아이들은 당장 교문을 사이에 두고 벌어지고 있는 현상을 관찰하고 이해하기 위해 '브레인스토밍'을 시작했다.

"근데 군부독재시대의 정의가 뭐냐?"

"지금 우리나라 고려시대 무신정치 때랑 비슷한 걸까?"

"쿠데타로 정권을 잡았다는 점에서 비슷하긴 하다."

"그럼 다른 점은 뭐냐?"

"무신이 정권을 잡으면 안 되는 이유는 뭐지?"

"군인이라 그런 게 아니라 독재라고 그런 거냐?"

"왜 독재지? 독재라 부르는 건 정확히 어떤 경우냐?"

"대통령이 삼권을 장악했단 뜻 아니냐?"

"전두환 대통령 된 지 아직 3년도 안 됐는데 왜 장기군부독재라는 거냐?"

"박정희 때부터 세어서?"

"근데 쿠데타가 정확히 뭐냐?"

"선배들이 체육관 투표라서 부정선거라고 하던데."

"부정선거면 왜 신문, 방송이 조용해?"

"다 어용이니까?"

"근데 사실, 꼭 표 바꿔 쳐야만 부정선거는 아니지 않냐? 금권선거니 관제선거니 하는 것도 다 부정선거라고 봐야 하는 거 아냐?"

82학번 신입생들이 서로 동문서답을 하며 눈 앞에 벌어지고 있는 일의 배경을 이해하려 헛되게 애쓰던 중, 그 때까지 잠자코 있던 80학번 지질학과 선배가 혀를 차며 끼어들었다.

"너희 공돌이들이 그래서 안 되는 거다."

어째서 나는 불과 두어 살 많은 선배들이 늘 보이던 이중적인 태도를 한 번도 깨닫지 못했을까? 그들은 군부독재나 기득권들의 권위는 철저히 부정하면서도, 후배들과 논쟁할 때는 몇 살 안 되는 나이차에서 오는 권위로 늘 우위를 점하곤 했다. 혹은 돌돌이 선배처럼 일단 상대방을 '잘 모르는 사람', '틀린 사람'으로 규정하고 이야기를 시작했다.

눈에 보이지도 않고 우리 일상생활에 방해도 되지 않는 전두환은 거대한 괴수로 타도할 대상 1순위였지만, 선후배 간에 일상적으로 이뤄지는 이 언어학대와 논리적 모순은 그 누구도 문제삼지 않았다. 이 때도 돌돌이라 불리던 이 지질학과 선배가 아이들에게 왜 '공돌이들은 안 되는지' 설명하지 않은 건 물론이다.

"지랄탄이다!"

저 멀리 교문 너머에 있던 한 경찰장갑차 지붕에서 최루탄 발사대가 튀어나와 흰 연기를 내뿜으며 교문 밖으로 나서려는 아이들을 향해 발사됐다. 82학번 공과대학 아이들 두 명이 입을 딱 벌리고 서서 최루탄의 궤적을 바라보았다.

"우와. 어떻게 저렇게 움직일 수가 있지?"

"저거 운동방정식 어떻게 계산하냐?"

"테일러 급수로 되냐?"

그 두 아이들은 지랄탄이라 불리던 페퍼포그의 탄을 보고 말 그대로 '열광'했다. 지랄탄이 아무리 '지랄 맞아 보여도' 초기 상태에 따라 떨어지는 시간과 장소에 분명 패턴이 있으리라는 것이었다.

"그게 다 무슨 소용이냐?"

점퍼 주머니에 손을 꽂은 채 마치 선인처럼 그 난장판을 내려다보고 있던 물리학과 복학생 선배가 끼어들었다.

"만사가 이미 다 정해져 있는 게 아니야. 공식과 계산이 세상 일을 다 알려주는 게 아니야. 그렇게 공식과 숫자에 의존하다 패배주의자가 되는 거야. 그걸 바꾸려는 의지, 우리 역사의지에 따라 포탄은 민중에게도 향할 수 있고, 독재의 심장에 꽂힐 수도 있는 거야."

나는 심장이 쿵 내려앉는 듯한 충격을 느꼈다. 그저 남들이 사는 대로 살아온 만 18살, 미뤄뒀던 사춘기를 겪던 인문대 어문계열 신입생에게 '의지'라는 낱말은 정말로 생소하면서도 강렬하게 들렸다. 여기에 붙은 '역사'라는 낱말 역시, 거대하고 황량한 서울대 캠퍼스에서 날마다 외톨이라는 느낌에 사로잡혀 살던 나에게 일종의 소속감과 도취감을 주는 신비한 힘을 갖고 있었다. 어쩌면 그는 테일러 급수니, 운동방정식이니 하는 생소한 말에 황망해진 나 같은 아이들을 겨냥했을 수도 있다. 그 때, 교문 너머로 돌을 던지던 시위대 아이들이 최루탄에 격앙한 듯 함성을 질렀다. 내 곁에서 누군가 외쳤다.

"꽃병이다!"

아이들은 화염병을 꽃병이라고 불렀다. 교문 너머, 초여름 날씨에 두 터운 진압복을 입은 전경 아이들 앞으로 화염병 두어 개가 날아가 아스 팔트 바닥에 꽂혀 깨지더니 순식간에 바닥에 불을 질렀다. 내가 물었다.

"야, 무섭다. 정문으로 못 나가겠는데. 낙성대로 해서 갈까?"

물리학과 복학생 선배가 별안간 내뱉었다.

"난 안 간다."

나는 당황했다.

"어, 왜요? 선배가 아는 가게 소개해준다고 하셨잖아요?"

선배가 여전히 주머니에서 손을 빼지 않은 채 시위대가 아닌 하늘을 바라보며 중얼거렸다.

"저 애들한테 미안해서…."

바람 방향이 바뀌면서 대운동장 언덕 위로 최루탄 냄새가 날아들었다. 천문학과 선배가 현인이라도 되는 듯 말했다.

"봐라. 어디로 떨어지든, 최루탄 냄새는 우리 모두가 맡게 돼 있어. 근 시안적으로 세상을 바라보지 말고, 저 지랄탄이 우리 심장을 향해 날아 온다는 걸 기억해."

12. 농활의 프롤레타리아 독재

"야, 이성식, 너 서클 농활 갈 거지?"

80년대, 학교 선배들은 언제나 아무 설명 없이 자기들만이 알 법한 낱 말을 써댔다. 남들이 다 알아듣도록 말하는 건 대개 어수룩하고 뒤처진 걸로 간주했다. 사소한 표현도 남들이 알아듣지 못하는 경우엔 지적이거나 비밀스러운 느낌을 주곤 했다. 행여 이런 약어를 듣고 이해하지 못했다고 해서 주춤대거나 되묻는 건 바보 같은 짓이었다. 나는 '농활'이라는 말의 의미를 파악하기 위해 되물었다.

"근데, 가서 뭐 합니까?"

"야, 뭐 하긴. 봉사하는 거지."

그 때 옆에서 내 기타의 조율을 봐주던 정수 선배가 쏘아붙였다.

"봉사활동은 무슨 봉사활동입니까? 새벽까지 술 먹고 12시 전에 일어나면 다행이죠."

영자오빠는 불쾌한 듯 반박했다.

"야, 꼭 가서 육체노동을 해야만 봉사냐?"

"농촌에서 육체노동 안 하면 뭐 하는데요?"

평소 영자오빠와 되도록 부딪히지 않으려 애쓰던 정수 선배는 그날따라 물러서지 않았다.

"가서 농촌 노인들 가르쳐서 이 사회에 대한 의식을 깨우쳐 드려야지."

정수 선배는 기가 차다는 듯 잠시 말을 멈췄다가 곧 쏘아붙이기 시작했다.

"에? 아니, 우리가 할아버지 할머니 뻘 어른들한테 가르치긴 뭘 가르쳐요?"

"야, 시골 노인네들이 알면 뭘 알겠냐? 여태 새마을운동 때문에 잘 살게 된 줄 믿고 박정희를 신처럼 떠받드는 노인네들이?"

"그럼 시골 노인들이 우리 같은 어린애들보다 못하단 거예요? 민중은 위대하다면서요?"

"야 박정수!"

영규는 치밀어 오르는 화를 삭이는 듯 잠시 입을 꾹 다물고 있다가 애써 침착하게 다시 입을 열었다.

"응, 그래, 민중은 위대해. 하지만 그 위대함이 발현되려면 우리 같은 지식인들이 이끌 필요가 있어. 프롤레타리아 독재가 바로 그런 거라고."

"그럼 우리가 프롤레타리아 독재를 하는 거예요? 혁명도 안 일어났는데 순서가 이상하네요. 그리고 농촌 노인들은 프롤레타리아 아닌가요? 독재 타도한다면서 무슨 또 독재예요?"

"네가 독재를 무조건 나쁘게 보는데, 독재에도 급이 있어. 너 플라톤이 뭐라고 했는지 아냐?"

"뭐라고 했는데요?"

"야, 그런 건 네가 직접 읽어야지."

"전 공돌이라 그런 책 읽기 어려우니 간단히 설명해 주세요."

"아이고, 공돌이, 무식한 게 아주 자랑이구나."

"네, 저 무식해요. 그러니까 공돌이가 알아듣게 설명해 보시라니까요."

"네가 직접 공부해. 역사의식도 키우고 사회에 대해 배워. 헤겔 같은 것도 좀 읽고. 역사가 어떻게 발전하는지 좀 생각하란 말이야."

"저희 그거말고도 당장 공부할 거 많아요. 그러니까 헤겔이 뭐라고 했는지, 역사발전이 뭔지 좀 알아듣게 가르쳐 달라는 거 아녜요."

분위기가 험악해졌다. 서클 룸에 있던 다른 서너 명의 아이들이 하나둘씩 조용히 기타를 내려놓고 방을 뜨기 시작했다. 그 정도 가볍다면 가벼운 말다툼도 서울대 아이들에겐 낯선 일이었다. 아이들은 늘 조곤조곤 말했고, 상대방에 귀 기울이는 것처럼 보였다. 주먹질하는 아이들은 찾아보기 힘들었다.

나는 또박또박 선배에게 따지고 대드는 정수 선배가 불현듯 두려워졌다. 선배라고 해야 겨우 한 살 차이였지만, 중고등학교 때부터 선배와 교사들에게 고개를 조아리며 학교를 다니던 내게 정수 선배의 태도는 거칠고 무례하며 낯설게 느껴졌다.

하지만 영자오빠와 말씨름하는 내내 정수가 내 기타를 끌어안고 있는 통에, 나는 그 불편한 자리에서 벗어나지도 못하고 고개만 푹 숙이고 있었다.

"하, 내가 이래서 공대를 그만 뒀다니까. 넌 어떻게 어린애가 그렇게 앞뒤가 꽉꽉 막혔냐?"

영자오빠는 별안간 태도를 누그러뜨리더니 정수 선배 옆 의자에 털썩 앉아 담배를 꺼내 물었다.

"이번 달부터 서클 룸에선 금연하기로 하지 않았습니까?"

"야, 좀…. 애들도 없는데 뭐 어때."

"성식이 있잖아요."

별안간 영자오빠가 자기 입에 물었던 담배를 내 입에 쑤셔 넣었다.

"성식이도 담배 피운다, 그렇지?"

그러면서 영자오빠는 내가 물고 있던 담배에 불을 붙였다. 술자리에서 이따금 호기심에 입에 물어보지만 언제나 고약한 냄새와 지독한 연기 때문에 한 모금 이상 빨지 못하던 담배연기가 그날따라 별 거부감 없이 온몸에 퍼져나갔다. 영자오빠는 느물거리며 화제를 전환했다.

"그러니까, 한 마디로 말해서, 프롤레타리아 독재고 뭐고, 우리가 불쌍한 노인네들 위해 할 수 있는 일은 해야 하잖아, 안 그래?"

정수는 어이없다는 듯 피식 웃더니 조율을 마친 내 기타를 내게 건네며 자리에서 일어섰다. 영자오빠가 담배 한 개피를 더 꺼내 입에 물고 길게 연기를 뿜으며 히죽 웃었다.

"그러니까 성식이, 너 농활 가는 거다?"

무슨 논리에서 '그러니까'라는 말이 나왔는지 이해하기 어려웠지만 나는 나도 모르게 고개를 끄덕였다. 바닥에 담뱃재를 탁탁 터는 영자오빠에게 조심스레 내가 물었다.

"우리 서클에서 대충 몇 명이나 가나요?"

다시 기타를 집어 들고 조율을 시작하려던 영자오빠가 말했다.

"몇 명 안 될 걸. 보통 메아리 애들이랑 조인트해서 간다."

메아리는 학교에서 가장 큰 노래 서클이었다. 그는 자신이 재입학 후 지금껏 메아리에서 더 많이 시간을 보냈다고 털어놓았다. 그러면서 바닥에 던진 담뱃재를 밟아 끄면서 사뭇 비장한 표정으로 말했다.

"농민도 농민이지만, 부르주아 문화에 빠진 놈들을 한 명이라도 구제해야지."

이 때 내 어머니 또래의 한 중년 여자가 서클룸 문을 열고 들어왔다. 담배꽁초와 일회용 컵이 잔뜩 쌓인 쓰레기통을 들어 문 밖에 세워둔 큰 플라스틱 통에 털더니, 다시 들어와 비와 쓰레받기로 아이들이 바닥에 버린 쓰레기와 영규가 방금 짓밟은 담배꽁초를 쓸어 모았다. 영규가 덧붙였다.

"그게 지식인의 책무거든."

13. 엠티

얼떨결에 대답은 했지만, 도서관에서 나와 기숙사로 향하면서도 나는 과연 내가 농활이라는 데 가야 하는지 가지 말아야 하는지 결정하기 어려웠다. 대학 신입생이 농촌 노인들에게 세상에 대해 가르친다는 게 합당하고 가능한 일인지 판단하기 어려워서도 아니었고, 농사일이라고는 해본 적도 없는 내가 과연 무슨 도움이 되기나 할까 의심스러워서 그런 것도 아니었다. 그저 나 스스로 무언가 결정하는 데 익숙하지 않았을 뿐이다.

세상은 꽉 막혀 있었다. 신문과 텔레비전이 있었다지만 서울에서 볼 수 있는 공중파 채널은 불과 세 개뿐이었다. 기숙사 로비에서 이따금 볼 수 있던 텔레비전 뉴스는 9시를 알리는 알림음이 '땡'하고 울리면 언제나 '전두환 대통령은 오늘…'로 뉴스가 시작된다고 해서 '땡전' 뉴스라고 불렸다. 그리고 땡전뉴스로 보는 그 꽉 막힌 세상은 대체적으로 평화로워 보였다.

대학신입생이던 내 눈에 평화롭지 못한 건 오직 아크로폴리스라 불리던 학교 본부건물과 교문 주변뿐이었다. 4월 하순부터 매주 금요일이면 마치 학생-경찰 대항 정기 스포츠 경기라도 되는 듯 아이들은 돌을 던지고 전경들은 아이들이 교문 밖으로 행진하지 못하게 막느라 북새통을 떨곤 했다. 그리고 다음 주면 영자오빠 같은 아이들은 어김없이 아이들 앞에 나타나 마치 일제시대 독립군이라도 되는 듯 아이들에게 그 투석전이 얼마나 역동적이고 흥미진진했는지 장광설을 늘어놓았다.

사람들은 신문이나 방송보다는 주변사람들이 전하는 소식이나 소문을 더 신뢰하고 따랐다. 누가 옳은지 몰라서 주저하는 아이들은 없는 사람으로 취급받기 일쑤였다. 이따금 누군가 전경들도 우리 같은 젊은이들 아니냐고, 그들은 명령에 복종할 수밖에 없는 신분인데 어째서 그들에게 돌과 화염병을 던지느냐고 묻기도 했다. 그러면 대개 이런 질문이 따라왔다.

"해전사(해방전후사의 인식) 읽었냐?"

안 읽었다고 하면, 읽으라고 했다. 읽었다고 하면 다시 물었다.

"그럼 열린 사회(열린 사회와 그 적)는 읽었냐?"

어떻게 대답하든 결론은 매한가지였다. 안 읽었다고 하면 안 읽었기 때문에, 읽었다고 하면 제대로 안 읽었기 때문에 전경이 우리와 같은 젊은 이라는 잘못된 생각을 갖게 됐다는 것이다. 자기들의 생각이 틀렸을 수도 있다는 가능성은 처음부터 완전히 배제돼 있었다. 또 하나, 이 만능 해답을 빼놓을 수 없었다.

"네가 독재정권 교육에 세뇌돼서 그래."

그들은 절대 경찰이라는 공권력을 물리적으로 공격할 당위성이 무엇 인지 설명해주지 않았다. 그럼에도 나는 아마도 그들이 옳을 것이라고 추정했다. 아무런 근거 없이 그렇게 의연하게 확신할 수는 없다고 짐작했다. 나는 그들이 나보다 연장자라고 생각하고 연장자의 권위를 인정하기로 했다. 권위의 유무는 옳고 그름을 결정하는 데 있어 그 어떤 논리보다 중요했다.

본부건물 옆 서클룸에서 나와 도서관 건물 아래 그늘진 길을 걷는데, 저 편 인문대 건물 앞에서 어문계열반 아이들이 빈 우유팩을 공 삼아 차며 놀고 있었다. 팩을 차던 철우가 손을 들어 나를 불렀다.

"여태 서클룸에 있었냐? 도대체 몇 시간을 한 거야? 촌놈이 클래식기타에 완전 푹 빠진 모양이네."

"푹 빠지긴 뭘 빠지냐? 촌놈이 공부하긴 싫고, 나가 놀 줄도 모르니까 하는 거지."

나는 어느새 나 자신을 자연스레 촌놈이라고 지칭하고 있었다.

"야, 우리 인문1반 기말고사 끝나자마자 엠티 간다더라."

"기냐? 어디 가는데?"

"설악산 간다더라."

나는 잠시 망설이다 물었다.

"이거 다 가야 하는 거지? 그럼 여학생들도 가냐?"

"야, 당연하지."

"근디, 여자애가 놀러가서 외박하는 건 좀 그릏지 않냐?"

철우가 별안간 웃음을 터뜨렸다. 영문을 모르고 바라보는 내게 철우가 웃음을 멈추지 않고 대꾸했다.

"촌에서는 여태 그렇게 남녀가 내외하냐? 아니면 너 살던 데가 양반의 고장이라 그런 거냐?"

나는 당황해서 아무 말도 하지 못했다. 내 진지한 질문이 그렇게 우습고 시대착오적이었단 말인가? 나는 화단 경계석 위에 털썩 주저앉았다. 철우는 다시 아이들에게 돌아가 우유팩을 차기 시작했다. 우유팩 차기는 제기차기와 비슷한 놀이였다. 우유팩 차고 노는 아이들, 화단 경계석에 앉아 구경하는 아이들 사이로 아이들이 분주하게 오갔다.

"4"

"5"

"5"

내 곁에서 조금 떨어진 곳에 복학생으로 보이는 낯선 사내애들이 앉아 지나가는 아이들을 바라보다 이따금씩 숫자를 내뱉았다.

"5"

"8"

무리 중 한 아이가 기가 차다는 듯 타박했다.

"뭐? 니 눈이 삐었나? 8? 진심이가?"

"와? 이쁜데?"

그제서야 나는 그 아이들이 지나가는 여학생들에게 점수를 매기고 있는 걸 알아챘다. 팩 차기에서 이긴 철우가 땀을 식히려 내 곁에 앉았다. 그때, 도서관 건물 그늘 아래 여학생 서너 명이 햇볕 아래로 걸어 나왔다. 그 중에 피비 케이츠도 있었다.

"8"

"7"

"7"

여자애들은 이미 자주 겪은 일인 듯, 크게 소리 내어 점수를 외치는 사내애들을 완전히 무시한 채 앞만 보고 걸었다. 철우가 여자애들에게 물었다.

"집에 가냐?"

여자애들은 고개만 까닥였다. 철우가 다시 물었다.

"니들 엠티 갈 거지?"

여자애들은 서로의 얼굴을 바라보며 고개만 갸우뚱했다. 오직 미현만 선뜻 대답했다.

"응!"

정미현은 문득 내 기타케이스에 눈길을 주더니 물었다.

"어머, 너 기타 치나 봐?"

"아, 저, 그게, 응."

"무슨 기타야? 통기타?"

"어, 아니, 클래식인디."

"정말? 클래식? 너무 멋있다! 나 어릴 때 클래식기타 하려다 너무 힘들어서 포기했는데!"

미현은 손을 뻗어 내 기타케이스를 슬쩍 만져봤다.

"제니알!"

이따금 그렇게 미현은 자기도 모르게 불어 단어를 내뱉고는 민망한 듯 콧등을 찌푸리며 웃곤 했다. 미현은 내 기타를 손으로 쓰다듬고 줄을 살짝 퉁겨보더니 나와 눈이 마주치자 생긋 웃었다. 그러더니 내일 보자는 인사까지 하고 자리를 떴다. 나는 철우에게 물었다.

"야, 엠티가 언제라고?"

"6월 29일."

날짜를 듣는 순간 나는 그 해 서클 농활에 가고 싶어도 갈 수 없음을 깨달았다.

14. 설악산의 밥 딜런

"야, 그런데, 엠티가 대체 무슨 뜻이냐?"

대관령을 넘어 서울로 돌아가는 낡은 시외버스 안에서 용재가 내게 속삭였다. 용재는 아직 고교평준화가 시행되지 않았던 대전시에서 명문고를 졸업한 아이였다.

같이 버스를 탄 다른 아이들은 대부분 잠들어 있었다. 나는 그 아이들이 부러웠다. 장맛비가 미친 듯이 쏟아져 한치 앞도 제대로 보이지 않았고, 버스는 마치 금방이라도 낭떠러지에서 떨어질 것 같아 조마조마했다. 적어도 잠든 순간에는 그런 불안을 느낄 필요가 없을 터였다. 앞자리에 앉은 한 아이가 우리 쪽으로 뒤돌아보며 장난스레 대꾸했다.

"마시고 토하고의 이니셜 아이가?"

용재가 앞자리를 주먹으로 쳤다.

"야, 좀!"

나는 잠시 낄낄 대다가 용재의 질문에 답했다.

"멤버십 트레이닝의 약자라 하더라."

"그러냐? 민족 타령, 외세 타령 맨날 하면서 그런 건 왜 영어로 하냐?"

엠티 첫날 나는 우리 앞자리에 앉은 아이가 뱉은 그 실없는 농담에 일리가 있었다는 걸 알았다. 긴 버스 여행 끝에 아직 채 여독이 풀리지 않은 아이들은 선배들이 권하는 술을 거절도 못 하고 무작정 다 받아 마셔야 했다. 선배들은 아직 전공을 정하지 않은 아이들에게 자기 과 지망을 권한다는 구실로 따라온 것이었다.

간혹 용재처럼 전혀 술을 마실 줄 모르는 아이도 있었지만 그들은 막무가내였다. 그렇게 술이 몇 배 돌고 나니 분위기는 엉망이 됐다. 몇몇 아이들은 몸도 제대로 가누지 못 하고 한구석에 쓰러져 누워 있었고, 또 어떤 아이들은 화장실로 달려가 먹은 것을 게워내기에 바빴다. 무슨 까닭인지 술만 마시면 목놓아 울던 아이는 그 자리에서도 똑같았다.

그리고 선배들은 가져온 기타를 퉁기며 노래를 불렀다. 몇 번 들은 노래도 있고, 처음 듣는 노래도 있었다. 대부분의 노래가 대학생활과는 전혀 관계없이 들렸다. 라디오에서 늘 듣던 대학가요제 수상 가요 같은 건 전혀 부르지 않았다. 그저 노동자, 민중, 민주 같은 단어들이 반복해서 나오는 궁상맞고 침울한 노래뿐이었다. 그 노래를 따라 부르지 못하는 아이들은 이상한 소외감이나 심지어 자격지심을 느껴야 했다. 클래식기타 서클에서 이런저런 민중가요를 주워들은 덕분에 나는 꽤 많이 따라 부를 수 있었다. 그리고 선배들의 술 고문에서 살아남은 자들 중엔 미현이도 있었다.

미현이는 볼이 발그레 상기된 채 실없이 웃으며 선배들의 노래를 따라 부르려 애쓰고 있었다. 남자애들보다 한 옥타브 높은 그 아이의 목소리는 굵은 장맛비 소음 속에서도 도드라졌다. 몇몇 자리를 지키고 있는 여자애들 대부분은 알지 못하는 노래가 지루한 듯 자기들끼리 속삭이며 수다를 떨었다. 과대표라는 선배들이 새로운 노래를 시작했다.

흔들리지 흔들리지 않게
물가 심어진 나무 같이 흔들리지 않게

노래를 마치자 언어학과 과대표가 정미현에게 물었다.

"너 이 노래 알아?"

"멜로디만 알아요. 한국말 가사는 잘 몰라요."

"멜로디는 어떻게 알아?"

그는 신성한 지식이 허락없이 흘러 나간 게 불쾌하기라도 한 듯 자꾸 따져 물었다.

"리쎄… 아니, 고등학교 때 사람들이 부르는 거 많이 들었어요."

옆에 있던 다른 여자애가 거들었다.

"얘네 아버님이 외교관이시라 파리에서 고등학교 2학년까지 학교 다녔대요."

술기운에 발그레했던 미현의 얼굴이 더 발그레해졌다.

"아, 재외국인자녀 특별전형."

국문과 대표가 심드렁하게 단정했다. 순간 발그레하던 미현이의 얼굴이 새빨갛게 달아올랐다.

"아니거든요? 저 시험 다 보고 제대로…."

"아니예요? 네. 그럼 아니라고 쳐주죠, 부르주아 영애님."

미현이가 조회시간에, 교련시간에, 체육시간에 줄곧 두들겨 맞으며 살아온 우리와 좀 다른 건 나도 어렴풋이 느끼고 있었다. 미현이는 교수들이 형식적으로 묻는 '질문 있냐'는 말에 정말로 질문하고, 조교들의 일방적 지시나 전달사항에 심심치 않게 의문을 제기하는 '당돌한' 아이였다. 그러나 그런 미현이도 국문학과 과대표의 태도에 질렸는지 눈만 커다랗게 뜬 채 아무 말도 하지 않았다. 국문학과 과대표가 사용한 '부르주아'라는 어휘는 미현이를 정말로 화나게 했던 것 같다.

이죽거리는 국문과 대표를 잠시 노려보던 미현이는 자리를 박차고 일어나 나가버렸다. 선배들의 이상한 노래와 이상한 이야기에 불편한 기색을 보이던, 아직 덜 취한 여자애들 몇 명이 미현이를 따라 슬그머니 자리에서 일어났다. 전날부터 내리던 비는 도무지 그칠 기미를 보이지 않았다. 별안간 강풍이 몰아치며 열려 있던 창문으로 비가 심하게 들이쳤다. 원래 반별, 남녀별로 각자 모여서 자는 방이 따로 정해져 있었지만, 긴 버스 여행과 익숙하지 않은 술에 지친 아이들은 마치 물개 떼처럼 이부자리도 베개도 제대로 갖추지 않은 채 아무 데나 누워 기절하듯 잠들었다.

둘째 날도 별로 다르지 않았다. 전날 강제로 마신 술 때문에 아이들은 여전히 몽롱한 상태였다. 장맛비 때문에 밖에 나갈 수도 없었다. 아이들은 하루 종일 선배들의 이야기를 들어야 했다. 제목은 '시국토론'인데, 사실 토론이라고 하긴 어려웠다. 고등학교 아침조회 시간 교장의 훈화를 듣듯, 아이들은 바닥에 주저앉은 채 선배들의 일방적인 선언을 듣기만 해야 했다.

그들이 무슨 말을 했는지 기억하기 어려웠다. 공부만 하느라 정신적으로 뒤늦은 사춘기를 맞이한 아이들이 그들의 개인적 고뇌를 두서없이 적은 일기장에 '시대의 아픔', '군부독재', '군사정권', '민중의 고통', '노동자와 지식인의 연대', '정경유착' 같은 단어를 뒤섞어서 적당한 용언과 형용사를 갖다 붙인 후 읽어주는 느낌이었다. 이따금 그들의 표현이 너무나 감상적이고 우울해서 등에 오한이 느껴질 정도였다. 모두 그 어색하고 불편한 자리에서 서로의 눈길을 피한 채 술잔만 내려다보고 있었다. 설사 누군가 빙긋대며 그 감상과 우울감을 비웃었다 해도 아무도 알아차리지 못했을 것이다.

결국 나는 더 이상 견디지 못 하고 화장실에 가는 척하면서 호텔 밖으로 나갔다. 이른 여름날 저녁, 비구름에 덮인 유스호스텔 뒤뜰은 이미 어두웠다. 어디선가 까르르 여자아이의 웃음 소리가 들렸다. 빗방울이 여전히 뚝뚝 듣는 등나무 파골라 아래, 여자애 한 명과 남자애 한 명이 영어로 된 노래를 부르고 있었다. 남자애의 목소리는 낮아서 알아들을 수 없었다. 노래가 끝나자 여자애가 외쳤다.

"너 진짜 밥 딜런 같아!"

미현이었다. 몇 걸음 더 가까이 가자 남자애의 목소리를 알아들을 수 있었다.

"야, 너무 띄우지 마라."

철우였다. 이미 많이 취한 듯, 그 둘은 상대방이 한 마디 할 때마다 까르르 웃었다.

"띄우는 거 아니거든? 난 밥 딜런이 노래 잘한다고는 생각 안 하거든?"

미현이 또 다시 까르르 웃으며 철우의 어깨를 손으로 툭 치는 순간, 나는 몸을 돌려 호텔로 되돌아갔다.

*

서울을 향한 버스는 쏟아지는 빗속에서 위태롭게 절벽길을 달리고 있었다. 창문이 꼭 닫힌 버스 안은 참을 수 없이 고약한 경유 냄새가 꽉 채우고 있었다. 나는 용재에게 물었다.

"니 밥 딜런 아냐? 존 바에즈는?"

"밥 뭐? 몰러."

"그려…."

"근디 그건 왜?"

"그 둘이 저항가수였는데, 연애했다더라."

"그냐…."

15. 지식인의 라면

마장동 시외버스 터미널에 도착했을 때도 장맛비는 도무지 그칠 기미를 보이지 않았다. 서울 사는 아이들은 뿔뿔이 흩어졌다. 미현이와 같은 동네 사는 철우도 곧 미현과 함께 버스를 잡아탔다. 지방에서 올라온 아이들 몇 명과 3학년 선배들 몇 명 만 어지럽고 혼잡한 길가에 남았다. 우리는 꽁치 통조림처럼 이미 꽉 찬 것처럼 보이는 버스에 자꾸만 꾸역꾸역

올라타는 사람들을 망연자실하게 바라보고 있었다. 도무지 버스에 오를 엄두가 나지 않았다.

"너희 다 기숙사로 가냐?"

국문학과 과대표가 물었다.

"네."

"촌놈들 길 모르지? 나만 따라와."

국문학과 대표는 볼썽사나운 검정색 PVC 봉투로 꽁꽁 둘러싼 기타를 가로메고 호기 있게 아이들을 이끌었다. 우리는 길 건너 한참을 걸어 다른 버스정류장에 도착했다. 그리고 이내 광화문으로 향하는 버스에 몸을 실었다. 도심지 반대쪽으로 향하는 다른 버스들보다는 조금 여유가 있었지만, 그래도 생판 남들과 장맛비에 젖은 몸을 맞대고 비벼야 한다는 건 별로 다르지 않았다. 나와 몸을 맞댄 채 덜컹거리는 버스에 몸을 흔들리고 있던 용재가 별안간 두꺼운 안경 너머로 눈을 휘둥그레 떴다. 나는 그가 바라보는 곳으로 눈길을 돌렸다. 용재가 보고 놀란 건 한 극장의 간판이었다.

'영자의 全盛時代(전성시대)
영자는 강한 남자의 지배를 받고 싶어한다'

나이 스무 살이 다 되어가도록 여자와 손 한 번 잡아보지 못한 1학년 촌놈들도 그 광고문구가 무엇을 의미하는지는 알 수 있었다. 간판에는 거의 다 벗다시피한 여자가 의자의 등받이를 두 다리 사이에 끼고 활짝 웃는 모습이 그려져 있었다. 여자의 복장은 분명 창녀의 것이었지만, 그 배

색이 하필 곁에 서 있는 버스차장의 유니폼과 비슷해서 나는 더더욱 민망해졌다.

게다가 영자(英子)라니. 5, 60년대 출생한 여자애들은 그 이름만 보고도 부모가 기다리던 딸인지 아닌지 짐작할 수 있었다. 40년대까지만 해도 여자 이름의 끝 글자에 일본식으로 '자(子)'를 붙이는 게 유행이었다. 창씨개명과 일본어 사용 의무화 때문이었다. 해방이 되고 시간이 흐르면서 식자들은 이 글자를 더 이상 여아의 이름으로 사용하지 않으려 했다. 그러나 많은 사람들은 딸의 출생신고를 하면서 여전히 이 글자를 갖다 붙였다.

그럴 만도 했다. 오행(五行)과 사주팔자에 맞게 좋은 이름을 지으려면 돈이 들었고, 여자애 이름에 그런 식으로 돈을 쓸 사람들은 드물었다. 항렬에 따라 이름을 지으려 해도 보고 쓸 족보가 아예 없거나 혹은 전쟁 통에 잃어버린 경우가 허다했다. 여자아이가 태어나면 예뻐 보이는 글자 하나를 골라 거기 '자'를 갖다 붙여 출생신고를 했다. 일본이 떠나고 20년이 지났어도 이 땅에서는 계속해 하루코, 아키코, 에이코, 미코, 케이코들이 태어났다. 그 이름들로부터 나는 묘하게 근친상간을 떠올렸다. 더불어 수치감과 박탈감, 그리고 죄의식을 느꼈다. 영자, 일본식으로 발음하면 히데코라는 그 이름은 내 어머니의 이름이기도 했다.

나는 어서 버스가 그 앞을 떠나기만 바랐다. 하지만 퇴근시간 정체에 밀리고 밀린 버스는 그 민망한 극장 간판 앞에 멈춘 채 꼼짝달싹하지 못했다. 종로거리는 차도가 아니라 주차장 같았다.

"어휴, 저런 쓰레기를 영화라고 만들다니. 돈이 아깝다."

국문학과 대표가 극장 간판을 본 듯, 조금 큰 소리로 외쳤다. 나는 젊은 여자 버스차장이 그 소리를 들었을까 싶어 부끄러웠다. 옆에 있던 언어학과 과대표가 국문과 과대표에게 대꾸했다.

"저거 봤어?"

"아니."

"근데 쓰레기인지 어떻게 아냐?"

"꼭 봐야 아냐?"

"보지도 않고 어떻게 아는데?"

"뻔하잖아. 그럼 넌 저게 걸작이라고 생각하냐?"

"내가 언제 걸작이라고 했냐? 나도 안 봐서 몰라. 보지도 않고 쓰레기라고 하는 이유를 묻는 거지."

"저런 쓰레기 영화가 한둘이냐?"

"그건 논리상 대답이 안 되는 것 같은데"

"무슨 논리가 필요해, 여기서. 쓰레기는 쓰레기지."

"쓰레기라고 누가 규정하는데?"

"지식인들이 규정해야지"

"지식인들은 보지 않고 매사 자기가 상상한 대로 규정해도 되는 거냐?"

국문학과 과대표는 잠시 머뭇댔다. 옆에 있던 일학년 아이들은 겁먹은 표정이었다. 아마 내 표정도 굳었을 것이다. 서열 높은 사람들의 목소리가 높아지면 거의 반사적으로 고개를 숙인 채 그 갈등을 외면하고 가능하면 그 자리를 피하려는 습성이 우리에게는 있었다. 이윽고 국문학과 과대표가 다시 포문을 열었다.

"그게 아니고…. 니가 아도르노를 안 읽었나 본데, 예술작품이 현실을 반영하지 않으면…."

"그래, 아도르논지 뭔지, 현실을 반영해야 진정한 예술이라는 정의가 옳다고 치자. 그런데 저 영화가 현실을 반영했는지 안 했는지 어떻게 보지도 않고 알아?"

후에 알았지만, 권위 있는 학자들의 이름을 들먹이는 건 서울대 인문대나 사회과학대 등 문과 아이들 사이에서 일종의 승전선언과 비슷한 것이었다. '나도 잘 모르는 대학자의 권위가 내 논리의 타당성을 입증했다. 내가 헤겔과 루카치를 선제 발사했으니 이 논쟁의 승리는 내게 돌아왔다'는 의미였다.

언어학과 과대표가 아도르노라는 대형 미사일에도 눈썹 하나 까딱하지 않고 대응사격하자 국문학과 대표는 적잖이 당황한 것 같았다. 그는 다시 처음으로 돌아갔다.

"아니, 그러니까, 내가 왜 저런 후진 영화를 내 돈 주고 봐야 하냐고?"

"누가 보랬냐? 하지만 보지 않았으면 쓰레기니 뭐니 판단하지도 말라는 거지."

"왜 안 돼? 우린 지식인이야. 예술작품을 판단할 책임과 권리가 있다고."

"우리가 무슨 지식인이냐? 그리고 지식인이라고 안 본 것도 판단할 권리가 있냐?"

"왜 아니야? 사르트르는 일이 저질러지고 나서야 이러쿵저러쿵 하는 건 진정한 지식인이 아니라고 했어. 앙가쥬망 몰라?"

"그럼 지식인이면 보지도 않고 남들한테 보라, 마라 할 수 있다는 거네? 유신 때 검열보다 나은 게 뭐가 있냐?"

"뭐? 유신? 어떻게 거기다 갖다 대냐?"

자신의 논리를 입증할 수 없었던 국문학과 과대표는 언어학과 과대표의 어휘 취사와 태도를 걸고 넘어가기 시작했다. 둘은 사람으로 꽉 찬 버스 안에서 참 맹렬히 싸웠다. 그들의 지적토론은 공중도덕을 초월하는 가치를 갖고 있는 것만 같았다. 어쨌든 곧 죽어도 영화를 안 보고 판단하겠다는 국문과 대표를 언어학과 대표가 굴복시킬 방법은 없었다.

국문과 대표는 논리가 아닌 편견으로 무장하고 있었고, 편견이란 그런 논쟁에서 일종의 비대칭무기였다. 스스로를 이미 지식인으로 규정하고 자기가 틀렸을 가능성을 완전히 배제한 사람과 논쟁을 시도하는 건 애초부터 쓸모 없는 짓이었다.

광화문 국제극장 앞에서 내려 갈아탈 버스를 기다리는 동안 두 과대표는 영원히 헛돌기만 하는 쳇바퀴를 쉬지 않고 돌렸다. 검정색 고무 널로 잘려 나간 하체를 감싼 지체장애자가 목에 '상이군인'이라는 팻말을 목에 메고 거무튀튀하게 검과 침이 엉겨 붙은 보도블록 위를 기어 다니며 버스를 기다리는 사람들에게 구걸하는 모습이 보였다. 우리 중 한 명이 머뭇대며 오백 원짜리 지폐를 건넸다. 다른 한 명이 그 애를 툭 치며 귀띔했다. 저런 사람들 다 가짜 상이군인이여.

마침내 영등포로 향하는 버스가 도착했다. 언어학과 과대표가 기다렸다는 듯이 하던 말을 멈추고 버스에 뛰어올랐다. 마치 더 이상 쓸데없는 입씨름을 하고 싶지 않다는 듯 보였다.

그리고 곧 봉천동으로 향하는 버스가 정류장에 도착했다. 기숙사에 사는 촌놈들이 우르르 버스에 올라 나란히 맨 뒷자리를 차지하고 앉았다. 종착 정류장에서 텅 비었던 버스는 순식간에 다시 찼다. 애들이 다 타고 나서야 마지막으로 버스에 오른 국문학과 대표가 애들 앞에 오더니 버스 안 기둥을 붙잡고 말했다.

"야, 니들 다 기숙사 가지? 가는 길에 우리 자취방에서 라면 먹고 가라!"

그 때까지 저녁을 먹지 못한 우리 일학년들은 기다렸다는 듯이 일제히 외쳤다. '예!' 버스가 출발하며 국문학과 과대표가 몸을 휘청대는 순간, 한 일학년 아이가 얼른 일어서서 국문학과 대표에게 자리를 양보했다. 모두 라면 이야기를 하며 와자하게 떠들기 시작했다. 그의 불합리한 고집에 은근한 반감을 느꼈던 나도, 기숙사에서 별로 먹을 기회가 없던 라면 얘기에 그만 불편했던 감정을 잊고 그의 자취방에 따라가기로 결정했다.

16. 핑계의 기술

"오빠 바보야?"

사람도 나오지 않았는데 기계음과 함께 덜컹 혼자 열린 대문 앞에서 나는 잠깐 어리둥절했다. 짙은 녹색 페인트가 칠해진 대문을 지나 마당에 들어서자마자 중학교 3학년인 여동생의 목소리가 들렸다. 나는 마치 남의 집처럼 머뭇대며 대문을 닫았다. 내가 학교에 있는 사이 가족들이 이사한 새 집이었다. 겨우 몇 개월 사이 몰라보게 변해 여자 티가 나는 내 여동생이 화강암 계단 위에서 팔짱을 끼고 나를 내려다보고 있었다.

"길 잃어버렸지?"

"아니."

"아니긴, 웃기시네."

"집 찾아서 이렇게 왔는데 그게 어째 길 잃은 거냐?"

말하면서도 내 말이 맞는지 확실하지 못했다. 정말 그럴까? 길을 잃었다 다시 찾은 건 길을 완전히 잃어버린 것과 무엇이 어떻게 다른 걸까? 여동생이 다시 쏘아붙였다.

"오빠 때문에 배고파 죽는 줄 알았잖아! 엄마가 오빠 올 때까지 기다려야 한다고 해서."

화강암 계단을 오르려는 순간 현관 밖으로 어머니가 달려나왔다.

"아이고, 아이고, 우리 성식이…."

달려나와 나를 끌어안는 어머니에게 가지무침 냄새, 오이냉국 냄새, 오징어볶음 냄새가 났다.

"덥고 꿉꿉한데, 오느라 얼마나 애썼니…. 내가 그래서 느이 아버지한테 터미널에 좀 나가 보라고 했는데, 아버지가 말을 안 듣고 기어이 널 이렇게 고생시키는구나."

어머니는 잘 울었다. 무슨 일이든 어머니에게는 눈물 흘릴 핑계가 될 수 있었다. 그런 어머니의 소모적이고 감상적인 눈물엔 늘 아버지의 고함이 뒤따랐다.

"왜 또 다 저녁 때 징징대고 지랄이야! 집에 잘 왔으면 됐지! 다 큰 사내새끼를 꼭 애비가 데리러 나가야 돼?"

아버지의 고함소리를 듣자 비로소 나는 집에 온 것을 실감했다.

붉은 벽돌과 화강암으로 지어진 2층 양옥집은 내게 너무 낯설었다. 윤기 흐르는 짙은 갈색의 베니어합판으로 내장한 거실도, 입식부엌도, 여동생 방에 놓인 침대의 매트리스도 다 낯설었다. 내가 어린 시절을 내 가족들과 보낸 집은 방마다 따로 연탄 아궁이가 달린 구식 가옥이었다. 더운 여름에는 마당에 풍로를 내놓고 밥을 지어야 했고, 겨울엔 부엌 한구석에서 가마솥에 담긴 물을 퍼 세수를 했으며, 비 오는 날 밤 볼일이라도 보려면 마당 너머 냄새 나는 구식 변소까지 비를 맞으며 걸어야 했다. 변두리 논밭 가운데 있던 집이 아니었다. 청주 시내에 있는 집이었다.

"왜 오랜만에 집에 온 애 앞에서 고함이유?"

어머니가 지지 않고 맞서 악썼다. 다시 한 번 집에 돌아온 실감이 났다. 내 집에선 그 누구도 낮은 목소리로 교양 있게 대화하지 않았다. 언제나 누군가 고함을 치고 있거나, 빈정대거나, 혹은 잔뜩 화가 나 있었다. 그리고 그 어수선한 가운데, 내 할아버지와 할머니는 평생 그랬던 것처럼 내 어머니와 아버지의 눈치를 보면서 그 누구도 꾸짖거나 타이르지 못 하고 조용히 한구석에 앉아 있었다.

두 시간 가까이 길을 헤매는 동안 나는 길을 잃은 핑계를 생각해내려 애썼다. 내 여동생 같은 사람들은 단지 내가 중고등학교 시절 우등생이었단 이유로 늘 무슨 빌미라도 잡아 나를 멍청하고 현실감각 부족한 공부벌레라고 비하하고 싶어했다. 그들의 생각이 옳을 수도 있었다. 생애 첫 서울 생활, 4개월이 채 안 되는 시간 동안 나는 수없이 많은 실수를 했다. 그리고 그 실수들로 인해 내게는 핑계를 지어내는 기술이 생겼다. 나는 밥을 먹으며 내가 늦은 이유를 설명하기 시작했다.

"우리나라 주소체계 참 문제예요."

내가 입을 여는 순간 어머니는 물론, 내 할아버지와 할머니, 심지어 아버지와 남동생까지 모두 나를 주시했다. 나는 당황했다. 우리 집에서 가족 간 대화라고 해봐야 늘 서열 높은 사람이 나머지 사람들을 꿇어앉히고 한 시간 가까이 들으나 마나 뻔한 이야기를 일방적으로 늘어놓는 게 전부였다. 서열이 낮은 사람은 밥상 앞에서 입을 여는 것조차 탐탁치 않게 여기던 우리 집에서. 내가 입을 열자 모두가 내가 말을 잇기를 기다린 것이다. 단 한 사람, 내 여동생만 빼고. 내 여동생은 남들은 아랑곳 않고 자기 오이냉국에 든 파 조각을 하나하나 집어 어머니 밥그릇에 얹어 놓느라 분주했다. 내가 당황해서 말을 잇지 못하자 아버지가 물었다.

"그냐? 그치? 근디, 왜 그냐?"

나는 아버지의 억양을 따라가지 않으려 애쓰면서 말을 이었다.

"예. 이게, 그라니께, 일제시대 때 급조헌 거라서 아주 비체계적이거든요. 순서도 엉망이고, 나중에 대지를 쪼개기도 하고, 그래서 번호가 하나도 안 맞거든요. 달랑 번지수만 들고 집 찾는 게 사실 거의 불가능하다 이거쥬."

어른들이 고개를 끄덕였다. 마치 '그라믄 글치, 내가 멍청해서 주소 보고 집 못 찾는 게 아녔어'라고 생각하는 것 같았다. 아버지가 입에서 밥풀을 튀겨가며 외쳤다.

"성식이 말이 맞어! 시청에서도 말여, 얼마나 골치 아픈지 알어, 으이? 그 놈의 지적도 때문에?"

식사는 늘 그렇듯 20분도 안 되어 끝났다. 어쨌든 대화를 나누며 천천히 밥을 먹는 건 예의가 아니었다. 어머니가 서둘러 수박을 쪼개 거실로 내왔다. 거실에 값비싼 안락의자와 소파가 놓여 있었지만 아무도 그 위에 앉지 않았다. 나는 마룻바닥에 앉아 수박을 먹으며 주소와 같은 보편적 정보를 이해하기 어렵게 만든 건 장기적으로 큰 낭비라고 말했다. 그리고 그런 식의 정보 편중은 정보를 가진 자와 갖지 못한 자로 사회를 양분한다고 주장했다. 어른들이 추임새를 넣었다. 그랴, 글 줄 알었어, 역시 서울대생은 달러도 한참 달러. 별안간 어머니가 한탄하기 시작했다.

"율량동에 살 땐 성식이 때문에 남부러울 게 없었는데, 여기 오니까 아무도 몰러, 내가 서울대생 엄마인 걸. 맨날 서울대, 서울대 하고 티 내기도 눈치 보이고."

역시나 아버지가 버럭 소리질렀다.

"씰데없는 소리 말어! 인생을 자랑하려고 살어?"

"왜 또 그래? 자식 자랑 좀 하고 싶다는데, 그게 뭐 그리 큰 잘못이유?"

아버지와 어머니가 또 다시 옥신각신 말다툼을 벌이자, 할아버지와 할머니가 서로 눈짓을 주고받더니 일어나 당신들의 방으로 사라졌다. 그러자 어머니가 바닥에 앉은 채 내게 가까이 몸을 끌고 왔다.

"성식이 너 알지, 우리 율량동 살 때, 진수라고, 니 아우 동기…."

"기억 안 나는디…."

"걔가 딴 건 다 되는데, 영어랑 수학이 안 된댄다."

아버지가 버럭 소리쳤다.

"그게 무슨 개소리여! 영어 수학 안 되믄 다 안 되는 거지!"

"아, 좀 조용히 혀봐유!"

자기는 언제나 완벽한 서울말씨를 쓴다고 자부하는 어머니의 입에서 강한 충청도 억양이 나오는 건, 그만큼 어머니가 긴장했다는 뜻이기도 했다. 어머니는 아버지를 피해 나를 안방으로 끌고 들어가서 속삭였다.

"그래서, 그 집에서, 너 방학 동안 영어랑 수학 좀 봐달라고…."

"그란데, 불법과외 하다가 걸리믄…."

"걸리긴 왜 걸리니? 돈을 안 받을 건데! 내 곗돈 걔 엄마가 대신 내주는 걸로…."

"그기 어떻게 안 받는 게 돼요?"

"오가는 돈이 없으면 안 받은 거지! 그냥 놀러 가는 척 갔다가 두어 시간 적당히 때우고 오면 되는 건데? 아니, 왜 너까지 이렇게 에미한테 대드니, 정말?"

대든다는 말은 언제나 내 기를 죽였다. 나는 풀이 죽어 중얼댔다.

"그라도, 아버지가 공무원이신디…"

어머니가 방바닥에 주저앉아 눈물을 짜내기 시작했다.

"어떡하니, 벌써 약속했는데. 이 집 사느라 빚진 거 원금이랑 이자 갚느라 아주 죽을 맛인데, 넌 자식이라는 게 방학 동안 잠깐 좀 에미 좀 도와주는 게 그렇게 힘드니? 아니, 그리고, 느이 아버지는 암 것도 모르는 양반이 왜…"

거실 너머로 9시 뉴스를 왁자하게 틀어놓고 보던 아버지가 안방까지 쩡쩡 울리는 소리로 고함쳤다.

"거, 혹시 과외 얘기하는 거여? 집어치워! 누구 팔자를 조지려고 그래?"

아버지의 고함에 나는 안도했다. 82년도 학력고사에서 수학 문제를 여섯 개나 틀리고도 운 좋게 서울대학교에 합격한 나였다. 대학생이 되어 처음으로 맞는 방학 내내 고등학교 수학을 다시 공부하는 건 상상하기도 싫었다.

내가 고등학교 2학년이던 1980년 여름, 방학을 앞두고 느닷없이 과외금지령이 떨어졌다. 돈 있는 사람들에게 기회가 집중된다는 이유였다. 본고사 폐지와 졸업정원제도 이 즈음에 결정됐다. 과외금지령 때문에 입주 가정교사로 일하며 생계를 꾸리던 많은 대학생들이 하루 아침에 일자리와 거취를 잃었다. 사람들은 전두환 대통령의 자식들이 쉽게 명문대에 들어갈 수 있게 취한 조치라고 수군댔다. 과외금지와 본고사폐지, 졸업정원제 덕분에 나같이 그저 평범한 아이들이 수도 없이 서울대를 비롯한 명문대에 합격했다. 그러나 나와 내 동기들 누구도 대통령의 아들뿐 아니라 우리들 역시 그 너그러운 입시제도의 수혜자인 것은 깨닫지 못하고 있었다.

바닥에 앉아 눈물을 짜내려 애쓰는 어머니에게 나는 속삭였다.

"들으셨죠. 들키면 아버지는 직장에서 잘리고 전 서울대에서 잘려요."

17. 껍데기는 가라

잠에서 깨어 바라본 탁상시계가 거의 오전 11시를 가리키고 있었다. 매미가 왱 우는 소리가 멀리서 들려올 뿐 집안은 조용했다. 아버지는 물론 출근했을 테고, 고등학생 남동생과 중학생 여동생도 벌써 학교에 가고 없을 시간이었다. 정신을 추스르고 보니 부엌에서 달그락거리는 소리가 들렸다. 나는 땀에 젖은 몸을 가까스로 일으켜 부엌으로 향했다. 부엌으로 가는데 신발도 신지 않고 쪽마루도 지나지 않고 가다니. 부엌과 화장실에 드나들 때마다 그 집이 낯설었다. 8월 하순, 길고 지루한 방학 끝에 다시 집을 떠나던 날이었다.

부엌 냉장고 앞에선 어머니가 쪼그려 앉아 바닥에 도마를 놓고 무를 썰고 있었다. 마늘과 생강 냄새가 후덥지근한 부엌에 가득했다.

"조리대 냅두고 왜 맨날 바닥에서 그래요?"

나는 식탁 앞에 놓인 의자에 털썩 주저앉았다. 마주한 식탁 위에는 커다란 스테인리스 밀폐용기와 김치재료가 잔뜩 쌓여 있었다.

"그라고, 식탁은 왜 안 써요? 식탁 쓰면 무릎 굽혔다 폈다 해가며 상 차리기 않아도 되는디…."

내가 어릴 때부터 어머니는 질문을 싫어했다. 어린 내가 정말로 몰라서 질문을 하더라도 늘 짜증스레 반응했다. '배추에 왜 소금을 뿌려?'랄지, '왜 다듬이 베고 자면 입이 삐뚤어져?'라는 사소한 질문조차 싫어했다. 역시나 어머니는 짜증이 난 듯 애써 서울 말투를 쓰며 대답을 피했다.

"아유, 몰라, 얘. 그만 따져."

그러더니 어머니는 '아고고' 신음하며 무릎을 두 손으로 짚어가며 겨우 자리에서 일어났다. 어머니 나이는 채 쉰도 안 됐었다. 어머니는 냉장고에서 반찬들을 꺼내 작은 소반에 얹어가며 내 아침상을 차리기 시작했다. 식탁의자에 앉아 어머니가 상 차리는 걸 내려다보았다. 어머니가 소반을 들어 거실로 내갔다. 그리고 또 다시 '아고고' 소리를 내며 선풍기 앞에 무릎을 굽히더니 상 앞으로 바람이 닿도록 선풍기를 틀었다.

"어서 와 밥 먹어. 얼마나 시장하니."

부엌에서 찬 보리차를 마시며 어머니가 상 차리는 모습을 지켜보던 나는 어머니가 소반 앞에 밀어 놓은 왕골 방석 위에 앉았다. 밥상 앞엔 앉았지만 통 입맛이 없었다. 나는 젓가락을 든 채 밥상을 내려다보았다. 비슷비슷한 푸성귀 네다섯 가지가 조금씩 다른 방법으로 조리되어 있었다. 어머니가 내 옆에 쪼그려 앉아 이것저것 설명하기 시작했다. 이거 동식이네서 준 오이지인데 제법 맛나더라. 이거 조치원 아저씨네서 보낸 깻잎으로 담근 건데 농약 하나도 안 친 거래. 볼품없는 반찬 하나하나마다 무언가 얽힌 이야기가 있었다.

특별한 경우가 아니면 어머니가 시장에서 찬거리를 사는 일은 별로 없었다. 어머니나 아버지의 친척 대부분은 본업이든 부업이든 청주시 변두리나 인근에서 농사를 지었다. 대부분 가진 땅도 좁고 농사기술도 보잘것없었다. 규모로 보자면 농업보단 취미 원예 수준이었다. 보잘것없는 소출을 얻으면 서로 나눠 가졌다. 그 때까지 지방에선 그렇게 원시 물물교환 형식으로 쌀과 찬거리를 마련하는 경우가 드물지 않았다. 시청 공무원이던 내 아버지가 그 농산물에 무엇으로 보답했는지 나는 모른다. 나는 관심이 없었고, 내 부모들은 늘 자신들의 삶을 부끄러워하며 자식들에게 많은 것을 감췄다.

"조치원 아저씨요? 아, 고대 법대 다닌다는 그 형네, 엄마 사촌요?"

어머니가 입술을 삐죽이 내밀며 뾰로통한 표정을 지었다.

"그래, 걔. 걔가 글쎄 이번에 고시 1차에 합격했다고 얼마나 자랑이 늘어졌는지, 꼴 사나워서 원. 생전 안 하던 전화를 하루가 멀다고 해댄다. 언제부터 그렇게 친했다고."

어머니는 자리에서 일어나 부엌으로 몇 걸음 옮기는가 싶더니 멈춰 서서 내게 물었다.

"너도 고시 보면 안 되니?"

"고시요? 하긴, 어문계열에 외무고시 보는 사람은 많다든디…."

"그래?"

어머니가 반색을 하며 다시 밥상 옆으로 다가와 앉았다.

"외무고시가 뭐니? 그것도 붙으면 판검사 하는 거니?"

어머니가 그런 질문을 할 때마다 나는 정말 내 어머니가 고등학교를 정상적으로 졸업했는지 의심하곤 했다.

"외무고시는 외교관 뽑는 시험이에요."

"외교관?"

어머니 표정이 어두워졌다.

"외교관? 그런 건 역마살 낀 사람들이나 하는 거야. 어디 돌아다닐 생각말고, 졸업하면 청주로 돌아와서 판검사 하면서 같이 살면 좋겠다, 난."

도대체 어디서부터 반박해야 할지 알 수 없었다. 나는 말없이 밥에 찬보리차를 말아 입에 억지로 욱여넣기 시작했다. 한 시라도 빨리 짐을 꾸려 서울로 떠나고 싶었다.

*

국문학과 대표 전선태는 뜻밖에 가만히 술잔만 홀짝이며 내 얘기를 끝까지 들어줬다. 낙성대 부근 그의 자취방 옆 '근대화슈퍼' 앞은 한적했다. 이따금 나처럼 일찍 상경한 아이 두어 명이 오가는 게 보일 뿐이었다. 늦은 오후 햇살 아래 관악산 기슭 매미들이 목놓아 울고 있었다.

"저희 엄니는 정말 아무 것도 몰라요. 인문학이 뭐 하는 건지."

"노친네들이 다 그렇지 뭐. 그래, 그럼 넌 뭘 하고 싶은데?"

나는 대답하지 못했다. 내가 무엇을 하고 싶은지, 무엇을 해야 하는지 제대로 생각해본 적이 없었다. 국민학교 시절, 학기마다 적어내는 '장래희망' 난은 어머니나 아버지에게 물어본 후 메웠다. 어머니나 아버지의 변덕에 따라 어떤 때는 판사, 변호사, 또 어떤 때는 의사를 적어냈다. 한 번은 과학잡지를 보고 난 후 과학자라고 적어낸 적도 있었던 것 같다. 나는 가까스로 한 가지를 생각해냈다.

"시를 쓰고 싶은데…"

대답을 마치는 순간 내 대답이 참 그럴 듯하다 싶었다. 고등학교 수업 시간의 8할을 정치적 유언비어를 전달하는 데 할애했던 국어 교사의 말이 떠올랐기 때문이다. 시라는 건 머리가 아니라 가슴으로 쓰는 거야. 나는 내 즉흥적인 대답에 만족했다. 내가 생각한 내 모습은, 가까스로 과거에 급제한 선비였다. 시험이니 공부에 더 이상 인생을 허비하고 싶지 않았다. 선태가 물었다.

"시? 문학에 관심 있냐?"

선뜻 대답하기 부끄러웠다. 중학교 3학년 이후로 국어교과서에서 언급한 한국단편소설 몇 편과 시 몇 편 이외 문학작품이란 걸 제대로 읽은 적이 있었던가? 나는 우물쭈물하며 대답을 흐렸다. 선태가 눈을 반짝이며 재차 물었다.

"신동엽 알지?"

그 반짝이는 눈 앞에서 도저히 '아니요'라고 말할 수 없었다. 나는 기어들어가는 소리로 중얼댔다.

"들어본 것두 같구…..."

"그래! 당연히 들어봤을 거야!"

그날 나는 근대화슈퍼 평상에 앉아 선태와 함께 거나하게 취할 때까지 소주를 마셨다. 늦은 밤 기숙사로 터덜터덜 걸어 올라가는 나는 선태에게 배운 신동엽의 시를 외고 있었다.

껍데기는 가라
한라에서 백두까지
향기로운 흙가슴만 남고
그, 모오든 쇠붙이는 가라

18. 신성한 쌀

9월 신학기 초, 학생회관 식당은 아이들로 장사진을 쳤다. 대개는 한 시간 안에 밥을 먹고 다음 강의에 들어가는 게 버거울 만큼 줄이 길었다. 입학정원제로 별안간 학생 수는 늘었지만 식당은 턱없이 부족했기 때문이다.

식당에 도착한 우리 과 아이들은 여느 때처럼 줄 맨 뒤로 가지 않고 줄 앞부터 훑어보기 시작했다. 거의 자기 차례를 앞둔 우리 과 다른 아이를 발견한 순간, 열 명 가까이 되던 우리는 마치 그 아이가 우리를 위해 먼저 와서 줄을 서기라도 한 듯 자연스레 끼어들었다. 뒤에서 우리에게 구시렁대는 소리가 들렸다. 낯뜨거웠다. 아직 다음 강의까지 한참 시간이 있던 우리가 굳이 새치기를 할 필요는 없었다. 그럼에도 나는 거기서 빠질 생각을 하지 못했다. 그런 새치기 행위는 한 집단의 일원임을 확인시켜주는 일종의 의식이었으며, 상대하는 조직에 친척이나 지인이 있어야만 모든 일이 원활하게 돌아가던 당시 사회의 모형이었다.

"성공!"

식권 회수하는 아주머니를 지나고 식판에 밥을 받으며 한 아이가 나직이, 그러나 자랑스레 속삭였다. 아이들은 키득대며 식권을 안 내고 무사히 통과한 아이의 어깨를 한 번씩 두들겼다. 철우가 투덜댔다.

"또야? 조잔하게 그깟 4백 원 굳혀서 뭐 하냐?"

누군가 키득대며 대꾸했다.

"땅 파면 4백 원 나오냐?"

아이들은 떠들썩하게 빈 테이블을 찾아 식당 후문까지 돌아갔다. 빈

테이블이라고 다 앉을 수 있는 건 아니었다. 어떤 테이블엔 물이 흥건했고, 또 어떤 테이블엔 먼저 먹고 간 아이들이 지저분하게 음식을 흘려 놓았다. 싸구려 PVC 원단이 찢겨 안에 쿠션으로 쓴 누런 스펀지가 비져 나온 의자도 부지기수였다. 거의 식당 후문 쪽까지 가서 겨우 적당한 자리를 찾았다. 자연과학대 아이들이나 공과대 아이들이 빈 자리에 앉아 무언가 공부를 하고 있었다. 철우는 테이블에 앉아 숟가락을 들자마자 불평을 늘어놓기 시작했다.

"야, 밥 푸석푸석한 거 봐라. 이건 도대체 무슨 국물이냐? 분명 메뉴엔 북어국이라고 써 있는데. 북어국이 아니라 북어 도하탕(渡河湯)이네."

"그러게. 밥을 젓가락으로 못 뜨겠어."

안동에서 올라온 한 아이가 격앙해서 타박을 시작했다.

"니들은 그 귀한 쌀을 건방지게 젓가락으로 묵나? 우리집에선 어른들 앞에서 밥에 젓가락질하면 그 자리에서 숟가락으로 두들겨 맞고 쫓겨났다."

"그럼 뭐, 손으로 먹냐? 너 인도인이었냐?"

"숟가락으로 묵으라. 하, 쌍놈들이랑 겸상하기 피곤하이."

누군가 안동 아이의 절망을 희화화하기라도 하듯 명랑하게 떠들었다.

"야, 근데 그거, 우리 엄마가 그러는데, 전쟁 통에 소반에 각자 밥상 차려서 먹을 수 없게 되는 바람에 다들 겸상하게 된 거라더라? 원래 조선시대엔 겸상이란 게 없었다고 하시던데."

또 다른 아이가 즉각 반응했다.

"진짜냐? 그러면 혹시 애들이 젓가락으로 어른들 반찬 홀랑홀랑 집어 먹지 못하게 하려고 젓가락 쓰지 못하게 하는 거 아니냐?"

초라하고 돌이키기 싫은 과거에서 원인을 찾는 설명은 아이들에게 인기가 없었다. 곧 한 아이가 좀 더 아이들 입맛에 맞을 이야기를 제시했다.

"우리 핵교 밥 맛없는 거, 그 나라에서 군량미 비축했다가 폐기 직전에 국립대 학교식당에 풀어서 그렇다 카더라."

그런 식의 음모론은 즉각적인 반응을 이끌어내기 마련이었다.

"일반미가 아니라 정부미라 그런 거 아니여? 질 낮은 쌀 정부에서 매입하잖여. 맛 읎어서 안 팔리니 우리헌테 멕이는 것이고."

"맛없는 쌀을 정부가 그렇게 사 주니 자꾸 맛없는 쌀만 나오지."

그 때까지 조용하던 한 아이가 발끈했다.

"정부가 당연히 책임져 줘야제. 누가 농사 짓고 싶어서 짓는가?"

"뭔 소리야? 그럼 농부들은 전부 하기 싫은 거 강제로 하고 있는 거야? 농부가 노예냐?"

"농업이 을매나 신성한 일인데 거기다 노예를 갖다 대냐?"

"그게 어떻게 농부들더러 노예라고 한 거냐? 하기 싫은 거 남들 위해 억지로 한다는 식으로 얘기하니까 하는 소리지. 맛있는 쌀 개발하고 농사 지어서 비싸게 팔아 돈 벌면 좋지 설렁설렁 농사 짓고 정부가 수매해주기만 기다리면 서로 손해…."

"쌀나무가 워트케 생겼는지도 모르믄서. 니는 모내기 하는 거나 본 적 있냐? 을매나 힘든지 아냐?"

"야, 쌀이 나무에서 나든 벼에서 나든 좌우간 수익이 남으니까 하는 거겠지. 돈 벌고 싶으면 농사 잘 지어서 좋은 쌀 비싸게 팔면 되고. 어떻게 모든 걸 정부가 다 책임지고 팔아주냐? 농사일 힘드니까 대충 해라, 다 사 줄게? 그게 말이 되냐?"

"니는 으쨰 그렇게 자본주의에 물들었냐? 으뜧게 쌀농사를 돈벌이에 갖다 대냐? 그럼 돈 있는 놈은 맛있는 쌀 먹고, 돈 없는 놈은 맛없는 쌀 먹어야 하는 거냐?"

"있는 놈이나 없는 놈이나 다 맛없는 쌀 먹는 건 말 되고?"

남들보다 더 열심히 공부해서 서울대라는 데 들어간 우리에게조차 결과의 평등은 정의(正義)의 필요조건 중 하나였다. 쌀 전량 수매를 반대하던 아이는 곧 주변 아이들의 차가운 눈초리를 의식하고 잠시 주춤댔다. 농사의 어려움을 강조하던 아이가 득의양양하게 승리를 선언했다.

"어차피 시장에 내다 팔려 해도 악덕 유통업자들 때문에 농민들 손에는 돈 안 들어간다. 그르니께 정부가 전량 매입혀야 혀."

우리는 아주 어릴 때부터 유통이나 상업을 악한 일로 인식하고 있었다. 사농공상의 미망이 조선왕조가 끝나고도 몇 대를 살아남아 유령처럼 우리 주변을 서성대고 있었다. 악덕 유통업자가 거론되자 쌀의 품질을 타박하던 아이들도 입을 다물었다. 한 서울 출신 아이가 분위기를 바꾸고 싶었는지 새로운 음모론을 던졌다.

"야야, 혹시 식품영향학과 교수가 우리 학교 애들을 실험동물 삼아 논문 쓰고 있는 거 아니냐? '산화가 진행된 쌀의 장기 섭취가 인체와 두뇌에 미치는 영향에 대한 고찰', 뭐 그런 제목으로?"

"맞아야! 대학생들의 영양실조로 인한 신체적, 정신적 무기력화를 통해 군부독재 장기집권의 바탕을 마련하려는 거여!"

"생물학적 우민화 정책이냐?"

간신히 농사의 신성화에 대한 갑론을박에서 벗어나나 했더니 밥 투정과 쌀 투정은 이내 더 기발한 음모론으로 둔갑하고 있었다. 철우는 숟가락을 내려놓은 채 다른 아이들이 식사를 마치길 기다리며 중얼댔다.

"사백 원짜리 밥에서 뭘 바랄 수 있겠냐? 난 돈 더 내더라도 제대로 된 밥 좀 먹었으면 좋겠다."

철우가 식판을 들며 일어서자 한 아이가 어처구니없다는 듯 철우를 타박했다.

"야, 니는 쌀을 남기냐? 죄 받는다."

"죄가 아니라 벌이겠지."

"다 죄라고 해도 알아듣는디, 왜 니만 특별나냐?"

다음 수업 시간은 오후 세 시, 두어 시간을 더 기다려야 했다. 한 아이가 밥 이야기에 지친 듯 제안했다.

"야, 녹두거리에서 당구나 한 판 하고 오자."

나는 그 아이들이 녹두거리에 나가면 절대 세 시 문학개론 시간에 돌아오지 않을 거란 걸 알고 있었다. 그렇게 나간 아이들은 대개 저녁 때까지 줄곧 당구를 치다가 허기진 배를 막걸리로 채우고 급기야 취해서 자정까지 악을 쓰고 노래를 하며 놀곤 했다. 졸업정원제라는 제도가 엄연히 존재하고 있었다. 이따금 선배들이 우리는 학점이 나쁘면 졸업장을 받을 수 없다고, 학사학위 취득이 안 된다고 엄포를 놓았다. 그러나 그렇게 엄격하게 학점을 주는 교수들은 적어도 내가 속한 단과대학에서는 찾아보기 힘들었다.

나는 그 아이들의 배짱이 부러웠지만 차마 따라나가진 못했다. 비가 오면 시상이 떠올라서, 꽃이 피면 마음이 설레서 휴강을 해야만 하던 다른 국문과 교수들과 달리, 문학개론 교수는 아마도 당시 인문대에서 유일하게 출석체크를 엄격히 하는 교수였다. 아이들이 모두 녹두거리로 떠나자 분주한 학생회관식당도 따라서 한산해졌다. 철우와 나만 남았다. 나는 중얼댔다.

"난 밥 괜찮든디…."

철우는 문득 생각났다는 듯 내 어깨를 쳤다.

"야, 내가 뭐 보여줄게. 나가자!"

19. 선비와 백정

약학대학 건물과 사범대학 건물 사이에 난 길 끝에는 자그마한 노천강당이 있었다. 노천강당 앞길은 학교 주변을 감싸도는 순환도로로 이어졌다. 80년대 초까지만 해도 순환도로 주변에는 거의 건물이 없었다. 철우가 그 텅텅 빈 곳에서 무엇을 보여주겠다는 건지 나는 짐작도 할 수 없었다.

철우에게 이끌려 순환도로가 빤히 바라보이는 쪽으로 돌아서자 자그마한 승용차 한 대가 보였다. 파란색 포니였다.

"다른 애들한테는 비밀이다?"

철우가 그 파란색 포니 옆에 멈춰 비밀 지킬 것을 당부하는 순간 나는 철우가 보여주려 했던 것이 바로 그 파란색 포니였음을 알았다.

"뭐여? 니네 집 차냐?"

철우는 대답 않고 빙글빙글 웃기만 했다.

"니네 차가 왜 여기 있냐? 네가 몰고 온 거냐, 설마?"

"이거, 내 차야."

철우의 그 천진한 대답에 나는 머리를 한 대 맞은 것만 같은 충격을 느졌다. 우리 집에서는 그 때까지 한 번도 승용차를 소유해본 적이 없었다. 아버지가 오토바이를 타고 다닌 적은 있었다. 시청에서 승진한 후엔 시청 차를 몰고 다니기도 했다. 아버지는 내심 차를 갖고 싶어하는 것 같았지만 내가 대학에 입학할 때까지 한 번도 대놓고 차를 사고 싶다고 말한 적이 없었다. 실제 소유한 사람은 드물었어도 '자가용'은 늘 사람들이 가장 좋아하는 화젯거리였다. 그나마 구입할 수 있는 국산 자동차의 가짓수도 한 손으로 꼽아도 남을 만큼 빈약했다.

그러다 내가 중학생이 되면서 아버지의 형제들과 어머니의 형제들이 하나, 둘 승용차를 구입하기 시작했다. 명절이면 아버지의 동생들이 '자가용'을 몰고 우리집에 왔다. 자가용이라는 말은 어느덧 '개인 소유 자동차'란 의미로 통하고 있었다. 어머니는 몹시 시샘했다. 하지만 내 아버지는 언제나 '공무원이 무신 자가용이여', '손바닥만 한 청주 시내에서 뭔 차가 필요혀' 하며 어머니의 시샘을 무시했다. 아버지의 직속상사에게 그 때까지 차가 없었다는 것도 중대한 이유 중 하나였다. 그러는 몇 년 동안 친척들에 대한 어머니의 질투심은 커져만 갔고, 나는 어느 틈에 어머니로부터 그 질투심을 고스란히 물려받았다.

나는 애써 태연한 척 물었다.

"니 운전하냐?"

"야, 그럼 얘가 저절로 여기 왔겠냐?"

"면허는 언제 땄냐?"

"학력고사 보고 바로."

"차는 집에서 사주셨냐?"

"음, 아니? 아니, 그런가?"

"그건 뭐여, 사주셨다는 거여, 아니여?"

철우의 대답이 애매한 데는 그럴 만한 이유가 있었다. 철우는 여름방학 동안 아버지의 가게에서 일한 대가로 받은 돈에, 지난 학기 초 서울대학교 합격을 축하한다며 할아버지와 다른 친척들이 쥐어줬던 돈을 합해 중고차를 샀다고 털어놓았다. 서울 말씨만 쓸 뿐 나와 다를 것 없는 아이라고 생각했던 철우가 별안간 매우 멀게 느껴졌다. 나는 무심코 중얼댔다.

"느이 집 부자네."

"부자는 무슨!"

철우는 화들짝 놀라며 부정했다. 부자라는 말에 강한 부정적 느낌이 있었다. 크든 작든 뇌물이 모든 서류작업과 관료주의에 신속함을 불어넣어주는 윤활유로 여겨지던 시대였다. 내가 기억하는 유일한 두 사람의 대통령은 언제나 '부정부패 척결', '정의사회 구현'을 외쳤다. 미처 부자가 되지 못한 사람들에게 그 슬로건은 아주 매혹적이었다. 그래, 내가 무능해서 부자가 되지 못한 게 아니었어. 저들이 부정하고 부패했던 거야. 저들이 정의롭지 못했던 거야. 사람들은 모두 부자가 되고 싶어했지만 정작 부자로 불리는 것만큼은 두려워했다.

그 두려움 때문에 남들이 알아채지 못하게 순환도로 뒤켠에 숨겨둔 '자가용'을 바라보는 철우의 얼굴은 그러나 기쁨에 환히 빛나고 있었다.

철우는 학교 캠퍼스 순환도로를 한 바퀴 돌아보자며 나를 조수석에 태웠다. 한산한 순환도로였음에도 나는 그가 초보운전자가 아니라는 느낌을 받았다. 나는 물었다.

"아버지께서 무슨 가게 하시는데?"

"어, 그게…."

철우는 잠시 멈칫했다.

"마장동에서 정육점 하셔."

순간 나는 내심 쾌재를 불렀다. 그래, 그러면 그렇지. 공무원보다 더 돈을 많이 벌면 뭐 해. 백정인데. 나는 짐짓 아무렇지도 않다는 듯 다시 물었다.

"아, 그러냐? 방학에 거기서 무슨 일 했는데?"

철우의 얼굴이 다시 밝아졌다.

"배달!"

"배달?"

"모래내 고깃집들 주문이 많아져서 매일 배달해야 하거든."

"뭘로 배달하는데? 자전거?"

"야…."

공과대학 꼭대기 쪽 모퉁이를 돌면서 철우가 어이없다는 듯 웃음을 터뜨렸다.

"한여름에 자전거에 고기 싣고 어떻게 마장동에서 모래내까지 가냐? 용달차 몰아야지."

"같은 서울인디 그리 머냐? 근데 니 용달도 운전허냐?"

"고등학교 1학년 때부터 했다."

"면허도 없이?"

"그냥 어깨 너머 배워서 다닌 거지, 뭐."

별안간 나 자신이 초라하게 느껴졌다. 고등학교 시절 내내 내가 책상 앞에 앉아 공부한다는 핑계로 시간을 때우는 동안, 철우는 아버지에게 일도 배우고 운전도 배우면서 똑같은 서울대학교에 합격했다. 간신히 억눌렀던 질투심이 다시 고개를 들고 일어났다.

"집에서 공부하라고 안 하시냐?"

"말로는 들어가서 공부하라고 하시는데, 그래도 좋아하시더라."

문득 나는 혼자 영어공부를 한다며 방학 내내 허송세월한 게 부끄러웠다.

나는 조선시대 선비들과 다를 게 없었다. '공부한다'는 핑계는 세상 모든 일로부터 나를 면제시켰다. 책상 앞에 앉아 있기만 하면 어머니는 목소리를 낮추고, 텔레비전을 끄고, 두어 시간에 한 번씩 무언가 먹을 것을 책상 앞으로 날라오곤 했다. 술에 취한 아버지 외에는 이 세상 누구도 책상 위에 책을 펼치고 앉은 나를 건드리지 않았다. 나는 책상 앞에 앉아 보이지 않는 벽을 쌓고 세상으로부터 스스로를 격리시킬 때 행복했다.

철우의 자동차는 음대와 미대 앞으로 향하고 있었다. 가슴에 악보와 책을 안고 걷던, 서울대생 같지 않게 잘 차려 입은 여학생 둘이 가던 길을 멈추고 우리 쪽을 돌아보았다.

"니 과외는 안 하냐? 서울에선 과외 몰래 많이 한다며?"

"과외가 몸은 편하지. 그런데 고등학교 때 지겹게 공부하던 걸 또 들여다보기도 지겹고, 또 불법이라 좀 쫄리기도 하고."

"고등학교 때 무면허운전도 한 놈이 무신 엄살이여."

순환도로를 한 바퀴 돈 후 인적 없는 길가에 차를 세우면서 철우가 물었다.

"너 혹시 겨울방학 때 아르바이트할 생각 없어?"

"무슨 아르바이트?"

"어, 우리 가게 겨울에 일이 많아서, 너 용돈 벌고 싶으면 와서 일하라고."

나는 당황했다.

"글쎄, 기숙사도 닫는데, 있을 곳도 없고…."

"아, 맞다. 너 시골 살지."

나는 시골이라는 말에 또 다시 잠깐 발끈했지만 이내 체념했다. 어쨌든 나는 고깃집에서 몸에 돼지 피 묻혀가면서 일하고 싶지 않았다. 그건 아무리 생각해도 선비가 할 일이 아니었다.

20. 아주 특별한 우민정책

아이들은 늘 암호 같은 용어들을 사용했다. 그런 암호는 대개 일련의 의미론적 변화를 겪은 후 제 본 뜻에서 많이, 혹은 완전히 벗어난 경우가 허다했다. 신입생 '오리엔테이션'에서는 영문 모르게 "선배들과 어울리지 말라" 거듭 강조했을 뿐, 정작 오리엔테이션에서 응당 기대할 정보, 즉 학교행정이나 생활에 관련된 내용은 거의 제공하지 않았다. 선배들이 주최하는 '신입생 스터디'에서는 실제 학과공부와 전혀 관계없는 '사회과학서적', 혹은 '이념서적'만 읽혔다. 신입생들끼리 친목을 돈독히 하기 위한 '엠티', 그러니까 멤버십 트레이닝에는 선배들의 일방적인 의식화교육과 술자리밖에 없었다.

수업도 그랬다. 학부과정 과목들의 이름엔 '개론(槪論)'이라는 말이 자주 보였다. 그러면 나는 한 어느 분야의 총괄적이고 개괄적인 내용을 배울 것이라고 기대했다. 그러나 상당수 교수들은 그 '개론'이라는 말과 공지한 커리큘럼을 전혀 아랑곳하지 않는 것 같았다. 한국문학의 개요를 배

우리라고 예상했던 첫 학기의 문학개론 시간에는 한 학기 내내 아무런 감흥 없는 조선시대 오언절구, 칠언절구만 들어야 했다. 담당교수가 조선시대 한시 전공이라고 했다.

2학기 철학개론은 그보다 더 심했다. 아무것도 모르는 우리들, 아니 나에게 철학개론 교수는 한 학기 내내 고대 그리스 철학자들에 대해 이야기했다. 전혀 들어본 적 없는 이론과 이름들이 허다했고, 그런 것들이 왜 중요한지도 잘 알 수 없었다. 중간중간 우리가 읽지도 못하는 희랍어 알파벳을 칠판에 판서해 가며 자신이 고대 그리스 철학자들의 이름을 영어 알파벳이 아닌 희랍어 알파벳으로 쓸 수 있음을 과시했다. 차라리 고등학교 국민윤리 시간이 나았다. 적어도 철학용어와 개념을 만들어낸 철학자 이름들을 시대순으로 암기라도 했으니까. 그래도 고등학교를 졸업할 때까지 수시로 매를 맞으며 양순한 소처럼 가축화 되어 있던 우리는 그런 수업에 대해 불평하지 않았다. 중간고사를 대체해 '리포트'를 쓰라고 할 때까지는.

다음날 오후 강의가 모두 끝난 후 나는 우리 반 여자애들 다섯 명이 모여 투덜대는 소리를 들었다. 도서관에 두세 권밖에 없는 그 책들은 이미 모두 대출됐다고 했다. 다른 과목 공부도 해야 하는데 열흘 남짓 하는 시간 그 어려운 철학 책 일곱 권을 읽으라는 게 얼마나 가당치 않은 일인지 성토했다. 그마저도 일곱 권 중 세 권은 교수가 직접 저술한 책이었다. 여자애들은 책을 한 권씩 사서 각자 요약해 나누기로 한 모양이었다. 나는 철우와 함께 물끄러미 그 모습을 바라보고 있었다. 다섯 명 여자아이들 중에 정미현이 있었다. 정미현이 나와 철우 쪽으로 고개를 돌리더니 물었다.

"철우야, 성식아, 우리 두 사람 더 필요한데 혹시 같이 하지 않을래?"

이름 앞에 성(姓)을 붙이지 않는 여자애들 특유의 그 다정한 부름은 항상 묘하게 불편했다. 나는 선뜻 대답하지 못하고 철우 쪽으로 고개를 돌렸다. 철우는 선뜻, 그러나 너무 반가워하는 느낌도 없이 가볍게 대답했다.

"어, 그래."

순간 철우에게 열등감을 느꼈다. 나는 미현이가 아무리 사소한 걸 물었어도 그렇게 자연스레 대답하지 못할 것 같았다. 더욱이 함께 공부를 하다니.

내가 태어나서 그 때까지 가까이서 지켜볼 수 있는 '여자'는 내 어머니뿐이었다. 어머니는 대개 방바닥이나 마룻바닥에 신문지를 깔고 시들어가는 나물을 한 포기씩 손에 쥐고 먹을 수 있는 부분을 떼어 모으거나, 쪼그려 앉아 허름한 PVC 장판바닥에 광이 나도록 물걸레질을 하고 있었다. 여동생이 있었지만 내가 중학교에 입학한 후로는 밥 먹을 때 말고는 얼굴을 마주치는 일이 거의 없었다. 어머니는 자연스레 내게 여자의 표본이 되었고, 그런 어머니가 신문이나 책을 읽는 모습을 나는 한 번도 보지 못했다. 무슨 책을 살까, 무엇을 읽을까 고민하는 여자애들은 그런 이유로 아주 생경했다.

우리 일곱 명은 가위바위보를 한 후 제비를 뽑아 각자 구입할 책을 정하기로 했다. 첫 학기 때 여자애들이 제비뽑기나 사다리타기를 하는 것을 보고 내심 놀랐던 게 기억났다. 마치 우리 사내아이들만 알고 있는 줄 알았던 비밀스러운 놀이가 다른 집단에서도 횡행한다는 걸 알고 김이 빠진 기분이었다.

"러셀 서양철학사."

내가 뽑은 제비를 읽자 철우가 탄식했다.

"아, 내가 그거 됐으면 했는데!"

"왜? 이거 좋은 책이냐?"

철우가 투덜댔다.

"내가 뭘 안다고 좋고 말고 따지겠냐? 그냥 유명한 책이니까 나중에 어디 가서 읽었다 소리 하기 좋을 것 같아 그러지."

여자애들이 기다렸다는 듯이 제각기 한 마디씩 하기 시작했다.

"맞아. 억지로 읽어봐야 기억도 안 날 거야."

"아무리 그리스철학이 서양철학 뿌리라고 해도 그렇지, 한 학기 내내 그것만 하는 게 말이 되는지 모르겠어."

"그 교수 그리스철학 전공이라 그런 거라며?"

"제목은 개론인데, 1학년들한테는 개론이 필요한 거 아냐?"

"강의 준비하기 싫으니까 그런 거야."

듣고만 있던 미현이가 내뱉았다.

"재미없는 건 물론이고, 스터디 때 주워들은 것만도 머리에 남는 게 없어."

다른 여자애가 화들짝 놀라며 미현이에게 물었다.

"스터디? 너 스터디 나가? 어디? 누가 하는 거?"

"인문대 선배들이 하는 거."

"진짜? 괜찮아? 뭐 하는데?"

"지난 학기엔 거의 안 가서 모르고, 이번 학기 들어와서 루카치 해."

짧은 적막이 흘렀다. 대학 들어와서 심심치 않게 들은 이름이지만, 도대체 루카치가 누구란 말인가? 모르는 것을 모른다고 말하는 건 부끄러운 일이었다. 다행히 한 여자애가 나 대신 용감하게 물었다.

"루카치? 루카치가 뭔데?"

미현이 미소를 지었다. 내게 그 미소는 이렇게 읽혔다. 그래, 너희들은 모르지. 학교에서 암기하라는 것만 암기하고 교수들이 하는 말 그대로 받아 적었다가 답안지에 한 번 더 복사하는 게 공부의 전부인 줄 아는 너희들이 루카치를 어떻게 알겠어? 그러나 미현의 입에서 나오는 설명은 친절했다.

"사람 이름이야. 헝가리 출신 마르크시스트 미학자."

"마르크시스트? 공산주의자야?"

"뭘 그렇게 놀라? 공산주의자라고 해도 뭐 별 거 없어. 그냥 예술에 대한 이론을 유물론적 관점으로 보는 거야. 재미있어. 책이 번역체라 좀 읽기 힘들지만 선배들이 설명해준 다음에 읽으면 무슨 소린지 알아듣기 쉬워."

미현은 똑똑하게 설명을 이어갔다. 우리가 세상을 바라볼 때 다 똑같이 세계를 인식하는 게 아니잖아? 사람마다 관점에 따라 다 세상을 달리 보잖아? 예술이 바로 그런 거래. 내가 세상을 어떻게 인식했는지 남들에게 보여주고 공유하는 거래. 한 여자애가 중얼댔다.

"멋지네."

제비 뽑기를 마친 우리는 학교서점에 책들이 있나 보러 가기로 했다. 미현이와 철우가 함께 이야기하며 앞장섰다. 가까운 동네에서 사는 이 둘에게는 언제나 공통의 화제가 있었다. 나는 어정쩡한 거리를 두고 둘의 뒷모습을 바라보며 따라 걸었다. 나머지 여자애들이 쉴 새 없이 재잘댔다. 그날을 기억할 때마다 나는 생각한다. 철학과 교수가 서양철학사의 기본만이라도 제대로 가르쳐줬다면, 서양문화사 교수가 서양문화의 기본만이라도 제대로 가르쳐줬다면, 서양사 교수가 제대로 서양사를 알려주기만 했다면 아마도 우리 중 상당수는 우리가 아는 게 세상 모든 지식의 극히 일부에 지나지 않는 걸 일찍 깨달을 수 있었을지도 모른다고.

나중에 깨달은 일이지만, 교수들에게는 애초에 '개론'을 가르칠 실력이 없었다. 그런 교수들이 강의시간에 한 거라곤, 아이들에게 자신들이 현재 공부하고 있는 내용을 주워섬기며 자신의 특정한 전문지식을 뽐내는 게 전부였다. 그 교수들은 결국 아이들로 하여금 쉽게 이해하고 즐길 수 있는 지식을 찾으러 떠나게 만들었다. 복잡한 세상을 도무지 이해할 수 없는 아이들은 아주 매혹적일 만큼 단순한 모형으로 세계를 설명해주는 새로운 사상에 아주 쉽게 빠져들었다.

21. 명절의 가족심리학

"1학년이 뭐 공부할 게 그리 많다고 그러니?"

수화기 너머 어머니의 안타까운 목소리가 학교본부건물 부근의 왁자한 소음과 뒤섞였다. 학교본부건물 옆에서 장거리자동전화를 걸 수 있는 공중전화부스마다 아이들이 길게 줄 서 있었다. 장거리자동전화는 교환수를 통하지 않아도 직접 시외전화를 할 수 있게 해준 신기술이었다. 점심시간의 학교는 늘 뒤숭숭했다. 약학대학 건물들 쪽으로 이어지는 널찍한 계단 너머에선 아이들이 잔뜩 모여서 대자보를 읽고 있었다. 누군가 아크로폴리스 잔디밭 앞 무대 위에서 확성기에 격앙된 목소리로 떠들고 있다. 나는 왼손 검지손가락으로 왼쪽 귓구멍을 막았다.

"아 그기, 추석 끝나자마자 중간고사라…."

"어떡하니? 명절 때 종손이 없으면…?"

종손(宗孫)이라는 말에 짜증이 밀려왔다. 나는 그저 맏손자, 즉 장손일 뿐 종손은 아니었는데, 무슨 까닭에서인지 아버지와 어머니는 나를 늘 '종손'으로 지칭했다. '종손이 아니라 장손'이라고 정정하면 아버지는 무시했다. '그거나 저거나 다 같지, 뭐가 달러?' 어머니는 비죽댔다. '얜 도 대체 왜 이렇게 매사 시시콜콜하게 따지나 몰라.' 수화기 너머 거의 울먹이려는 어머니에게 또 다시 '종손 아니고요, 장손'이라고 정정할 수는 없었다. 어머니의 그 잦은 울먹임은 슬픔이 아니라 분노의 감정에서 비롯된 것임을, 그 분노를 자극해 봐야 내게 좋을 게 없다는 것 정도는 나도 눈치채고 있었다.

"기차 타면 안 되니?"

갈 수 없다는 내 말을 어머니는 영 받아들이고 싶지 않은 모양이었다. 고속버스 전용차선도, 중부고속도로도 아직 없었다. 선배들은 청주까지 고속버스로 최소 네다섯 시간이 걸릴 거라고 겁줬다. 기차표를 사기엔 너무 늦었다고 했다. 나는 선배들의 그 엄포가 내심 반가웠다.

"기차표는 너무 늦어서 못 산다든디."

"아니, 느이 아버지는 명절 때 애 내려와야 하는데 그런 것도 미리 안 알아보고 뭐 한 거니?"

"아버지 탓이 아니쥬. 어린아이두 아니구, 지가 미리 알아보구 샀어야…."

"애, 너 그 말투 좀 고쳐. 서울 간 지가 언젠데 여태 사투리니?"

어머니는 내 사투리까지 화살을 돌리며 짜증을 부렸다.

"죄송해요. 시험범위가 너무 넓어서 공부혀야 해요."

나를 세상 모든 의무로부터 면제해주던 공부 핑계도 명절 때만큼은 먹히지 않았다. 명절이 다가와 김치를 담그고 대청소를 할 때마다 어머니는 구시렁댔다. 내가 왜 이씨 집안 귀신들 제삿밥을 차려야 하는지 모르겠네. 이씨 집안에서 나한테 해준 게 뭐가 있다고. 해가 갈수록 어머니의 목소리는 점점 더 커졌다. 내가 도대체 전생에 무슨 죄를 지어서 맏며느리가 됐나 모르겠네. 어머니의 푸념과 한탄은 건넌방에 앉아 성경을 읽는 할아버지와 할머니에게 들릴 정도였다.

마침내 명절 전날이 되어 작은아버지들과 작은어머니들이 도착하면 어머니의 과녁은 그들에게로 옮겨갔다. 어머니는 쉬지 않고 빈정댔다. 그래, 많이 배운 동서들이 이런 거 하면 되겠어? 바쁠 텐데 이런 건 뭣 하러 해왔어. 아유, 그렇게 좋은 옷 입고 무슨 설거지야. 앉아서 푹 쉬어. 작은아버지들과 작은어머니들의 얼굴은 시간이 갈수록 점점 더 굳었고, 차례를 마친 후 같이 하는 밥상은 몹시도 불편했다. 이따금 작은아버지들은 낮은 목소리로 툴툴댔다.

"형수라고 뭐 대단허게 혀준 것도 읎으면서 유세는…."

내 조부와 조모는 그저 자리만 지키고 앉아 자식들 눈치만 봤다. 부모 눈 앞에서 다투는 자식들에게 한 마디 꾸지람도 못 하는 데는 이유가 있었다.

"우리가 부모라고 뭐 혀준 게 읎어서…."

차례와 성묘를 마치고 모두 각자의 집으로 돌아가고 나면 어머니는 남은 음식을 정리하고 설거지를 하고 제기를 닦아 넣고 방바닥에 주저앉아 걸레질을 하며 눈물을 짜냈다. 내 팔자야. 전생에 내가 무슨 죄를 지어서. 그러다가 마루 한구석에 작은아버지네가 놓고 간 과일상자를 발로 툭툭 차며 웅얼댔다.

"명절이랍시고 꼴랑 들고 오는 것 하곤…. 지들이 뭐 해준 게 있다고."

어머니가 내 작은아버지들과 고모들이 아직 학생일 때 이 집안으로 시집왔다는 것, 장남인 아버지가 동생들의 학비를 내주었다는 것, 그리고 결혼할 때 경제적인 도움을 주었다는 것 정도는 나도 알고 있었다. 그러나 이미 오래 전 일에 대해, 그리고 아버지가 자발적으로 한 일에 대해 그렇게 수십 년이 지나도록 불만스럽고 억울하게 생각할 까닭은 없어 보였다.

못 배우고 가난한 부모 대신 장남과 맏며느리가 가장 노릇을 하는 건 그 시절에 당연한 일이었다. 꼭 장남이 아니더라도, 형제 중 한 명이 크게 성공하는 경우엔 자신이 거둔 결실을 동기들과 동등하게 나눠 가져야 한다고 여겼다. 대개는 형의 돈을 동생이 빌리거나, 형이 동생의 학비를 내주는 식이었다. 형제 사이에 빌린 돈은 웬만해선 갚지 않았다. 형제 간에 말다툼이라도 벌어지는 경우엔 꼭 누군가 이렇게 외쳤다.

"형이 나헌티 혀준 게 뭐 있어, 으이?"

그러면 상대방은 이렇게 소리쳤다.

"쥐꼬리만도 못 헌 공무원 봉급으로 느이들 공부시키고 장가 보내준 게 누군디, 이제 와서 그런 소릴 혀?"

그것도 아니면, 서로의 성공을 축하하는 척하면서 견제했다. 새로 부동산을 마련한 형제에게는 이렇게 말했다.

"그래도 땅인디, 은행 이자만큼은 오르겠지."

승진한 형제에게는 이렇게 말했다.

"지방대 나와서 그 정도 했으믄 출세할 만큼 한 겨."

조카가 좋은 성적을 받았다는 소식에는 이렇게 응답했다.

"그 학교에서 작년에 서울대 간 사람 있냐? 시골 학교라 전교 3등 안에 들어야 겨우 갈 둥 말 둥 헐 틴디?"

어머니가 중간고사 기간이라는 내 핑계에도 아랑곳 않고 끝까지 고집을 피우는 이유를 나는 알고 있었다. 어머니는 서울대에 입학한 나를 친척들에게 과시하고 싶었을 것이다. 아버지의 앞날은 막다른 길이었다. 행정고시 출신도, 서울소재 명문대 출신도 아니며 중앙정부부서에 이렇다 할 인맥도 없는 아버지에게 더 이상 오를 자리는 없었다. 내 동생들의 성적은 시원치 않았다. 당시에 어머니의 인생이 성공적임을 보여주는 확실한 증거는 오직 나 하나뿐이었다.

간신히 어머니를 달래고 전화를 끊었다. 공중전화부스에서 나오는 순간 내 뒤에서 한참 기다리던 아이들의 눈초리가 따가웠다. 아크로폴리스의 고함은 계속되고 있었다. '민주주의를 향한 갈망으로 심장에 피가 끓어오른다'는 한 아이가 확성기를 들고 '조국해방의 그날까지 결코 군부독재와 타협하지 않겠다'는 말을 어휘만 조금씩 바꿔가며 20여 분 이상 반복해 떠들고 있었다. 이윽고 연단 위 아이가 노래를 시작하자 이내 다른 아이들이 따라 부르기 시작했다.

아크로폴리스 앞을 지나가던 아이들은 대개 한 번씩 그 앞에 멈춰 서서 잠시 듣는 시늉을 하다 자리를 떴다. 뜨거운 햇볕 아래 자신의 시간을 희생해 가면서 조국해방과 민주주의를 위해 애쓰는 학우들에 대한 예의를 지켜야 한다고 여기는 것 같았다.

나는 아크로폴리스를 등지고 학생식당 쪽으로 걸었다. 어문계열반 아이들과 만나기로 한 시간이었다. 들어가기 전 잠시 식당 문 옆 콘크리트

벽에 덕지덕지 붙은 대자보들을 훑어보았다. 아이들 수십 명이 저마다 대자보 앞에 서서 진지하게 숙독하고 있었다. 나는 전지(全紙) 두 장 가득 국무총리 지명의 부당성에 대해 설파한 대자보 앞에 멈춰 섰다. 평소 같으면 거들떠보지도 않을 내용이었지만, 10분 넘게 어머니의 한탄과 푸념을 들은 후라 그런지 집안일 이외 세상 모든 게 다 흥미롭고 가치 있어 보였다.

"야! 이성식! 오랜만이다!"

누군가 내 등을 치며 반갑게 외쳤다. 영자오빠 영규였다.

"너 요즘 서클 가냐?"

나는 대답하지 못하고 머뭇댔다.

"실은 나도 한참 안 갔다."

"아, 예…."

"배 안 고프냐?"

"아즉 다섯 시도 안 됐는디…. 그리고 저 애들 만나기로 혀서…."

"어디서? 여기서?"

22. 최도령이 뵙기 청한다고 여쭈어라

우리 일곱 명이 각자 요약한 내용을 복사해 나누고 서로 간단한 설명을 하는 동안 영규는 옆 테이블에 앉아 나를 기다리며 자기 책을 뒤적이고 있었다. 여자애들이 자리를 떠나고 나와 철우만 남자 영규가 의자를 끌고 우리 가까이로 왔다.

"야, 쟤, 쟤 누구냐, 쟤?"

"누구요?"

그는 자리를 떠나는 미현의 뒷모습을 손가락으로 가리키며 조용히, 그러나 호들갑스럽게 되물었다.

"쟤, 머리 긴 애, 초콜릿 광고 모델 같이 생긴 애."

"정미현이요?"

"정미현? 쟤 니네 반이냐?"

"예…."

"야, 나 쟤 소개팅 시켜줘."

"예?"

철우가 끼어들었다.

"형, 원래 78 아니었어요? 78이 82를 해달라니 양심도 없으셔… 무슨 효도팅도 아니고…."

효도팅은 후배가 선배에게 여자를 소개해주는 것을 말했다.

"야! 누가 그래. 몸도 마음도 팔팔한 팔공(80)인데."

"원래 기계공학과 78인데 짤, 아니 그만 두고 재입학하신 거라고…."

"누구야, 내 일급비밀 떠벌린 거. 너, 성식이 너지?"

영규가 내 뒤로 달려들더니 내 목을 팔로 감고 목을 조르는 시늉을 했다.

"형이 떠벌려 놓고 왜 저한티…. 근디 어차피 얼굴에 노티가 나서 굳이 감춰봐야 별 소용없…."

"네가 아주 죽으려고 빽을 쓰는구나."

"팔공이나 칠팔이나 우리가 보기엔 아저씬디…. 철우야, 안 그냐?"

철우는 빙글빙글 웃으면서 고개를 끄덕였다. 영규가 다시 내 목을 조르는 시늉을 하며 윽박질렀다.

"그래서, 소개해준다고, 안 해준다고?"

우리 모두는 이제 스무 살이 채 안 됐거나 겨우 스무 살이 넘은 아이들이었다. 때는 20세기 후반이었다. 그런데도 마음에 드는 여자애를 보고 직접 그 아이에게 말을 걸고, 함께 식사를 하고, 영화를 보자고 제안한다는 건 상상하기 힘든 일이었다.

마음에 드는 여자애를 발견하면 우리는 우선 중개자부터 물색했다. 그리고 그 중개자에게 모든 것을 의뢰했다. 쟤하고 한 번 만나게 해줘. 쟤하고 한 번 커피 한 잔 하게 해줘. 내가 영화 보여준다고 말해줘. 그네 타는 춘향을 발견한 이몽룡이 방자에게 '가서 저 규수에게 어디 사시는 뉘신지 여쭈어라' 하고 명하는 것과 크게 다르지 않았다.

우리에겐 여자에게 접근하는 법을 연습할 기회가 없었다. 중고등학교 때 여학생들은 길에서 남학생과 함께 있는 모습만 눈에 띄어도 처벌을 받을 수 있었다. 내가 살던 시처럼 좁은 동네 사는 여학생들의 경우엔 더 심했다. 길에서 그저 남자와 다정하게 이야기만 해도 한 달 이내에 '누가 처녀가 아니라 하더라' 식의 음험한 소문이 나돌기 일쑤였다. 우리는 아마 그런 소문으로부터 우리 자신이나 여자애들을 보호해야 한다고 생각했을 수 있다.

아니, 사실은 거절당하는 데 익숙하지 않아서 그랬을지도 모른다. 여자애가 면전에서 거절할 경우 감내해야 할 창피와 충격을 막아줄 완충재가 필요한 것일 수도 있었다. 우리는 거절하는 것에도, 거절당하는 것에도 익숙하지 않았다. 싫은 것을 싫다고 말하지 못했다. 오직 한 가지 경우에만 거절이 미덕으로 간주됐다. 여자애가 남자애의 데이트 신청을 거절함으로써 자신의 정숙함을 과시하는 경우에만.

"진짜 너 미현이 저 선배한테 소개해줄 거냐?"

영규가 화장실에 간 사이 철우가 슬그머니 물었다.

"선배가 저렇게까지 해달라는데 싫다고 할 수도 없고…."

"하지 마."

"후배 주제에 선배한테 어떻게 안 된다고 하냐…."

"하지 말라니까."

"왜? 니 미현이 좋아하냐?"

"야!"

철우가 메고 있던 가방을 테이블 위에 쿵 소리가 나게 내려놓으며 낮은 목소리로 윽박질렀다.

"니가 좋아하잖아!"

전혀 예상하지 못했던 철우의 말에 얼굴은 물론 전신이 모두 확 달아오르는 기분이었다. 아무 말도 나오지 않았다.

"아니냐?"

나는 간신히 입을 떼어 더듬댔다.

"무, 무슨 소리여. 걔, 걘 너랑 친하지 않냐?"

"어휴, 야…."

철우가 고개를 낮추며 낮은 목소리로 윽박질렀다.

"우리 엄마가 미현이 엄마랑 고등학교 동창이라 원래 아는 사이였다고 말 안 했냐?"

그 때 영규가 화장실에서 돌아왔다. 철우는 인사를 하는 둥 마는 둥 하며 내게 다시 당부했다.

"잘 생각해서 해라. 나 먼저 간다."

영규는 싱글벙글 하면서 내 어깨를 쳤다.

"기숙사 짬밥 지겹지? 나가자. 내가 중국집 가서 밥 산다."

"저…."

"걔랑 만나게 해주면 밥 백 번이라도 산다."

"저…."

"왜 그래?"

"지가 속이 좀 불편해서…. 기숙사 가서 쉬어야 할 것 같은데…."

영규를 따돌리고 기숙사로 돌아가는 길에 나는 미현이네 집 전화번호를 마치 주문처럼 수도 없이 되뇌었다. 봄부터 그 때까지 수십 번도 더 넘게 그 번호로 다이얼을 돌렸지만, 한 번도 통화해보지 못한 바로 그 번호를.

23. 지금 때가 어느 땐데

다이얼을 돌릴 때까지만 해도 나는 무슨 말을 할지 정확히 정해 놓고 있었다.

'정미현. 나 너랑 만나고 싶다.'

남녀가 '만난다'는 건 남녀로 교제한다는 의미의 제유법(提喩法)이었다.

전화벨이 몇 번 울리는 동안 내 심장박동은 점점 더 빨라졌다. 그래도 그녀의 어머니가 전화를 받아 내 인사를 들은 후 극히 교양 있는 목소리로 '미현아, 전화 받아. 니네 반 아이 성식이라는데?'라고 말할 때까지도 나는 이 말을 한 자 틀림없이 제대로 발음할 수 있을 거라고 생각했다. 그러나 약 20초 후, 미현이가 뛰어오기라도 한 듯 살짝 숨찬 목소리로

'여보세요?' 하고 대답하는 순간, 내 머릿속은 하얗게 비워지고 말았다.

"아, 나여, 이성식. 리포트 잘 되가냐?"

미현이는 여전히 들뜬 목소리로 종알댔다. 응, 애들이 다 요약을 잘했더라. 네가 러셀 책 했지? 그거 무지 힘들었겠더라? 수업시간에 안 다룬 것들이 너무 많이 나오네. 내가 우물쭈물하며 대꾸를 잘 하지 못할수록 미현이는 더욱 더 발랄하게 재잘댔다. 마침내 미현이 하고 싶은 말을 다 했는지, 잠시 어색한 침묵이 흘렀다. 미현이 다시 말을 꺼냈다.

"참, 그런데 무슨 일로 전화한 거야?"

"아, 그게, 그게 말이지…."

"응?"

나는 한참을 머뭇대다 간신히 용기를 내어 말을 꺼냈다.

"너 내일 수업 마치고 시간 있냐?"

"내일? 왜?"

"아, 저 그기…. 할 말이 있어서."

"뭔데? 지금 말하면 안 돼?"

"내일 보고 말할겨."

미현이는 거듭 물었다. 어쩌지, 궁금해서. 나 궁금한 거 못 참는데…. 미현이는 어린아이처럼 보챘다. 그러나 도저히 입이 떨어지지 않았다.

"실은…."

"응? 뭔데?"

"누가 너 소개해 달라고 한다."

짧은 침묵이 흐르고 미현이가 대꾸했다.

"싫어."

"왜 싫으냐? 그 형 노래도 엄청 잘 하고 재밌는 사람인디…"

나는 영규의 장점을 열거하기 시작했다. 잠자코 듣던 미현이가 대꾸했다.

"지금 때가 어느 땐데 남자를 만나라고? 그것도 그렇게 나이 많은 사람을?"

"중간고사 끝나고 보면 되잖냐? 그리고 여자들 어차피 결혼은 나이 많은 사람이랑 하지 않냐?"

"뭐? 결혼?"

"아, 아니, 그기…"

"우리 엄마 전화 쓰신대. 끊어."

"어, 그래…"

전화를 끊고 나는 다행이다 싶었다. 남자 소개해준다는 말에 그렇게 펄쩍 뛰며 싫어하는 아이에게 자칫 좋아한다는 눈치라도 줬더라면 어떻게 됐을까 생각하면 식은땀이 흐를 지경이었다.

다음날 빈 강의실에서 시험공부를 하다 도서관 가는 길목에 나와 철우와 함께 앉아 잠시 쉬던 중이었다. 미현이가 다른 여자애들과 함께 우리 앞을 지나가다 발길을 멈췄다. 미현이의 태도는 바뀌었다. 언제나 콧등을 찌푸리던 그 미소도 더 이상 보이지 않았고, 내게 눈길도 주지 않았다. 내 옆에 있던 철우에게 다가와 강의노트를 잠시 보여 달라고 했을 뿐이다. 미현이는 철우의 알아볼 수 없는 글씨를 놀리며 까르르 웃었다. 나는 시멘트 화단경계석에 앉아 다른 쪽을 보는 척하면서 귀를 곤두세우고 있었다. 미현이가 여자애들과 함께 자리를 떠난 후 철우가 중얼댔다.

"미현이 쟤 요즘 이상해졌다?"

"뭐가?"

"내가 무슨 말만 하면 지금 때가 어느 땐데, 그 소릴 하네?"

"그냐?"

애써 관심 없는 척 무심한 척 대꾸했지만, 전날 통화했을 때 미현이가 했던 말을 떠올리지 않을 수 없었다.

"얼마 전엔 나더러 쁘띠 부르주아라고 하더라? 언제부터 푸줏간 집 아들이 부르주아였냐?"

나는 무어라 할지 몰라서 피식 웃었다.

"그래서 대사님 영애인 너야말로 부르주아 아니냐 하고 반박했더니 잔뜩 토라진 것 같다가 오늘은 또 저리 친한 척하네?"

철우는 나를 돌아보며 히죽 웃더니 덧붙였다.

"아무래도 네가 보고 있을 때 유독 더 나랑 친한 척하는 것 같단 말이야?"

24. 난곡의 성 프란체스코

"이 동네를 뭐라고 부르는지 아냐?"

동네 입구의 시장 안으로 들어서는 순간 선태가 물었다. 국문학과 대표인 선태가 자취방을 옮긴 기념으로 집들이를 한다며 기숙사에서 지내는 일학년 다섯 명을 초대한 날이었다.

단조로운 기숙사 생활에 질린 우리 어문계열반 다섯 명의 사내애들은 뜻밖의 초대를 선뜻 받아들여 신림사거리 쪽으로 향하는 버스에 몸을 실었다. 선태의 집은 그리 멀지 않았다. 녹두거리에서 불과 두 정거장 정도

떨어져 있었던 것으로 기억한다.

버스에서 내려 개천다리를 건너자 두 개의 언덕 사이로 움푹 꺼진 계곡에 보잘것없는 상점들이 어지럽게 얽혀 있었다. 내가 어릴 때 살던 동네 시장과 비슷했다. 가게에서 흘리는 쓰레기로 바닥은 거무튀튀하고 미끈거렸다. 생선을 팔든 채소를 팔든, 냉장고나 냉동고 같은 걸 쓰는 집은 거의 없었다. 생선은 보통 얼음조각 위에 놓여 있었고, 그 얼음조각은 끊임없이 녹으며 포장도 제대로 되지 않고 배수로도 나지 않은 통로로 흘러내렸다. 닭을 파는 가게도 있었다. 그런 곳에서는 닭장 안에 산 닭들을 가두고 있다가 손님이 오면 그 자리에서 닭 한 마리를 꺼내 목을 베고 털을 뽑아 팔았다.

한 생선가게에서 중년의 사내가 얼음과 드라이아이스도 제대로 안 뿌린 생선 더미에서 갈치 한 마리를 꺼내더니 생선기름으로 찌들어 거무튀튀한 나무 도마 위에 올려놓고 비늘을 다듬기 시작했다. 갈치 비늘이 사방으로 튀었다. 튀는 비늘을 가까스로 피했나 싶었더니 한 초로의 여자가 길 한구석에 쪼그려 앉아 커다란 고무 물통에 담긴 회색 천엽을 씻으며 우리 쪽으로 물을 튀겼다. 그 여자 옆 또 다른 고무 물통엔 거무튀튀한 동물 내장이 가득 담겨 있었다. 천엽이거나 벌집양인 것 같았다.

몸체 가득 불그레하게 녹이 슨 짐자전거가 그 좁은 시장거리를 휘젓고 우리를 아슬아슬하게 피해가며 길에 고인 구정물을 사방에 튀겼다. 아이들은 사방에 구정물이 밟히고 튀는 시장 골목 사이를 위태롭게 걸으며 선태의 질문에 대한 답을 찾으려 애썼다.

"신림3동? 아니, 4동?"

"4동은 녹두거리 아니여?"

"모르겠는디…."

닭가게 앞을 지나가는 순간 초로의 사내가 칼을 내리쳐 산 닭의 목을 쳐내더니 끓는 물에 집어넣었다. 말할 수 없이 기묘한 냄새가 났다. 닭고기 삶는 냄새와 똥 냄새, 털이 타는 냄새가 뒤섞인, 어릴 때 살던 시장거리에서 늘 맡았어도 결코 익숙해지지 못했던 바로 그 냄새였다. 가게 주인이 껍질이 허옇게 익은 닭을 꺼내 커다란 함지박에 내던졌다.

선태가 마침내 더 이상 참지 못하겠다는 듯 답을 말했다.

"니들, 난곡(蘭谷)이라고 못 들어봤냐?"

"들어보긴 했는데, 여기가 난곡입니꺼?"

"그래. 여기가 난곡이다. 이름 참 야하지 않냐?"

선태가 히죽대며 일학년 아이들에게 동의를 구했지만 우리 일학년 아이들은 난꽃과 여성기를 연결 짓는 그의 의도를 선뜻 알아듣지 못했다.

"내가 이 동네로 이사 온 데 몇 가지 이유가 있는데, 그 중 하나가 내 뻗치는 양기를 다스리는 데 이 동네가 딱 좋아 보였기 때문이다. 이름에서 벌써 음기가 팍팍 느껴지지 않냐?"

아이들 몇 명이 알아들었다는 듯 빙긋 웃었지만 아무도 대답은 하지 않았다. 어느덧 시장은 끝나고 허름한 판자촌들만 보였다. 음습한 계곡길이 어느새 가파른 골목길로 변해 있었다. 작은 도랑이 보였다. 본래 산에서 내려온 계곡물이 흘렀을 것으로 보이는 그 도랑은 하수구 역할을 하고 있었다. 거무튀튀한 거품 어린 구정물이 언덕배기 집에 난 구멍에서 흘러나와 도랑으로 들어가는 게 보였다. 선태가 한숨을 내쉬며 앞장서 도랑옆으로 난 고갯길을 오르기 시작했다.

"하…. 진짜 이 순진해 빠진 것들, 진짜 말이 안 통하네."

하지만 아이들은 그 동네에 음기가 가득한 이유 따위엔 이미 관심을 잃은 상태였다. 비록 '촌'에서 올라온 우리였지만, 우리 대개는 당시 기준으로 적어도 먹고 사는 데는 지장이 없는 가정 출신이었다. 나조차도 그랬다. 시청 공무원인 아버지가 아무리 초년에 고생을 했다지만, 적어도 화장실을 다른 가정과 함께 쓰거나 펌프 물을 옆집과 나눠 쓴 기억은 없었다.

그런데 난곡이 바로 그런 동네였다. 건물이라고 부르기에도 부끄러울 만큼 초라한 집들의 시멘트 블록 외벽은 우리 여섯 명의 청년이 기대기만 해도 무너질 듯 허술해 보였다. 험한 경사 위에 세워진 동네 곳곳의 돌 옹벽들은 지난 여름 장맛비를 어떻게 버텼는지 의아할 지경으로 위태로워 보였다. 저녁 때 흔히 온 동네에 가득하게 마련인 생선 굽는 냄새나 채소 볶는 냄새 대신, 역한 재래식 화장실 냄새와 하수구 냄새가 모퉁이를 돌 때마다 우리의 비강을 가득 채웠다. 난초의 골짜기라는 지명이 그렇게 역설적일 수 없었다.

최악의 상태를 상상해서 그랬는지는 몰라도, 마침내 도착한 선태의 방은 좁긴 해도 그렇게 나쁘게 보이진 않았다. 전에 낙성대 부근에서 살 때와 비교해보면 방도 훨씬 잘 정리돼 있었다. 현관 겸 부엌 겸 세탁실 겸 욕실로 쓰이는 공간이 외부와 선태의 방을 연결하고 있었다. 자그마한 창문 밖으로 내려다본 전망이 의외로 좋았다. 멀리 계곡 너머엔 완전히 다른 동네가 보였다. 화강암으로 단장된 붉은 벽돌집들이 정원수들과 벽돌 담장으로 둘러 쌓인 양지 바른 동네였다. 그 여유로운 동네의 전망이 계곡 이쪽 난곡이라는 동네를 더 누추하고 우중충하게 만들었다.

오랜만에 혹은 난생 처음 목도한 그 극빈 상태에 놀라 한동안 말을 잃고 있던 우리는 선태의 자취방에 도착하자마자 질문을 쏟아놓기 시작했다.

"너무 집이 높아서 학교 다니기 힘들지 않아요?"

"밥은 어떻게 해먹어요?"

"수돗물 잘 나와요?"

"빨래는 어떻게 합니꺼?"

"겨울에 공중화장실 쓰기 좀 그렇지 않아요?"

"방세 얼마나 합니꺼?"

"이사할 때 어떻게 했습니까? 리어카도 못 올라오겠던데."

방문을 열어놓은 채 일학년 아이 두 명이 석유곤로 앞에 쪼그려 앉아 라면 끓이는 것을 지켜보던 선태는 모든 질문에 매우 심드렁하게 대답했다. 다 하는 수가 있지. 어, 무슨 수가 생기겠지. 연탄 때면 얼어 죽지야 않겠지. 지정된 시간에 맞춰 밥을 먹고, 세탁기를 사용하고, 씻고 살아야 했던 우리 기숙사생들에게 그의 무심한 태도는 마치 세상을 초탈한 신선(神仙)처럼 느껴졌다. 한 아이가 마침내 물었다.

"왜 하숙하지 않고예? 그카면 편하지 않습니꺼?"

"이놈 이거, 어린 게 편한 것만 찾고. 저 부르주아 근성을 버려야 하는데."

선태가 양은 그릇들을 우리들에게 하나씩 던지며 농담처럼 내뱉었다. 찌그러지고 광택 잃은 그 양은 그릇들은 어느덧 스테인리스에 익숙해진 내게 마치 걸인의 밥그릇, 아니 마당에서 키우는 시골개의 밥그릇처럼 느껴졌다. 이야, 양은 그릇 오랜만에 봅니더. 한 아이가 감탄했다. 그래, 양은, 제국주의의 유산이지. 선태가 짐짓 시니컬한 표정으로 코웃음 치며 역시 양은으로 된 막걸리 주전자를 바닥에 깐 신문지 위에 내려놓았다.

학교식당에서 몰래 집어온 듯한 젓가락 몇 벌과 스테인리스 국그릇들도 신문지 위에 놓였다.

우리는 바닥에 신문지를 펴고 그 위에 막 끓인 라면과 막걸리를 늘어놓곤 함께 먹고 마시기 시작했다. 라면을 먹던 중 나는 궁금증을 견디지 못 하고 질문을 던졌다.

"근데, 양은이 왜 제국주의의 유산인가요?"

"아, 그건 말이야…."

선태는 예상치 못했던 질문에 살짝 당황하는 것 같았지만 곧 늘 그랬던 것처럼 너스레를 떨기 시작했다.

"양은이 뭐냐, 서양에서 건너온 은이란 말 아니냐? 우리 조상들은 본래 유기 그릇을 썼는데 제국주의 열강들이 이 싸구려 재질을 들여와서 마치 은처럼 귀한 것이라도 되는 양 우릴 호도했거든. 값 싸겠다, 가볍고 다루기 쉽겠다, 그러니 사람들이 다 양은을 쓰게 됐지. 그러니 우리나라 유기 그릇 만들던 사람들이 다 할 게 없어졌단 말이야. 그렇게 제국주의로 인해 우리 유기 만들던 산업이 사라지게 된 거야."

돌이켜 생각해보면 즉석에서 꾸며낸 게 분명한 그 말을 나는 조금도 의심하지 않고 그대로 받아들였다. 무엇보다도 나는 유기나 양은이 무엇인지, 어떻게 만들어지는지 전혀 알지 못했다. 예비고사나 학력고사에서 다루지 않는 지식에 관심을 갖는 건 시간 낭비였으니까.

선태 같은 선배들에게는 무슨 소재라도 흥미로운 이야깃거리로 만들어주는 만능 해답이 있었다. '제국주의'나 '친일'이 그것이었다. 그런 낱말들은 언제나 우리가 풀지 못한 의문에 대해 명쾌하고 단순한 해답을 제시했다. 그 해답이 사실인지 아닌지 확인할 길은 없었다. 어쩌다 누가 진위여부를 확인하려 들면 선배들은 대개 간단하게 한 마디로 일축했다.

"뻔한 거 아니야? 무슨 증거가 필요해?"

그들과 함께 이야기를 나누다 보면 수많은 의문이나 부조리 중 '제국주의'와 '친일'로 설명되지 않는 게 별로 없어 보였다. 세상일에 의문을 가질 기회조차 없던 우리에게 그 만능 해답은 매혹적이었다.

우리는 제국주의의 횡포로 잃어버린 우리 고유의 것들에 대한 향수 때문인지, 술기운 때문인지 어쩐지 숙연한 기분에 빠졌다. 라면 그릇은 바닥을 드러냈지만 주전자 막걸리는 끊임없이 흘러나왔다. 술에 약한 한 아이는 이미 반쯤 잠이 든 듯 고개를 꺾은 채 바닥만 내려보고 있었다. 모두가 노곤해서 반쯤 조는데, 선태가 불쑥 물었다.

"내가 진짜로 이 동네 온 이유, 너희 아냐?"

아무도 대답하지 못했다. 선태는 대답을 오래 기다리지 않았다.

"민중들의 밑바닥 인생을 알고 싶어서야."

가슴이 철렁 내려앉는 기분이었다. 나는 그가 전라남도 여수에 선박을 여러 척 갖고 있는 부호의 아들이라는 건 소문으로 들어서 알고 있었다. 그의 어린 시절 집에는 침모와 찬모와 유모가 각기 따로 있었다고 했다. 그 전까지 듣지도 보지도 못한 세상 이야기였다. 그런 부잣집 아들이 다 무너져가는 빈민촌 판자집에 찌그러진 양은 주전자에서 막걸리를 따르고 라면을 나눠 먹는 모습이 그 순간 그토록 거룩하게 느껴질 수가 없었다. 그는 데미안 정도가 아니라 아시시의 성 프란체스코처럼 보였다.

선태는 서울에 상상할 수도 없이 열악한 환경에서 사는 도시 빈민들이 많다고 우리를 일깨워줬다. 달동네라는 말에서 무턱대고 낭만부터 느껴선 안 된다고 했다. 아무런 지식도 기술도 자본도 없이 무작정 상경한 사람들이 이곳 저곳 판자촌을 짓고 막노동으로 하루살이처럼 살아가던 동네들이 대개 지대가 높은 산등성이에 위치했기 때문에 생긴 말이라고 설명했다. 그 무허가 건물들이 철거되면 집을 잃은 빈민들은 이 동네 저 동네로 흩어졌다 새로운 달동네로 모인다고 했다. 서울대학교에서 불과 3킬로 남짓 떨어져 있던 산동네 난곡이 바로 그런 동네 중 하나라고 그는 말했다.

다섯 명의 지방 중소도시 출신 아이들에게, 화려하기만 한 줄 알았던 서울의 이면은 상상을 초월할 정도로 어둡고 초라했다. 우리가 눈으로 확인한 빈부격차는 그 어떤 말로도 합리화할 수 없었다. 그저 조직적이고 구조적인 범죄로만 보였다. 그 어지럽고 지저분한 시장골목과 허물어져 가는 판자촌을 목도한 후, 막걸리에 반쯤 취해 들은 착취와 소외의 개념이 그토록 우리를 쉽게 매혹시킨 것도 무리가 아니었다. 그 산동네까지 우리를 이끈 선태는 우리에게 아무것도 제대로 가르치지 않고 그저 낱말의 나열만 암기하라 강요하던 중고등학교 시절 교사들보다 훨씬 더 우수한 페다고그 같았다.

25. 시궁창의 난초

"야, 일어나라! 니들 수업 안 들어가냐?"

선태 목소리에 정신을 차리고 사방을 둘러보았다. 잠시 어리둥절했다. 아직 어려서 그랬는지 아무리 잠자리가 불편해도 한 번 잠이 들면 그곳이 어딘지 잊어버릴 만큼 깊이 잠들곤 했다. 알록달록한 싸구려 나일론 요와 이불 위에 제대로 덮은 것도 없이 모로 누워 자는 아이들을 보고야 내가 선태 방에서 잠들었던 것을 기억했다. 바닥에 누운 아이들은 마치 텔레비전에서 본 해변의 물개 떼 같았다. 모두 수컷이라는 점만 빼고는.

"윽, 8시다!"

9시에 시작하는 수업에 들어가려면 한 시간밖에 남지 않았다. 내 비명을 들었는지 물개들이 한 마리, 두 마리 부스스한 모습으로 자리에 일어났다. 선태의 비좁은 부엌에서 씻는 건 힘들어 보였다. 모두들 학교 건물 화장실에 가서 씻겠다고 했다. 우리는 짐도 꾸리는 둥 마는 둥 서둘러 선태의 집을 떠났다.

"아! 어떡하지?"

골목길을 절반 가까이 내려간 후에야 나는 선태의 방에 강의노트 파일을 두고 온 걸 깨달았다.

"나중에 찾으려 하면 머리 아픈디…."

나는 잠시 망설이다 아이들을 먼저 보내고는 몸을 돌려 다시 가파른 골목길을 오르기 시작했다. 가까스로 선태의 거처에 도착한 나는 급한 마음에 문을 두들겨보지도 않고 미세기 문을 드르륵 열어 제쳤다.

뜻밖에도 그 순간 내가 마주친 것은 겁먹은 들짐승의 것 같은 눈망울 두 개였다. 스무 살 남짓 내 또래로 보이는 한 여자애가 연탄 아궁이 앞 무수하게 흠집이 난 낡은 고무통 앞에 쪼그려 앉아 설거지물에 손을 담근 채 나를 올려다보고 있었다. 통 안엔 그릇들이 가득했다. 나는 눈에 익은 그 양은 그릇들을 보고도 한순간 집을 잘못 찾은 줄 알고 당황했다.

"아, 아, 죄송해유."

얼른 다시 문을 닫고 다시 집을 올려다보았다. 선태 집이 맞았다. 내가 어쩔 줄 모르고 다시 문을 열까 말까 망설이는 찰나, 집안에서 선태의 목소리가 들렸다.

"누구냐?"

그제야 나는 내가 집을 잘못 찾은 게 아님을 알았다. 하지만 차마 문을 다시 열지 못하고 대답만 했다.

"아, 예, 형, 제가 파일을 두고 가서…."

잠시 후 바지춤에 한 손을 넣고 담배를 입꼬리에 문 선태가 내 파일을 들고 문을 열었다. 담배 연기 때문인지 피곤 때문인지 선태는 눈살을 잔뜩 찌푸리고 있었다. 선태는 골목길을 내려가는 나를 몇 발치 따라 내려왔다.

"저, 저 여자분은 누구시…."

"아, 쟤?"

선태가 엄지와 집게손가락으로 담배를 입에서 떼더니 천연덕스럽게 대답했다.

"내 깔치."

"예?"

"깔치 몰라?"

"첨 듣는디…."

"어휴, 이 순진한 새끼. 내가 깔고 자는 애라고."

민망한 마음에 얼굴이 확 달아올랐다.

"아, 예… 그럼 어제 저 분은 우리 때문에 집에 못 들어온 건지…."

"쟤 어제 철야라서 좀 전에 들어왔어."

"예? 철야요?"

"철야근무. 공순이거든."

"아, 예…."

선태는 멀리 따라 나오지 않았다. 아침 시장골목은 전날 저녁에 비하면 분주하지도 복잡하지도 않았다. 나는 버스정류장을 향해 냅다 달리기 시작했다. 술이 덜 깨어 그런지 두개골 안에서 뇌가 흔들리는 것처럼 욱신거리고 아파왔다.

그날 오후 인문대 철봉 옆 벤치에 누워 있는 선태를 발견했다. 옆에선 국문학과 2, 3학년으로 보이는 아이들이 박쥐들처럼 철봉에 매달려 놀고 있었다. 머뭇머뭇 인사하는 내게 선태가 짐짓 큰소리로 중얼댔다.

"이성식, 술은 깼냐? 난 아침부터 한 판 했더니 완전 지친다, 지쳐."

옆에 있던 선태의 친구들이 물었다. 뭘 한 판 해? 아침에 가투(街鬪)라도 있었냐? 선태는 코웃음을 치며 들고 있던 책가방으로 얼굴을 가렸다. 국문학과 아이들은 선태의 '한 판'에 금방 관심을 잃고 다시 철봉을 하거나 모래를 흩뿌리며 놀기 시작했다.

26. 노트 좀 빌려줘

국민학교 다닐 때부터 대학에 다닐 때까지 2학기는 언제나 짧게만 느껴졌다. 새 학년이 되는 1학기에는 교사도 급우들도 낯설어 하루하루가 정말 길게 느껴졌지만, 익숙해진 2학기는 대개 훨씬 더 빠르게 지나갔다. 대학에서도 똑같았다. 꼭 거친 운전자가 모는 차 조수석에 앉은 기분이었다. 우리는 운전자가 누구인지 몰랐고, 운전자는 우리가 어디로 가는지 알려주지 않았다. 분명 속력은 빨랐지만, 어쩐지 제자리에서 맴도는 느낌이 자꾸만 들었다.

영원히 따뜻할 것만 같던 날씨도 차가워지고 있었다. 아이들은 더 이상 농성이나 가투를 하지 않았다. 어쩌다 아크로폴리스에서 확성기를 붙잡고 떠드는 아이가 있어도 멈춰 서서 잠시 듣는 시늉을 함으로써 '독재타도와 민주주의를 위해 애쓰는 학우들'에게 경의를 표하는 아이들도 눈에 띄게 줄었다. 기숙사 식당에서 틀어주는 텔레비전에서는 곧 다가올 학력고사 당일의 날씨가 쌀쌀할 거라고 전했다.

기말고사도 머지않았다. 두 학기 내내 한 시도 쉴 틈 없이 시끄럽던 학교가 마침내 조용해졌다. 아이들은 필기한 내용을 돌려보고, 복사해 나눠 갖느라 분주했다. 무언가 두려움과 걱정이 일학년 아이들을 사로잡고 있었다. 언제나 열심히 공부해온 대다수 여학생들과 소수 남학생들을 제외하곤, 많은 아이들이 행여 원하는 학과를 지망하지 못할까 봐 겁먹고 있었다. 그 중엔 여전히 원하는 학과조차 정하지 못해 갈팡질팡하는 아이들도 꽤 많았다. 나도 그 중 하나였다.

5분이 지나도록 한국사 교수가 들어오지 않자 나는 내심 휴강을 기대하기 시작했다. 각 단과대학의 해당 교양과목은 대개 정교수들이 직접 맡았다. 가령 인문대학 아이들은 문학개론이나 한국사개론 같은 교양과목을 해당학과 정교수들에게 수강하고, 자연대학교 아이들은 물리학개론이나 수학개론을 해당학과 정교수들에게 듣는 식이었다. 교양과목이든 전공과목이든, 시간강사나 조교수들이 담당하는 과목과 달리 정교수들이 담당하는 수업은 심심치 않게 휴강을 했다. 그런 정교수들이 휴강을 미리 공지하는 경우는 드물었다. 대개 수업 시작 시간이 한참 지난 후 조교가 들어와 칠판에 커다랗게 '휴강'이라는 두 글자를 쓰는 게 고작이었다. 그러면 아이들은 환호하면서 자기 소지품을 챙겨 강의실을 떠났다.

교수가 조교조차 보내지 않아 과대표가 교수실로 찾아간 후에 비로소 휴강 통지를 받는 일도 드물지 않았다.

한 아이가 벌떡 일어나더니 제일 먼저 강의실을 나가버렸다. 언제나 말이 없고 쉬는 시간에나 점심시간에도 아이들 사이에 끼지 않는 아이였다. 곧 아이들 몇 명이 따라 나갔다. 나는 철우에게 중얼대듯 푸념했다.

"부모님들이 나한테도 뭐든 시험준비 하라고 자꾸 보채시는데…. 법이니 경제니 행정이니 하는 걸 학교공부하면서 언제 하냐? 나 학점도 잘 안 나오는데."

철우가 대꾸했다.

"네 학점이 뭐 어때서? 국문과 갈 정도는 아니잖아?"

그 때 뜻밖에 한 아이가 끼어들었다.

"야, 무슨 말을 그렇게 하냐?"

순간 아차 싶었다. 국문학과 복학생 한 명이 그 수업을 함께 듣고 있었던 걸 의식하지 못했던 것이다. 시험지에 운동권 가요 가사라도 써서 내면 절대 F는 나오지 않는다는 그 과목을 왜 그가 1학년들 사이에 끼어 재수강하게 됐는지는 모를 일이었다.

철우는 당황하지도 않고 냉큼 넉살 좋게 사과했다.

"죄송합니다!"

그 때 교수가 거의 20분 늦게 강의실에 나타났다. 남아 있던 아이들은 실망해 낮은 한숨을 쉬었다.

두 시간 연강인 수업은 늘 그러던 것처럼 30분 정도 일찍 끝났다. 연강은 늘 그런 식이었다. 교수들은 중간 쉬는 시간과 마지막 쉬는 시간을 고려한 거라고 말했다. 어떻게 계산하더라도 별로 설득력 없는 대답이었

다. 강의실을 나서는데 그 복학생이 앞에 보였다. 별안간 그가 휙 돌아서
더니 말했다.

"야."

철우와 나는 걸음을 멈추고 긴장해서 그의 다음 말을 기다렸다.

"나 노트 좀 빌려주라."

옆에 있던 철우가 냉큼 나를 가리키며 대답했다.

"아, 얘가 노트 끝내주게 잘 해요."

철우는 그 말을 마치자마자 일이 있다며 교문 쪽으로 달음박질쳤다. 나
는 그 국문학과 복학생과 함께 학생회관까지 가야 했다. 복사실에 간 나
는 한국사 교수의 말을 빼곡히 적은 깔끔한 내 노트가 지저분하게 복제
되어 나오는 모습을 묵묵히 지켜보았다. 복사를 마치자 그 복학생이 말
했다.

"제기랄. 지갑 안 갖고 온 걸 깜박했네."

나는 갖고 있던 동전을 털어 그의 복사비를 대신 내주었다. 내심 언짢
았지만 내색하지는 못했다. 학생회관 출구 쪽에 클래식기타 동호회로 오
르는 계단이 눈에 들어왔다. 어수선한 소음 속에서 어렴풋이 기타 소리
가 들려왔다. 나는 2학기 들어 거의 동호회 룸에 가지 않았던 것을 기억했
다. 문득 그 지루하고 따분한 스케일 연습이 그리웠다. 나는 충동적으로
결심했다. 얼른 찾아가 아이들에게 안부라도 묻겠다고. 그리고 정수가 반
겨주면, 아니 누구라도 반겨주면 내일부터 다시 기타를 메고 다니겠다고.

기타동호회로 오르는 계단 쪽으로 몸을 돌리려는 찰나 국문학과 복학
생이 내 팔을 붙잡았다.

"나 녹두거리에 살아. 집에 들러 돈도 갚고 밥도 살 테니 가자!"

돈은 다음에 줘도 된다고 말해봤지만 소용없었다. 국문학과 복학생은 나를 끌다시피 데리고 나갔다. 해가 기울며 바람이 스산했다. 코트도 점퍼도 안 걸치고 나온 터라 오한이 느껴졌다. 복학생도 추웠던 모양인지 별안간 소리쳤다.

"뛰자!"

우리는 킬킬대며 녹두거리까지 내달렸다. 그에게 느끼던 서먹한 느낌은 어느 틈에 사라졌다. 그의 하숙방은 녹두거리에서 멀지 않았다. 붉은 벽돌집 2층에 있던 그의 좁은 하숙방은 잘 정돈돼 있었다. 작은 책장에는 제목이 적히지 않은 복사본 책들이 빼곡히 꽂혀 있었고, 방바닥 한 구석엔 이불과 요가 말끔히 개켜져 있었다. 그는 내게 천 원 지폐 한 장을 주더니, 벽에 걸린 점퍼 두 벌을 꺼내 한 벌을 내게 건넸다. 내가 머뭇대자 그가 말했다.

"추운데 입어라. 나도 어디서 얻은 거라서 그냥 가져도 돼."

어느 중소기업의 단체복이라도 되는 듯, 짙은 청색의 점퍼 등에는 '휘성기술'이라는 회사 이름이 박혀 있었다. 잠시 망설였지만, 덜덜 떨며 기숙사까지 돌아갈 생각을 하곤 곧 받아들였다.

1982년의 녹두거리는 초라했다. 서울과 경기도의 경계선에 놓인 그 동네는 소위 말하는 변두리 동네였다. 주택가를 오가는 유동인구를 상대로 한 볼품없는 식품점이나 상점들, 그리고 서울대 아이들을 상대로 한 술집이 몇 군데 보이는 게 전부였다. 복학생은 녹두거리를 다 내려가 큰 길가 모퉁이를 돌더니 간판조차 달리지 않은 한 허름한 술집으로 나를 이끌었다.

27. 문학은 위대하다

"여길 왜 녹두거리라고 부르는지 아냐?"

복학생의 이름은 지훈이었다. 지훈은 자리에 앉아 내 외할머니처럼 생긴 주인 여자에게 막걸리와 국수를 주문하곤 물었다. 또 다시 내 외할머니가 동생을 업고 불러주던 노래가 생각났다. 새야 새야, 파랑새야…. 처음 서울대학교에 입학해 아이들이 녹두거리라고 부르는 걸 들었을 때부터 이 노래는 내 머릿속에서 사라지지 않았다. 그럼에도 그 노래와 녹두거리라는 이름 사이에 어떤 관계가 있을 거라는 생각은 이상하게도 하지 못했다.

내 어머니보다 조금 더 나이 들어 보이는, 그러나 내 할머니만큼이나 구부정한 주인여자가 균형도 안 맞아 삐걱대는 식탁을 물기 흥건한 행주로 슥 닦는 시늉을 하고 돌아서더니 이내 국수 두 그릇을 가져왔다. 국수는 흡사 손으로 두들겨 만든 놋그릇마냥 한치도 빈틈없이 일그러지고 찌그러진 양은그릇에 담겨 있었다.

배가 몹시 고팠던 터라 우리는 순식간에 국수를 먹어치우고 막걸리 주전자를 비우기 시작했다. 국수와 막걸리로 배가 불러올 무렵 내가 물었다.

"녹두장군, 그러니까 동학혁명이랑 관계 있는 건가요?"

지훈은 고개를 끄덕이더니 나직한 소리로 노래하기 시작했다.

새야 새야 파랑새야
녹두밭에 앉지 마라
녹두꽃이 떨어지면

청포장수 울고 간다

내 머릿속은 복잡해졌다. 어린 시절 내게 그 노래는 아무런 의미 없는 낱말들의 나열에 지나지 않았다. '두껍아, 두껍아'랄지, '여우야, 여우야'와 다를 게 없었다. 그날 그 순간까지 나는 그런 노래 가사들을 무의미한 소리로 인식했다. 외할머니인지 어머니인지, 누군가 그 노래를 내게 불러 줄 때 나는 노래 속 낱말조차 이해할 수 없는 어린 아기였을 것이다.

노래를 멈춘 지훈은 동학혁명 이야기를 꺼냈다. 국사 시험에서 한 문제라도 더 맞추기 위해 암기했던 역사적 내용들이 지훈의 항일운동 이야기와 맞물리면서 내 머리는 더 복잡해졌다. 그 때 우리말고 아무도 없던 주점에 아이들 여러 명이 왁자하게 떠들며 들어섰다.

"형! 여기 있었네요?"

귀에 익은 목소리에 고개를 들어보니 선태였다. 내가 무슨 생각을 할 겨를도 없이 선태가 내 어깨를 치며 큰 목소리로 외쳤다.

"야! 너 오랜만이다!"

그러더니 선태는 나와 지훈을 번갈아 손가락으로 가리키며 물었다.

"그런데, 둘이 어떻게 같이?"

"아, 얘 노트 좀 복사하는 바람에. 나 한국사 재수강하잖아."

선태가 시작했다.

"아, 맞다, 바로 그 절대 F 안 주는 과목에서 기어이 F를 받아낸 전설의 인물이 바로 형이었지."

"F는 아무나 받는 줄 아냐?"

"교수한테 개겼다면서요? 도대체 어떻게 했기에?"

지훈은 대답없이 멋쩍게 웃기만 했다. 선태가 다시 물었다.

"졸업장 같은 거 혁명에 필요 없다더니, 왜 그렇게 약해진 거예요, 형?"

동학 이야기를 하고 있었기 때문이었는지, 선태 입에서 나온 '혁명'이라는 단어는 아무 이질감 없이 자연스럽게만 느껴졌다. 그가 말하는 혁명이 무슨 의미인지 채 생각할 겨를도 없이 나는 그 혁명이라는 단어를 마치 녹두장군의 자장가처럼 자연스럽게 뜻도 모른 채 흡수하고 있었다. 선태가 내 등에 적힌 회사 로고를 본 모양이었다. 그는 내 등을 두들기며 호들갑을 떨었다.

"아니, 어느 새 순진한 애를 꼬셔서 위장취업까지 시킨 거야?"

아이들이 낄낄대더니 탁자 한 개를 끌고 와서 함께 앉았다. 모두 인문대 아이들이었다. 국문학과가 세 명, 미학과 아이가 두 명, 그리고 나머지는 언어학과와 철학과라고 했다. 나는 낯선 아이들과 함께 하는 자리가 못내 불편했지만, 달리 자리를 뜰 핑계도 없어서 아무 말도 못 하고 머뭇댔다. 누군가 자연스레 내게 어느 과를 지원하는지 물었다. 대답하지 못하는 내게 선태가 말했다.

"우리 과 와라."

국문학과는 어문계열 1학년들의 '막장'이라고 불렸다. 아무리 다른 학과를 희망한다 해도 학점이 낮으면 어쩔 수 없이 국어국문학을 전공해야 했다. 지훈이 주전자를 들어 아이들 잔을 채우며 말했다.

"성식이 이거, 이거, 필기한 거 보니까 완전 모범생이야. 우리 과까지 안 와도 될 것 같은데?"

"형!"

선태가 분연히 끼어들었다.

"또 국문학과 폄하합니까? 형은 그 패배주의를 버려야 돼요. 국문학이 얼마나 위대한데? 국문학 없이 우리 겨레의 얼을 어떻게 담아요?"

'겨레'라니, '얼'이라니. 종이 위 활자로만 존재하는 줄 알았던 화석 같던 낱말들이 내 또래 아이들 입에서 산 언어로 튀어나오는 상황은 교장 훈화나 대통령 훈화 때말고는 처음 접하는 것 같았다. 그럼에도 나는 조금 전 들은 '혁명'처럼 그 낱말들 역시 아무런 거부감 없이 자연스레 받아들였다.

철학과 아이가 끼어들었다.

"하지만 특정 언어에 갇힌다면 마르크스주의 문학이론에 입각해 볼 때 진정한 문학일 수 없어."

국문학과 아이들이 반격에 나섰다. 그들은 언어 자체가 형식이며 한국어의 형식은 그 자체로 우수하다고 했다. 논쟁이 계속되면서 아이들은 자기들이 무슨 말을 하는지 더 이상 상관하지 않는 것 같았다. 내용과 무관하게 저마다 자기가 아는 가장 학술적이고 가장 어렵게 들리는 어휘를 동원해서 상대방을 논리가 아닌 권위적 위협으로 진압하려 들었다. 그들의 논쟁의 핵심은 누가 어떤 말을 했는가에 있었다. 따라서 그 논쟁에서 이기려면 자기들이 기억하고 동원할 수 있는 최고의 권위적 인물들을 인용해야 했다. 그리고 그 인물들은 아도르노와 벤야민, 루카치, 마르쿠제 같이 생경한 이름들을 갖고 있었다.

인용문들이 지향하는 의미가 상충할 때면, 어떤 인용문의 주인이 더 권위를 갖고 있는지 따졌다. 처음 언어가 문학작품의 범위와 한계를 정하는 틀인가 아닌가 따지며 시작된 논쟁은 이내 자기들이 신봉하는 마르크스주의 미학자들 중 누가 가장 큰 권위를 갖고 있는지 따지는 것으로 변질됐다. 그리고 가장 최상위 법으로 인정된 것은 레닌의 어록이었다. 만일 어떤 미학자나 철학자가 레닌과 상충되는 말을 했다면, 그 인용은 기각되는 식이었다. 그날 그 자리에서 레닌의 말은 일종의 헌법이었다.

누가 더 많은 인용문을 제시하는지 겨루는 이 논쟁 아닌 논쟁은 막걸리 주전자와 함께 곧 바닥을 드러냈다. 나는 그저 그들의 인용문이 생소하다는 게 부끄러울 뿐이었다. 처음 입학했을 때 나를 깜짝 놀라게 했던 마르크스나 엥겔스, 레닌과 스탈린과 같은 이름들은 더 이상 나를 긴장시키지 않았다. 혁명이나 민중봉기와 같은 낱말도 서서히 내 마음 속에 자연스레 침윤해 있었다. 고등학교 다닐 때까지 금지된 줄 알았던 그런 인명과 어휘를 마음껏 입에 담을 수 있다는 사실만으로 나는 해방감을 느꼈다.

내 마음은 저항없이 그들의 생각을 그대로 흡수하고 있었다. 나에게는 아무런 배경지식도 없었다. 그래도 나는 단편적 명제를 암기하는 데 꽤 재능이 있었다. 그날도 나는 중고등학교 다닐 때 했던 대로 무작정, 아무런 의문 없이 선배들의 말들을 암기하려 애썼다.

우리는 자정이 거의 다 되어서야 술집을 나섰다. 술집 밖 전신주를 붙잡고 우리 학교 학생으로 보이는 한 사내애가 길바닥에 술과 안주를 게우고 있었다. 자기 방에서 자고 가라는 지훈의 만류를 마다하고 노란 가로등이 듬성듬성 켜진 어두운 길을 향해 걷기 시작했다.

학교 정문을 향해 뛰며 나는 마음 속으로 조금 전 술자리에서 아이들이 했던 말을 기억하려 계속 중얼댔다. 막 교문을 잠그려던 수위아저씨가 퉁명스러운 얼굴로 다시 교문을 열며 나를 학교 안으로 들여보내 주었다. 나는 순환도로를 따라 터덜터덜 걷기 시작했다.

취한 머릿속에 완성되지 못한 문장들이 끊임없이 떠올랐다. 돌이키지 못하는 게 다행이라 생각될 만큼 치기 어리고 설익은 생각의 편린들이었다. 나는 그 맺지 못하는 문장들을 시상으로 생각하고 완전히 압도됐다. 그 분절된 미완의 문장들이 그 때까지 숨어 있다가 비로소 발현되는 내 문학적 재능인 것만 같았다. 그때 누군가 내게 그것은 그저 때늦은 사춘기의 감상(感傷)이었다고, 내 호르몬이 내 마음과 몸을 지배했던 것뿐이라고 말했더라도 나는 듣지 않았을 것이다. 그 시구들이 토한 내 감상과 감정은 그저 우물 안에서 20년을 살던 개구리가 큰 강으로 나와 느끼던 열등감과 소외감일 뿐이라고 말해줄 사람은 아무도 없었다.

나는 이제 비로소 눈가리개를 벗고, 기성세대들이 늘어뜨린 장막을 헤쳐서 세상을 볼 수 있게 됐다고 생각했다. 미숙함과 젊음, 그리고 억눌린 욕망들이 여전히 내 눈을 흐리고 있다는 생각은 꿈에도 하지 못했다. 멸절한 줄만 알았던 저항과 모반의 말들이 오고 가는 것을 듣고 해방감에 취했다는 것을, 내 입에서 나오던 그 분절된 문장들은 시어(詩語)가 아니라 그저 정돈되지 않은 감정의 편린들이었음을 나는 알지 못했다.

그날은 기숙사로 향하는 그 길이 외롭지 않았다. 누군가 남몰래 수풀에 낸 작은 오솔길을 걷는 느낌이었다. 더 이상 헤매지 않고 그 길을 따라가면 된다는 생각이 들었다. 언제나 누군가의 명령과 판단대로 움직이는 게 지긋지긋해 언제나 자유를 꿈꿨던 것을 그 때 나는 까맣게 잊었다. 그 모든 자유는 그저 힘겹고 버거운 짐일 뿐이었다.

그 자리에 있던 아이들은 모든 인간들의 이야기를 정-반-합이라는 매혹적일 만큼 단순한 공식에 꿰어맞췄다. 덕분에 나는 모든 걸 스스로 생각하고 이해하고 결정해야 하는 버거운 자유로부터 해방될 수 있었다. 그리고 그들이 말하는 마르크스주의 예술론은 열아홉 살이 될 때까지 한 번도 무언가 자발적으로 하고 싶다는 생각을 해본 적 없는 나에게 너무나 뒤늦게 문학을 꿈꾸게 했다. 기숙사에 거의 도착할 무렵 나는 나도 모르는 사이 흥얼대고 있었다.

> 앞서서 나가니
> 산 자여 따르라

노랫말처럼 그렇게 나도 무리가 나가는 방향에 몸을 싣고 싶었다.

1983

28. 숟가락 하나

화곡동의 외삼촌 집은 부근 수많은 다른 집들처럼 콘크리트로 틀을 짠후 번들거리는 붉은 벽돌로 치장쌓기를 한 2층 양옥집이었다. 외삼촌이 결혼한 지 3년 만에 장만한 집이었다. 부족한 비용은 2층 남는 방 둘을 임대해 그 보증금과 임대료로 충당했다고 했다. 그리고 그 방 하나가 비자 그 자리에 내가 들어왔다.

2월 중순, 수강신청을 마치고 돌아오는 길이었다. 똑같은 집들이 똑같이 생긴 골목길에 즐비해서 문패를 읽지 않으면 집을 찾기 쉽지 않았다. 내가 길눈이 어두운 편이라 더 어려웠는지도 모른다. 벨을 누르자 외할머니의 목소리가 들리고 곧 철대문이 자동으로 열렸다. '도끼다시'라 불리던 인조대리석 마감 계단 몇 개를 올라 은색 철제 현관문을 여는 순간 참기름 냄새가 났다. 다녀왔습니다, 하고 맥없이 의례적으로 인사하고 계단을 올라 2층으로 오르려는 순간, 등에 돌배기 아이를 업은 내 외숙모가 식탁에 앉아 커다란 양푼 하나 가득 잡채를 무치는 모습이 보였다. 식탁 옆에 앉아 있던 외할머니가 외숙모를 타박하고 있었다.

"잡채를 겨우 그만큼 혀서 어쩌려는겨? 성식이가 을매나 잡채를 좋아하는디?"

세 살배기 첫 애가 식탁 아래에서 외숙모의 앞치마를 자꾸만 잡아당겼
다. 외할머니가 나를 반기더니 다시 돌아서 외숙모를 채근했다.

"미리미리 해놓으라니께… 애가 을매나 배 고프겄냐, 이 추운데 핵교
갔다 와서."

나는 머뭇머뭇 끼어들었다.

"배 별로 안 고픈데…. 괜찮은데…."

외숙모는 서른이 거의 다 되어가는 나이에 동갑인 내 외삼촌과 결혼했
다. 말수가 적어 언제나 조용했던 외숙모는 서울에서 가장 좋은 여자상업
고등학교를 졸업하고 오랫동안 직장생활을 했다고 들었다. 내 외할머니
와 특히 외삼촌의 큰 누나인 내 어머니는 이런저런 핑계를 대며 외숙모를
별로 탐탁지 않게 여겼다.

내가 중학생일 무렵, 외삼촌에게 마침내 사귀는 여자가 생겼다는 소식
을 들은 어머니는 처음에 매우 기뻐했다. 하지만 곧 외삼촌의 애인이 대
학을 나오지 않았고 나이도 외삼촌보다 한 살 많다는 걸 알고 둘의 만남
을 반대하기 시작했다. 어머니는 하루가 멀다 하고 서울에서 직장 다니
던 외삼촌에게 전화했다. 돈이 아깝다며 시내기본통화마저 삼가던 어머
니였다.

어느 날 저녁, 또 습관처럼 푸념을 늘어놓는 어머니에게 내 아버지가
불쑥 내뱉았다.

"당신도 대학 안 나왔으면서 그게 뭐 그리 불만이여? 아, 말이야 바른
말이지, 처남도 돈 들고 줄만 서면 기냥 들어가는 대학 나왔잖여. 처남댁
은 좋은 여상 나와서 좋은 디서 직장 다니고 돈 모으느라 혼사 늦은 건

디, 그기 무슨 대수여?”

이 말을 들은 어머니는 며칠을 드러누워 눈물을 흘리며 농성했다. 누나들과 어머니의 거센 반대에도 아랑곳하지 않던 외삼촌은 얼마 지나지 않아 결혼식을 올렸다. 외숙모가 된 여자는 결혼 후 7개월이 채 되지 않아 딸아이를 낳았다. 고등학생이던 나는 어느 날 안방에서 새나오는 어머니의 목소리를 본의 아니게 엿듣고 말았다.

“그렇게 결혼도 하기 전에 몸 굴려서 애 배는 여자가, 그 전에 온전했겠냐고!”

어쨌든 서울에서 하숙하며 직장을 다니던 스물아홉의 외삼촌은 결혼과 동시에 그의 어머니, 즉 나의 외할머니를 부양하며 별안간 어른 노릇을 해야 했다. 결혼하면 그만 두는 게 관례이던 직장을 떠난 외숙모는 내가 대학에 입학하던 해 또 다시 딸을 낳았다. 그리고 평수 넉넉한 집을 찾아 화곡동으로 이사했다. 수시로 비행기 뜨고 내리는 소리가 폭격하듯 내리꽂히는 변두리 동네였다. 얼마 지나지 않아 외숙모는 대학 2학년이 되어 기숙사에서 나와야 했던 나까지 떠맡게 됐다.

처음에는 내키지 않았다. 기숙사 생활을 하며 또래 친구들과 생활하는 데 이미 익숙해진 데다가, 화곡동에서 신림동까지 40분 넘게 버스를 타고 통학하는 것도 못내 불편하게 느껴졌다. 어머니는 이해하지 못했다.

“그게 왜 얹혀 사는 거니? 시집 갔으면 시집식구들 밥해주고 빨래해주는 게 당연한 거지, 네가 왜 눈치를 보니? 그리고 그게 왜 외숙모 집이니? 외할머니 집이지!”

바닥에 모로 누워 텔레비전을 보던 아버지가 끼어들었다.

“처남댁이 그 집 살 때 적금허구 계혀서 모은 돈으로 처남보다 더 냈다

하지 않았어?"

"진짜 당신까지 왜 이래? 좀 가만 있어봐요!"

어머니는 나를 아직 혼자 살 능력이 없는 어린애로 여겼다. 그리고 집안의 며느리인 외숙모에게는 어린 조카인 나를 보살펴야 할 의무가 있다고 믿었다. 생돈을 치러가며 하숙집에 사는 건 낭비였다. 게다가 생전 본 적없는 하숙집 주인에게 어머니의 귀한 아들을 맡길 수도 없었다.

그게 내 어머니만의 논리는 아니었다. 가난에서 비롯된 습관인지, 재화와 서비스를 구매하고 돈을 치르는 데 익숙하지 않아서인지, 이도 저도아니면 사람들끼리 신뢰가 부족해서 그런지, 사람들은 대도시에 나가 타향살이를 할 때 아는 사람이나 친척들에게 아무런 대가 없이 신세 지는걸 당연하게 여겼다. 남의 사생활은 물론 자기들 자신의 사생활마저 존중하지 않는 분위기도 한몫 했다. 명절이면 주기적으로 온 친척들이 맏형이나 부모 집에 모여서 온 방바닥에 있는 요와 이불을 모두 깔고 때로는 남녀 구분도 없이 피난민 수용소에서 하듯 잠을 청하는 게 대수롭지않던 시절이었다.

자라면서 나는 나 자신의 영역과 남의 영역이 분리되어야 한다는 생각을 해본 적이 없었다. 내 속옷이 생전 함께 살아보지 못한 외숙모, 외할머니의 속옷과 함께 세탁기에서 돌아가도, 아기를 등에 업고 장을 봐온 외숙모가 시어머니의 타박을 들으며 아침 일찍 밥과 국을 차려줘도 사실 나는 불편한 줄 몰랐다.

아니, 오히려 좋았다. 고등학교 다닐 때까지 그랬던 것처럼 아무 것도 하지 않아도 됐다. 방바닥과 이부자리는 언제나 깨끗했고 옷은 언제나 말끔하게 세탁되어 깔끔하게 다려져 있었다. 심지어 내 부모님이 사는 집보다 더 편하다고 생각했는지도 모른다. 늦은 밤 술 마시고 들어와 느닷없이 소리 지르는 아버지도, 나름의 평화로운 방법으로 자신의 뜻을 관철시킨답시고 수시로 식구들 앞에서 눈물을 짜내는 어머니도 없었다. 외할머니와 외숙모는 나를 귀한 손님 모시듯 대접했다. 어머니는 행여 외숙모가 잊어버리기라도 할까 싶었는지 시도 때도 없이 입버릇처럼 되뇌었다.

"맏며느리면 당연히 해야지. 힘들 게 뭐가 있니? 숟가락 하나만 더 놓으면 되는데."

대학에 입학하기 전까지 난 세상이 아주 넓을 줄 알았다. 너른 세상 어딘가에 내 자리가 턱하니 마련돼 있어서 가서 그저 차지하면 될 줄 알았다. 그러나 어른이 될 준비가 된 건 고사하고 집에서 벗어날 의지조차 내게는 없었다. 화곡동에서 불과 열흘 남짓 보낸 후 나는 그 손님 대접에 곧 익숙해졌다. 외할머니가 지키고 앉은 집에서 생활하며 더 이상 어디서 무엇을 먹을지 고민할 이유도, 빨래가 밀릴까 봐 걱정할 필요도 없다는 게 좋았다.

29. 크리스마스카드

대학 첫 1년 동안 우리는 어문1계열로 불렸다. 아직 학과를 정하기 전의 그 시간을 우리는 '연옥에서의 일 년'이라고 과장했다. 아무 곳에도 속하지 못하는 데서 비롯된 불안 때문이었다. 우리는 입으로만 자유를 외쳤을 뿐, 내심 어디든 속하길 바랐다. 선택이라는 행위는 자유롭기보다는 부담스러운 일이었다. 자기가 한 선택을 스스로 책임져야 한다는 사실 자체가 불편하고 힘겨웠다.

말로는 선택이라고 했지만, 알고 보면 1학년 학점이 진로를 정한다고 해도 별로 틀린 말은 아니었다. 학력고사 성적이 월등하게 좋은 애들 대부분이 법대를 지망했듯이, 어문계열 아이들 중에서 학점이 뛰어난 아이들 대개는 영어영문학과를 지망했다. 각 학과에서는 성적순으로 지원자들을 잘라냈다. 자기가 지망하는 학과에 배정받지 못했다는 이유로 1년 다닌 학교를 그만두고 재입학해서 처음부터 다시 시작하는 아이들도 드물지 않았다. 같은 단과대학 안에서도 학과들의 서열은 그만큼 굳건했다. 문학과 시에 대한 내 열병도, 국문학과를 지망하겠다는 희망도 그 서열 앞에서 어느 틈에 사그라졌다.

겨울방학에 나는 청주 주소로 두 통의 편지를 받았다. 하나는 학교에서 발송된 성적표였다. 성적표에는 등수도 백분위도 없었다. 4.3점 만점에 평점 3.8이라는 애매한 숫자가 적혀 있었을 뿐이었다. 늘 등수나 백분위에 의존해 나 자신의 성취도를 가늠했던 나에겐 아무런 도움도 되지 않는 정보였다.

발신인이 적혀 있지 않던 또 하나의 봉투에는 연하장이 있었다. 하얀 봉투에, 군청색 카드가 들어 있었다. 그리고 그 군청색 바탕에는 하얗거나 은색의 눈송이들이 그려져 있었다. 얼른 카드를 열었다.

Joyeux Noël et Bonne Année !
새해에도 건강하고 즐겁길 바라.
연하장 보내기엔 많이 늦었지만 망설이다가 보내.
– 정미현
p.s. 나 불문학과 지망하는데, 넌?

그 순간 나는 불어불문학과에 지망하겠다는 결심을 굳혔다. 꼭 미현이 때문만은 아니었다. 무엇보다도 공연히 애매한 학점으로 영문학과에 지망했다가 실패하고 싶지 않았다. 그 때까지 나는 인생에서 한 번도 실패해본 적이 없었다. 영문학과를 지망했다가 탈락하기라도 해서 내 완벽한 인생의 무패 기록에 생채기를 내고 싶지 않았다.

이내 나는 어머니와 아버지의 무지를 거꾸로 내게 유리하도록 이용할 수 있음을 깨달았다. 나는 내가 주워들은 증명되지 않은 명제들을 적당량의 사실과 필요한 만큼의 거짓으로 적당히 버무려 내 부모들에게 주입하기 시작했다.

"불어가 세계 최고의 언어인 거 아시죠?"

나는 어느덧 어머니와 아버지가 반박하지 못하게끔 말 꺼내는 법을 배웠다. 그렇게 상대방이 이미 알고 있다는 듯이 이야기를 꺼내면, 사람들은 십중팔구 마치 이미 알고 있다는 듯 고개를 끄덕였다. 나는 말을 이었다.

"유엔에서는 불어가 영어와 같이 공식언어예요. 그러니 당연히 고시 준비할 때 필수예요. 영어 잘하는 애들은 부지기수지만 불어는 안 그래요."

나는 충청도 사투리도 조금씩 떨쳐내고 있었다. 특히 어머니와 이야기할 때는 더더욱 그랬다. 조금씩 습득한 서울말씨가 어머니를 설득하는 데 그렇게 효과적일 줄은 나도 몰랐다. 그러나 어머니에게는 여전히 의구심이 남아 있었던 모양이었다.

"그래도 영문학과라고 그래야 사람들이 알아주던데. 불문학과가 뭔지 사람들이 알기나 알아?"

내 말에 거짓이 약간 섞인 걸 알아서 그랬는지, 아니면 사람들의 통념에 따르고 싶었는지는 몰라도, 어머니는 그 이후로도 몇 년 동안 사람들에게 내가 영문학과에 다닌다고 말했다. 처음엔 그 거짓말이 못내 불편하던 나도 점차 익숙해졌다. 어쨌든, 내 어머니의 기준으로 볼 때 그런 건 거짓말로 분류되지도 않았다. 그건 마치 한 무리의 무학자들에게 탄소의 원자번호가 8이라고 말해봐야 아무도 거짓말이라는 걸 모르는 상황과 비슷했다. 정직이라는 건 희귀한 자산이었다. 하지만 희귀하다고 해서 가치가 생기는 건 아니었다. 아무도 정직에 투자하지 않았다.

30. 어서 말을 해

나는 전공을 정한 후에는 무언가 달라질 줄 알았다. 적어도 어디에도 속하지 못한 듯 어정쩡하고 어색한 느낌만큼은 사라질 줄 알았다. 그러나 내 기대는 어긋났다. 나는 여전히 학교에 별다른 소속감을 느끼지 못했다. 정원이 40명이던 불문학과에 거의 정확히 절반이 여학생들이었다. 당시 서울대학교 전체의 여학생 비중을 생각해보면 상당히 높은 비율이었다. 공과대학 같은 데는 10년째 여학생들이 한 명도 입학하지 않은 학과도 흔했다. 나는 그 여학생들이 여전히 불편했다. 그런 상황에서 철우처럼 눈치 빠르고 적응 잘 하는 아이가 나와 같은 학과를 지망한 건 정말 고마운 일이었다.

"잘 돼 가냐?"

신학기가 시작된 지 채 일주일도 되지 않은 어느 날, 철우가 내 어깨를 치며 물었다. 어리둥절해서 바라보는 내게 철우가 눈짓으로 강의실 앞쪽을 가리켰다. 강의가 끝난 후 여학생들 몇 명이 옹기종기 모여 수다를 떨고 있었다. 그리고 그 중엔 미현이가 있었다.

"뭐가?"

"방학 때 미현이랑 뭔 말 안 했냐?"

"무슨 소리여, 내가 걔 볼 일이 언제 있다고…."

나는 미현이의 크리스마스카드를 기억하면서도 짐짓 시치미를 뗐다.

"야, 내숭 그만 떨고."

나는 뭐라고 할지 몰라 우물댔다. 철우가 재차 물었다.

"미현이가 편지 보냈지? 답장 보냈냐?"

나는 크리스마스카드나 연하장도 편지라고 부를 수 있는지 생각하느라 얼른 대답하지 못했다.

"어휴, 답답해. 했어, 안 했어?"

그제서야 나는 고개를 가로저었다. 철우가 황망한 표정으로 입을 딱 벌리고 잠시 나를 바라보더니 낮게 속삭였다.

"어휴, 야, 진짜…. 얼른 미현이한테 밖에서 한 번 보자고 해."

내가 눈만 끔벅대자 그는 답답하다는 듯 자기 가슴을 치며 말했다.

"신림극장 가서 겨울여자 같은 거라도 보든지! 내가 그런 것까지 코치 해주랴?"

나는 움츠러들었다. 1년 전 문무대에서 돌아오던 날 열에 들뜬 듯 비를 맞으며 찾아갔던 그 부끄러운 기억에서 그 때까지도 벗어나지 못했기 때문이다. 미현이의 스스럼없고 자연스러운 태도는 내게 섣부른 욕망과 거세콤플렉스를 동시에 불러일으켰다. 여자애가 먼저 웃고, 인사하고, 삐치고, 또 크리스마스카드까지 보내면서 호감을 표현하는 게 좋아서 내심 우쭐하면서도, 또 한편으로는 변변히 먼저 말 한 번 먼저 못 붙여보는 나 자신이 그렇게 못나 보일 수 없었다. 나는 철우의 시선을 피하며 주섬주섬 공책과 펜을 챙기며 퉁명스레 대답했다.

"그만 해. 내가 알아서 해."

며칠 후, 별안간 봄이 밀어닥치기라도 한 듯 화창하고 따뜻하던 금요일 오후였다. 수업이 모두 끝난 후 혼자 평행봉에 매달려 넋을 놓고 있는데, 미현이 혼자 숨가쁘게 계단을 거꾸로 올라오는 게 보였다. 눈이 마주치는 순간 미현이 반갑게 외쳤다.

"성식아!"

나를 보는 미현의 얼굴이 환하게 빛났다. 나는 그저 어, 어, 하고 더듬을 뿐이었다.

"정문 막힌 거 알아?"

미현은 내 쪽으로 달려오면서 덧붙였다.

"대운동장 스탠드에서 내려다보니까 교문 밖에 최루탄 차량 경찰버스가 쫙 깔렸어."

"벌써?"

먼 발치에서 아이들의 함성이 들렸다. 미현이가 걱정스러운 표정으로 물었다.

"어떡하지?"

"일단 위로 올라가자! 전경들 교내로 들어올 것 같아."

미현이 본 대로라면 곧 가까운 데서 최루탄이 터질 게 분명했다. 우리는 사범대학교 쪽으로 뛰어 올라갔다. 시멘트 계단 수십 개를 연거푸 오르자 곧 넓고 경사진 공터가 나타났다. 80년대 초까지만 해도 관악캠퍼스에서 지대가 높은 부분은 텅 비어 있었다. 싹을 틔우기 시작했지만 여전히 누렇게 바랜 마른 잔디밭 가운데 난 길로 승용차 몇 대, 그리고 기숙사로 향해 걷는 아이들만 몇 명 보일 뿐 한적했다. 숨가쁘게 걷던 미현이 문득 물었다.

"우리 학교 자리가 원래 박정희 골프장이었다며?"

"어, 그렇다더라."

"왜 굳이 이리로 다 옮겼을까? 여긴 너무 황량해 보여."

"그래⋯."

"겨울엔 진짜 너무 쓸쓸해."

미현과 그렇게 단 둘이 이야기해보는 건 처음이었다. 나는 어떻게 해서라도 계속해서 자연스럽게 이야기를 이어가고 싶었다. 나는 못내 마음에 걸리던 일부터 짚고 가야겠다고 생각했다.

"아, 저기, 성탄카드는 잘 받았다. 답장하려고 했는데⋯."

답장하려 했던 건 사실이었다. 답장하기 위해 썼다 찢은 편지지만 해도 열 장이 넘었다. 마지막으로 완성한 답장은 편지봉투에 넣고 봉해져 우표까지 붙인 채로 여전히 내 책상서랍에 들어 있었다. 미현의 표정이 금방 샐쭉해졌다.

"됐어. 괜찮아."

미현이 내 팔을 가볍게 치며 말을 돌렸다.

"참, 성식아, 너 4·19탑에 가봤어?"

"아니."

"나도 한 번도 못 가봤어. 어차피 나갈 수도 없는데, 지금 가보자."

우리는 4·19탑 쪽으로 오르기 시작했다. 평생 단 한 번도 여자와 걸어본 적이 없던 182센티미터짜리 사내애는 164센티미터 남짓한 계집애의 종종걸음에 보조를 제대로 맞추지 못했다. 이따금 미현이의 어깨가 내 팔에 부딪혔다. 나는 움찔하며 거리를 두었지만 어쩐지 미현의 어깨는 자꾸만 내 팔에 부딪혔다.

"저거야?"

미현은 탑에서 서너 보 떨어진 시멘트 경계석에 앉았다. 내 걸음에 맞추느라 숨이 가빴던 것 같아 미안해졌다. 나는 우물쭈물하면서 그 곁에 섰다. 미현이 자기 옆 경계석을 손바닥으로 탁탁 치면서 말했다.

"앉아, 너도."

나는 머뭇댔다.

"앉으라니까?"

나는 여전히 머뭇대며 미현이 가리킨 것보다 한 자는 더 떨어진 곳에 어정쩡한 자세로 앉았다. 바람결에 샴푸 냄새가 났다. 내 흉강에 무언가 무거운 것이 꽉 찬 것 같아 숨쉬기 어려웠다. 멀리 교문 쪽에서 함성소리가 났다. 폭죽 터지는 소리도 났다. 최루탄이었다.

미현이 별안간 내게 몸을 기울이며 속삭였다.

"저것 봐!"

미현의 입가에서 무언지 모를 달콤한 냄새가 나며 내 심장이 곧 터질 것만 같았다.

"꿩이야!"

내게는 꿩이 보이지 않았다. 먼 발치에서 사내아이들 대여섯 명이 왁자하게 떠들며 천문대 쪽으로 걷는 모습만 신경 쓰일 뿐이었다. 천문대의 하얀 돔을 보자 문득 국어책에 실렸던 알퐁스 도데의 '별'이, 함께 밤을 지새운 양치기와 아가씨의 지고지순한 이야기가 생각났다. 미현을 흘끔 훔쳐보았다. 경계석 위에 얹은 미현의 고운 손이 오후의 햇빛을 받아 하얗게 빛났다. 햇빛에 눈이 부신지 실눈을 뜨고 4·19탑을 바라보던 미현이 별안간 고개를 돌려 나를 바라보았다. 미현의 옆모습을 훔쳐보던 나는 얼굴이 확 달아오르는 걸 느꼈다. 미현이 입을 열었다.

"불문학과 신입생 환영회 갈 거지?"

"어, 그래. 가야지."

"너도 불문학과 와서 좋다."

나는 또 다시 얼굴이 달아올랐다. 하지만 미현의 그 천진한 친근함 때문에 부끄러워진 것만은 아니었다. 나는 여전히 내 불어 실력이 부끄러웠고, 다가올 불어 수업들이 두렵기만 했다.

겨울방학 동안 청주에서 혼자 불어를 공부한다고 애쓰긴 했지만 고작 문법책만 절반 정도 봤을 뿐이었다. 학교 선배들이 복사해 파는 카세트테이프가 망가지도록 되풀이해서 듣기는 했다. 그러나 그 카세트테이프 안에 없는 문장이나 단어를 소리 내어 읽으려 아무리 애써봐도 어느 틈에 한글처럼 음절을 분화하고 없는 모음을 만들어가며 충청도 억양으로 불어 문장을 읽고 있었다. 나는 슬그머니 미현을 떠보았다.

"불어는 발음이 어려워서 큰 일이다."

"그래, 어렵지."

"넌 잘하잖아."

"잘하긴."

"발음이 엄청 좋던디…."

"발음?"

미현이 어깨를 으쓱하더니 잠시 망설이다가 옆에 놓은 가방에서 무언가 꺼내 내게 내밀었다. 투명한 플라스틱 케이스에 든 바스프(BASF) 카세트테이프였다.

"이거 들어볼래?"

카세트테이프에 든 종이에는 불어로 된 노래 제목들이 촘촘히 예쁜 글씨로 적혀 있었다. 나는 말문을 잃었다.

"자꾸 들으면 은근히 공부도 되고 발음도 교정돼."

자기가 좋아하는 노래를 카세트테이프에 녹음해서 주는 건 우리에게 굉장히 큰 의미를 갖고 있었다. 남녀 사이라면 더 그랬다. 나는 생각하지도 못했던 미현의 선물에 무어라 대답할지 알 수가 없었다. 미현은 당황해서 아무 말도 못 하고 카세트테이프만 들여다보는 내게 천진하게 샹송을 들을 수 있는 FM라디오 채널과 시간을 알려주었다. 자기가 제일 좋아하는 가수는 프랑수와즈 아르디라고 했다. 그리고 쥘리엥 클레르크, 조대생, 자크 뒤트롱처럼 내가 한 번도 들어보지 못한 가수들의 이름을 말했다. 미현은 방긋방긋 웃으며, 때로 콧등을 찌푸려가며 쉴 새 없이 조잘댔다. 나는 그녀의 박식함과 내 무식함에 질리고 부끄러워 가만히 듣기만 했다. 마침내 미현이 입을 다물자 어색한 침묵이 흘렀다. 저 멀리 교문 쪽에서 희미하게 도달한 함성이 그 어색한 침묵을 메워주었다. 미현이 나를 쳐다보지도 않고 다짜고짜 물었다.

"너 다른 만나는 사람 있어?"

나는 당황했다. 교제라는 말도, 연애라는 말도, 애인이라는 말도, 남자친구나 여자친구라는 말도 입에 담기 어려워할 만큼 어떻게 보면 순진하고 또 어떻게 보면 위선적이던 세대가 만들어낸 그 대유법(代喩法)에도 나는 얼굴이 달아올랐다.

"아, 아니, 갑자기 무슨, 그러니께…."

"있어?"

"어, 어, 없지, 당연히."

미현이 내게 몸을 기울이며 짓궂으면서 동시에 수줍게 미소 지었다.

"그럼 우리 만나는 거지?"

멀리서 여전히 아이들의 함성이 들렸다. 경찰차 확성기가 웅웅댔다. 푸드득, 멀리서 꿩이 날아오르는 소리가 들렸다. 관악캠퍼스 언덕이 빙글빙글 돌았다. 온 몸에 열이 나는 것 같았다. 나는 아무런 말도 하지 못한 채 쿵쾅대는 심장박동만 세고 있었다. 얼마나 지났을까? 1분? 미현이 벌떡 일어나더니 말없이 잔디밭을 내려가기 시작했다. 나는 미현을 잡고 싶었지만 뭐라고 불러야 하는지 몰랐다. 나는 간신히 입을 떼어 미현을 불렀다.

"야."

미현은 뒤돌아보지 않았다.

"정미현."

미현이 멈추더니 고개를 돌렸다.

"어디 가냐?"

미현이 고개를 갸웃했다. 낮게 기운 오후 햇빛에 눈이 부셔 먼 발치 미현의 표정을 읽을 수 없었다. 미현은 잠시 아무 말 않고 내 쪽을 바라보더니 다시 몸을 돌려 잔디밭을 내려가기 시작했다. 나는 자리에서 일어나 한 달음에 미현에게로 뛰어내려갔다. 미현의 팔에 손을 대자 미현은 세차게 내 손을 뿌리쳤다. 미현은 내게 고개도 돌리지 않았다. 머리가 마비된 것 같았다. 미현이 중얼댔다.

"그래, 지금 때가 어느 땐데. 사람 만날 때가 아니지."

목소리에 울음이 묻어 있었다. 나는 간신히 다시 입을 뗐다.

"아니여, 그게 아니라…."

나도 모르게 불쑥 튀어나온 충청도 억양에 얼굴이 다시 확 달아올랐다. 미현이 비로소 내 얼굴을 쳐다보았다.

"그려, 나도 너 만나고 싶어."

고작 '만나자'는 그 한 마디를 뱉는 게 왜 그렇게 힘들었는지 나는 모른다. 그 '만나자'는 말의 모호함이 오히려 내 억눌러왔던 음란한 성적 상상과 죄의식을 더 증폭시켰던 건 아니었을까? 아니, 그저 난 여자를 만난다는 게 무슨 의미인지 앞으로 어떻게 해야 하는지 잘 알지 못해 두려웠던 건 아니었을까?

나는 미현의 눈을 똑바로 바라보지 못했다. 멀리서 아이들의 함성과 함께 페퍼포그 차로 최루탄 쏘는 소리가 들렸다. 와아아. 순환도로 건너편 숲에서 꿩이 날아오르는 소리가 났다. 푸드득.

31. 라마단

사람들은 한사코 과거에서 벗어나려 하지 않았다. 젊다면 젊고, 똑똑하다면 똑똑하다고 할 수 있는 우리 서울대생들도 크게 다르지 않았다. 어쩌면 인문학을 공부하던 우리가 남들보다 더 과거에 함몰되어 살았을 수도 있다. 우리가 공부하는 방식부터 그랬다. 무엇을 창작하거나 새로운 통찰을 찾아내는 것은 고사하고, 남의 창작을 단기간에 답습하고 그들의 통찰을 암기하는 것만으로도 벅찼다. 자기 의견을 눈치보지 않고 발설할 기회는 거의 없었다.

수업 중에도 토론이나 발표 같은 건 거의 없었다. 어쩌다 있다 하더라도, 새로운 문제나 시각을 제기하는 도발적인 내용으로 토론을 이끌어내는 것보다는 교수 입맛에 맞는 내용을 무난하게 발표하는 게 더 유리했다. 우리는 모든 일에 정답을 찾아다녔다. 그리고 그 정답은 주로 현재나 미래가 아닌 과거에 있었다.

학과 선배들이나 학생회, 혹은 서클 선배들이 이끄는 사회과학학회, 혹은 스터디 모임들도 다르지 않았다. 진보를 표방하는 이런 학회에서는 분명 대외적으로 개방적이고 민주적인 토론을 표방해야 했다. 그러나 그렇게 토론이 이뤄지는 것은 거의 보지 못했다. 우리는 언제나 그래 왔던 대로 선배나 연장자의 말을 상명하복 식으로 받아들였다. 선배가 한 말이나 '교재'에 적힌 내용에 의구심이 들어도 웬만하면 드러내지도 않았다. 이따금 드러낸다 하더라도 무시됐다. 강력하게 반대 의견을 내세우는 아이는 보통 선배들의 표적이 됐다. 시도 때도 없이 그 아이를 찾아 다니며 '벽을 깨준다'는 구실로 때로는 어르고 때로는 을러가며 아이의 생각을 바꾸려고 애썼다. 운동권 선배들은 그런 '길 잃은 어린 양'을 제단에 올려 배에 칼을 꽂는 걸 자신들의 사명이라고 생각했던 것 같다. 입버릇처럼 그들은 말했다.

"벽을 깨부숴야 해. 그래야 새로 태어날 수 있어."

술자리에서는 곧잘 아직도 벽을 깨지 못해 '도마 타임'의 표적이 된 아이에게 온갖 모욕과 인신공격을 해댔다. 그 모욕과 인신공격을 수긍하는 아이들은 보통 얼마 후부터 과룸이나 수업에 점차 모습을 보이지 않기 시작했다. 그리고 더 시간이 지나 이따금 그런 아이 중 하나가 입건됐다, 수

배중이다, 구속됐다는 소식이 들려왔다. 혹시라도 선배들의 모욕이나 인신공격에 저항하는 아이들은 이후 선배들로부터 유령 취급을 받았다. 선배들은 그런 아이들에게 인사는커녕 아는 체도 하지 않았다.

주변에서 그저 관찰만 하던 나조차 개인의 삶을 즐기고 꿈꾸고 계획하는 것을 점차 죄악으로 생각하기 시작했다. 모두가 재의 수요일을 맞은 카톨릭 신자들처럼 머리에 재를 뿌리고 누더기를 입고 가슴을 두들겨야 했다. 우리의 대학생활은 길고 위선적인 라마단이었다. 남들 눈 앞에서는 온갖 자본주의의 사치와 도락을 엄중히 비판하는 시늉을 했지만, 해만 지면 녹두거리나 신림사거리로 나가 시대의 아픔을 구실 삼아 주체하지 못할 만큼 취하는 게 일상이었다. 우리는 고행과 방종 사이를 위선적으로 오갔다. 결코 운동권으로 분류될 수 없던 나조차도 무언가 더 크고 중요한 대의를 위해 당장 지금의 즐거움을 유예해야 한다는 생각에 늘 사로잡혀 있었다.

미현과 만나기로 한 다음날, 불어불문학과 신입생 환영회 장소를 확인하기 위해 과룸에 갔던 나는 벽에 붙은 공지문을 보고 당황했다.

불문학과 환영회

장소: Chez le Chinois, Quartier Latin

셰르시누와? 중국인의 집? 캬르티에라탱? 나는 사방을 두리번거렸다. 불문학과 3, 4학년으로 보이는 아이들 몇 명이 앉아서 숙제를 하거나 책을 읽고 있었다. 나는 머뭇대며 한 사내애에게 다가갔다. 어색하게 인사하자 사내애가 시큰둥한 얼굴로 인사를 받았다.

"어, 2학년?"

"예."

"잘 왔다. 근데 잘 왔다고 해야 하나? 잘 온 거 맞나?"

옆에 있던 다른 사내애가 시니컬하게 낄낄댔다. 조금 떨어진 곳에서 열심히 무언가 쓰던 여자애가 고개를 들고 쏘아붙였다.

"니들 왜 그러니? 공부하기 싫으면 니네나 그만 두든지! 잘 왔어. 신입! 비앙브뉘!"

그리곤 나를 향해 활짝 웃음 짓더니 자기 이름을 말하고, 내 이름을 물었다. 나는 주저하며 물었다.

"저, 장소가 어딘지 잘 모르겠는데요."

이름이 김선영이라는 그 81학번 여자애가 공지벽보를 보고 혀를 차며 웃더니 사내애들한테 외쳤다.

"야, 이래서 내가 하지 말랬잖아. 그냥 녹두거리 중화점이라고 쓰면 학사경고라도 나오나?"

남자애들이 낄낄댔다.

"아, 카르티에 라탱이 녹두거리예요?"

선영이 또 다시 파안대소하며 고개를 끄덕였다. 나는 그 꾸밈없는 웃음에 어쩐지 마음이 편해져서 결국 묻고 말았다.

"왜 그렇게 부르나요?"

선영이 손목시계를 보더니 말했다.

"설명하자면 좀 긴데. 걸어갈 거면 지금 출발해야 하지 않나?"

내가 고개를 끄덕이자 여자애는 일어나 자기 공책과 종이를 챙겨 가방에 넣으며 말했다.

"가면서 설명해줄게!"

나는 바로 지난 시간 함께 수업을 들었던 미현을 생각했다. 수업이 끝났을 때 미현은 언제나 그렇듯이 다른 여자애들 서너 명과 함께 강의실을 나섰다. 나 역시 다른 남자애들과 함께 걷고 있었다. 나는 몇 번이고 미현을 흘끔거렸지만, 미현은 내 쪽으로 오지 않았다. 나는 애써 괜찮다고 스스로에게 다짐했다. 어차피 개강파티 자리에서 다시 볼 테니까.

선영이 가방을 모두 챙겨 일어서는 순간 철우가 들어섰다. 철우는 벽에 붙은 안내문을 보더니 내 곁으로 왔다.

"가자!"

"넌 셰르시누와가 어딘지 아냐?"

"중화점이라잖아?"

철우는 대수롭지 않다는 듯 어깨를 으쓱하며 과룸을 나섰다. 그랬다. 또 나만 몰랐던 거였다. 나는 다른 남자 선배, 철우, 그리고 선영과 함께 나란히 교문 쪽을 향해 걷기 시작했다. 철우와 선배들은 무엇이 그리 우스운지 농담을 주고받으며 키들대느라 시끄럽고 수선스러웠다. 자연히 나는 조금 뒤처진 곳에서 선영과 둘이 걷게 됐다.

32. 카르티에 라탱

"센 강이 파리 시를 좌우로 나눠 흐르는 건 알지?"

선영의 말은 생경했다. 나는 한 번도 파리 시 지도를 본 적이 없었다. 이따금 잡지나 신문에 나오는 흐릿하고 조악한 사진들, 역사 교과서나 불어 교재 예문에 나오는 파리 시에 대한 반복적이고 상투적인 소개문 정도가 내가 아는 파리의 전부였다.

"강 하구를 바라보고 왼쪽이 좌안, 그러니까 라 리브 고슈(La rive gauche), 오른쪽이 우안, 라 리브 드롸트(la rive droite)야."

"왜 서울처럼 남북이나 동서라고 안 하고 그렇게 부르나요?"

"흐르는 방향은 강이 아무리 굽이쳐도 달라지지 않잖아?"

선영은 제 대답이 만족스러웠는지 어깨를 으쓱하고 말을 이었다.

"좌안 쪽에 소위 말하는 소르본 대학이라는 게 있다. 아무튼 거기 그 좌안 동네가 중세시대부터 대학가였다 하더라."

선영은 중세시대 학자들은 당시 라틴 어를 썼으며, 따라서 그 대학가 동네는 라틴 어를 쓰는 동네라는 의미로 카르티에 라탱이라 불리기 시작했다고 이야기해주었다. 나는 내심 감탄했다. 선영은 말재주가 좋았다. 수업 중 교수들이 해주었다면 별로 감흥 없었을 이야기를 선영은 아주 감칠맛 나고 흥미롭게 전해주었다.

"왜 라틴 어를 써요? 자기들 말 놔두고?"

잠깐 나는 무심코 질문을 던진 걸 후회했다. 의문을 갖거나 질문하는 건 결코 현명한 일이 아니었다. 무심히 간단한 질문을 하면 바보 취급을 받았다. 민감한 질문을 던지는 경우에는 '미국 제국주의의 앞잡이'랄지, '식민사관에 물든 사상적 노예'랄지, 아니면 '사대주의 근성'이라고 모욕당하기 십상이었다. 선배들은 그렇게 후배들을 모욕하고 나서는 대개 낄낄대며 웃었다. 누군가 얼굴이 굳어 항의라도 하려 들면 그 아이를 끝까지 조롱해 웃음거리로 만들었다. 너는 왜 농담에 그리 정색하냐? 그런 아이는 부지불식간에 건설적인 비판을 받아들이지 못하는 옹졸한 사람으로 낙인 찍혔다. 우리가 갖고 있는 특권의식과 우월감을 깨부숴야 한다는 구실이었다.

하지만 곧 이 질문만큼은 나쁠 게 없다는 생각이 뒤를 이었다. 이미 아주 어릴 때부터 우리에겐 한국의 전통문화야말로 고유하고 우월하다는 생각이 강요되다시피 주입되어 있었다. 우리보다 훨씬 우월하고 유럽의 중심이라고 뻐기는 프랑스 인들도 과거에는 외래언어를 학문의 도구로 삼았었다고 생각하니 그들도 우리보다 별반 나을 게 없다는 생각에 공연히 우쭐한 기분까지 들었다.

선영이 잠시 생각하다 대꾸했다.

"우린 한글이 있는 데도 19세기 말까지 공식적으로 한문 썼잖아?"

나는 수긍할 수밖에 없었다. 충분히 답할 수 있는데도 생각하려 들지 않고 일단 정답부터 찾으려던 나 자신이 한심하게 느껴졌다. 이상하게 나 스스로 무언가 추론하거나 논증하려 하면 내 지식들은 각기 따로 놀면서 전혀 도움이 되지 않았다. 이따금 나는 마치 언어를 이해하지 못하고 소리만 흉내낼 줄 아는 앵무새 같았다.

선영이 다시 입을 열었다.

"아무튼, 지금도 소르본이 있는 좌안의 카르티에 라탱엔 진보적인 지식인들이 많고, 우안에는 부자들이 많이 산대."

나는 조심스레 입을 열었다.

"우리 학교는 우안에 있네요."

"그렇지? 녹두거리는 좌안이고."

"학교는 기득권의 세계고, 녹두거리는 민중들의 세계라는 뜻이네요."

선영이 피식 웃었다. 나는 불안해져서 덧붙였다.

"너무 억지로 꿰맞췄나요?"

"그렇게 보는 것도 재미있긴 하네."

나는 머쓱해졌다. 그래도 선영과 이야기하는 건 즐거웠다. 다른 남자 선배들과 이야기하는 것과 사뭇 달랐다. 남자들 사이에는 항상 묘한 긴장감이 흘렀다. 특히 낯선 사이에선 항상 누가 더 서열이 높은지 그것부터 가늠해야 했다. 누군가 1년이라도 먼저 학교를 들어왔거나, 생일이 한 달이라도 빠르거나, 키가 더 크거나, 더 박학다식하면 잠재적으로 무리에서 우두머리가 됐다. 우두머리들은 다른 경쟁자들을 늘 경계했다. 대학에 들어오면서 나는 당시 평균보다 큰 키와 체격 때문에 심심치 않게 그런 우두머리들의 표적이 되곤 했다. 덕분에 나는 어릴 때부터 순종적이고 협조적인 태도를 취함으로써 내게 아무런 권력욕이 없음을 보이는 습관이 몸에 배어 있었다.

선영은 사람들에게 야무지면서도 친절한, 전형적으로 보이는 서울대 여학생이었다. 굽 없는 낮은 단화, 몸매를 전혀 가늠할 수 없는 헐렁하고 편안한 옷차림, 짧은 머리, 두꺼운 안경이 혹시라도 발생할 수 있는 성적 긴장감을 애초부터 차단시켰다. 고작해야 두세 살 차이겠지만 어쨌든 나이도 나보다 많았다.

중화점에 도착했을 때 아이들은 아직 절반도 채 도착하지 않았다. 철우는 나보다 한 걸음 먼저 와서 구석자리를 차지하고 앉아 다른 아이들과 왁자하게 웃고 있었다. 미현은 보이지 않았다. 선영이 먼저 자리를 잡고 앉더니 바닥을 탁탁 치며 나를 올려다보았다.

"앉아. 마저 얘기하게."

나는 머뭇대다가 선영 옆에 앉았다. 내가 앉자마자 곧 여자애들 대여섯 명이 몰려들어왔다. 미현이 끼어 있었다.

미현은 나와 눈을 마주치자 한순간 반색하다, 곧 내가 좌우로 선영과 다른 남자애 사이에 끼어 앉은 것을 알아챘다. 미현은 샐쭉한 표정을 짓더니 한 테이블 건넌 자리에 내 쪽을 보고 앉았다. 나는 어쩐지 민망한 마음에 말없이 낡고 얼룩진 탁자만 내려다보았다.

교수들이 모두 도착하면서 곧 지루하고 어색한 시간이 시작됐다. 전년도 과대표가 일어나 2학년들에게 환영사를 했다. 그리고 곧 교수들이 각자 요약하기도 힘들고 기억조차 할 수 없는 이야기들을 두서없이 해댔다. 그리고 40명 정도 되던 2학년 아이들이 각자 일어나 자기소개를 했다. 자기소개라고 해봐야 그저 출신 고등학교와 이름 석 자 정도를 말하는 게 전부였다. 선배들도 별다른 관심을 두지 않은 채 각자 자기 얘기들을 하며 어수선했다. 마침내 미현의 차례가 되었다. 미현이 자리에서 일어나 꾸벅 인사하는 순간 나는 남자 선배들이 일제히 술렁대는 걸 느꼈다. 마침내 불편하고 어색한 자기소개 시간이 끝나고 2학년 임시 과대표가 자리에서 일어났다.

"다 오셨죠? 자장면, 울면, 짬뽕, 볶음밥 중 하나 결정하시고요, 손 들면 제가 세겠습니다."

한 2학년 여자애가 손을 들며 물었다.

"돈 더 낼 테니까 딴 거 시키면 안 돼요?"

2학년 대표가 머뭇대고 대답하지 못하자, 전년도 과대표였다는 임시과대표가 벽에 기대앉아 불 붙이지 않은 담배를 입에 문 채 말했다.

"그럼 좆나게 늦게 나올 걸. 남들 다 먹을 때까지 기다리고 싶으면 그렇게 하든가."

다른 선배들이 낄낄대며 거들었다.

"주방장이 귀찮다고 침 뱉을 수도 있어."

선영은 멈췄던 이야기를 다시 시작했다. 이야기는 파리의 지식인들이 모이던 생제르맹데프레의 카페 드 플로르, 그리고 시몬 보봐르와 장폴 샤르트르의 관계로 이어졌다.

나는 말문을 잃었다. 자유로운 혼외관계와 복잡하고 문란한 이성관계, 심지어 동성애 이야기에 어안이 벙벙했다. 나는 삭제와 검열의 시대에 중고등학교 시절을 보냈다. 당대 최고의 지식인들이라는 사람들이 그토록 부도덕하고 문란한 연애를 했다는 사실을 받아들이기 힘들었다. 아니, 그 무엇보다도 주인공이 세기적 석학들이라는 점을 제외하면 화장실 낙서나 불법복제한 일본 도색만화에서나 봤던 이야기가 여학생 입에서 스스럼없이 나오는 게 가장 생경했다. 부모나 교사들, 심지어 우리조차도 혼전동거나 혼전관계, 혼전임신 같은 건 못 배웠거나 인간성에 문제가 있는 사람들의 이야기, 다른 세계의 이야기로 치부했다. 우리가 '우리'라 부르던 집단은 언제나 순결하고 고상했으며, 성욕이나 질투심 같은 건 없는 줄만 알았다. 어쩌면 나는 위선을 순수로 착각하고 있었는지도 모른다.

내 앞에 자장면이 놓이고 선영 앞에 짬뽕이 놓였을 때 나는 슬그머니 물었다.

"누나는 어떻게 그런 걸 다 알아요?"

선영이 나무젓가락 두 짝을 서로 문질러 거칠거칠한 가시를 털어내며 말했다.

"프랑스문화원."

"예?"

"우리나라에선 뭐든지 다 금지잖아? 책이며 노래며. 국민들을 미취학

아동 취급하지 않나? 노래며 책이며 외국에서 들여온 건 다 잘라내고. 프랑스문화원 같은 데 가면 그런 걸 다 볼 수 있거든."

"그게, 다 불어일 텐데…."

"그게 뭐 어때서? 너 불문학과 아니야?"

나는 부끄러워졌다.

"외국어는 불어든 뭐든 한 가지 이상 제대로 해야 된다."

선영이 다짐하듯 덧붙였다.

"뭐든 다 금지시키는 이 나라에서 세상을 내다볼 수 있는 유일한 창이니까."

식사를 마친 학년 대표들이 왁자하게 소주병을 따 굽실거리며 교수들의 잔을 채우고 있었다. 이윽고 한 여자 교수가 일어나 이브 몽탕의 고엽을 부르기 시작했다. 선영이 속삭였다.

"저 교수님, 얼른 가려고 노래하는 거다. 늘 저러신다."

아닌 게 아니라 아이들의 박수소리가 채 잦아들기도 전에 교수는 주변 다른 교수들에게 목례를 하는 둥 마는 둥 급히 자리를 떴다. 대화할 줄도, 연설할 줄도 모르던 우리가 그렇게 여럿이 함께 있을 때 할 수 있는 것은 그저 한 명씩 자리에서 일어나 노래하는 것뿐이었다. 거의 모든 행사는 마치 그렇게 유치원 장기자랑처럼 진행됐다. 다행히 불문학과에 새로 들어온 2학년 40명, 채 삼분의 일도 참석하지 않은 선배들만 세도 모두 다 한 번씩 노래하기엔 너무 많은 숫자였다.

열 명 남짓 노래를 한 것 같다. 그 중 두어 명은 프랑스 샹송을 불렀다. 마침내 미현이 지목됐다. 각오했다는 듯이 수줍게 웃으며 자리에서 일어난 미현은 과대표 선배가 들고 있던 기타를 빌리더니 기타를 퉁기며 노래하기 시작했다.

> Il y avait du temps de grand-maman
> 옛날에 할머니의 시절이 있었지
> Du silence à écouter
> 침묵을 듣던 시절
> Des branches sur les arbres, des feuilles sur les branches
> 나무와 나뭇가지 이파리의 시절
> Des oiseaux sur les feuilles et qui chantaient
> 이파리 위 노래하던 새들의 시절

아이들은 미현의 노래가 끝나자마자 휘파람을 불고 박수를 치고 젓가락으로 탁자를 두들겼다. 그리고 노래가 끝나자마자 이내 누군가의 선창에 따라 리듬만 조금 바뀌었을 뿐 똑같은 멜로디를 다른 노랫말로 부르기 시작했다.

> 꽃잎처럼
> 금남로에
> 뿌려진 너의 붉은 피

미현은 얼굴이 발갛게 상기된 채 그러나 활짝 웃으며 자리에 앉았다. 나는 쑥스럽고 어색해 미현을 차마 똑바로 보지 못하고 미현의 등 뒤 유리창에 눈길을 돌렸다. 희뿌연 중국집 형광등 조명 아래 비친 누추한 실내 벽과 아이들의 모습만 반사될 뿐, 어둑한 바깥은 내다보이지 않았다. 우리는 우리 몸의 반영(反影)을 우리가 내는 빛인 줄 알고 우쭐대며 유리창 밖, 이 세상 너머 무엇이 있는지 알아볼 생각조차 못한 어린 나르시시스트들이었다.

33. 순수의 시대

몇 명이 더 노래하고, 술잔들이 몇 번 더 돈 후 자리가 파했다. 남은 선배들 몇 명이 2학년 여학생들을 한사코 한 명이라도 더 2차에 데려가려고 소란을 떨었다. 저녁 아홉 시가 넘은 시간이었다. 나는 그 모습을 한 발치 떨어진 곳에서 물끄러미 바라보기만 했다. 남자 선배들은 미현을 표적으로 삼은 것 같았다. 두어 잔 마신 소주에 미현의 얼굴은 발갛게 상기했고, 덩달아 입술도 더 붉게 물들어 있었다. 취기 때문인지 자꾸만 키들대며 웃었다.

여자애들 상당수는 이미 엄한 부모를 핑계로 자리를 떴다. 남자애들 중에서도 조용하고 존재감 없던 부류는 어느 틈에 사라지고 없었다. 녹두거리와 멀지 않은 곳에서 기거하는 아이들만 열 명 남짓 남았다. 그리고 선배들이 열 명 정도 있었다. 미현이 여전히 웃음 가득한 얼굴로 난처하다는 듯 항변했다. 하지만 특유의 애교 있는 서울 말투 때문인지 항변이 아닌 칭얼댐으로 느껴질 뿐이었다.

"정말 저 집에 가야 돼요."

내 옆에 서 있던 철우가 일행에게 다 들릴 정도로 큰 목소리로 말했다.

"정미현 쟤네 오늘 제사 맞아요."

미현은 잠시 멈칫하더니 얼른 고개를 끄덕였다. 철우는 나를 향해 고개를 돌렸다.

"야, 이성식, 넌 어머니 올라오신다더니 여태 뭐 하나?"

그러더니 내 등을 떠밀었다.

"볼 일 있는 애들은 얼른 가라, 가"

나는 미현이와 함께 중화점 앞길을 서둘러 빠져나왔다. 버스정류장에 도착했을 때 미현에게 물었다.

"몇 번 타냐?"

미현이 대답도 않고 되물었다.

"넌?"

"아, 난 길 건너서 아무 거나 타고 신림사거리 가서 갈아타면 된다."

미현은 잠시 말 없이 버스 오는 방향을 바라보더니 나를 올려다보면서 말했다.

"너 외삼촌 댁에 산다고 했지? 어머니 와 계시면 얼른 가야겠네?"

나는 고개를 가로저었다.

"괜찮아."

미현이 다시 잠시 침묵을 지키다 말했다.

"우리집 오늘 제사 안 지내."

내가 의아한 얼굴을 했던 모양인지 미현이 얼른 덧붙였다.

"철우가 알아."

미현의 얼굴은 도시의 온갖 얼룩덜룩한 조명 속에서도 알아차릴 만큼 빨갛게 달아올라 있었다. 미현이 숨을 내쉬면서 말을 이었다.

"우리 만나기로 한 거…"

순간 빈 택시 한 대가 우리를 보고 급정거를 했다. 그 뒤를 바짝 따르던 버스가 급정거를 하며 요란하게 경적을 울렸다. 미현의 목소리가 그 소음 속에 묻혔다. 버스운전사가 창문 밖으로 고개를 내밀고 택시운전사에게 욕설을 퍼부었다.

미현은 두 운전사들의 욕설에 눈살을 찌푸리더니 내게 말했다.

"우리 남부순환도로 나올 때까지 걷자!"

"어, 어…."

"왜? 싫어? 피곤해?"

"아, 아니, 그게 아니고."

"그게 아니면 뭔데?"

"누가 보면 좀 그렇지 않냐."

"뭐가 어때서? 같은 과 친구끼리 같이 걸을 수도 있지?"

"아, 그, 그냐."

우리는 어느 쪽으로 걸을까 잠시 생각하다가 곧 개천을 따라 신림사거리 쪽을 향해 걷기로 했다. 거리만 봤을 때 더 가까운 봉천사거리 쪽은 인적이 너무 드물어 위험해 보이기도 했고 언덕 경사도 심한 편이었다.

녹두거리 맞은편으로 길을 건너 잠시 큰 길을 따라 내려가자 거리는 곧 어두워졌다. 개천은 단독주택들이 들어선 비교적 새로운 동네를 가로질러 흘렀다. 차는 별로 많지 않았다. 이따금 버스가 한 대씩 지나갔고, 취객을 내려준 택시가 신경질적으로 다리를 건너 방향을 돌리곤 신림사거리 쪽으로 질주하는 게 보였다.

내가 말없이 걷기만 하자 미현이 물었다.

"너 요즘엔 기타 안 쳐?"

내가 왜 클래식기타를 치기 시작했더라. 불과 일 년 전 일인데도 기타를 배우기 시작한 이유를 까맣게 잊고 있었다. 내가 기타를 치기 시작한 동기가 떠오르는 순간 어둠 속에서도 몹시 부끄러웠다. 나는 그저 내 열등감을 해소하고 싶어서 시작한 것뿐이었다.

"아, 그게, 개강하고 정신없어서 서클에 한참 안 나갔다. 그런데 너 기타 잘 치데?"

"잘 치긴! 그 노래에 나온 코드만 그냥 외운 거야."

"그래도…"

"아무래도 노래 시킬 것 같아서 미리 연습했어."

우리는 더 이상 아무 말도 하지 못했다. 나는 가로등을 세기 시작했다. 몇 개나 세었을까? 개천 굽이를 두 번 더 돌아 조금 더 걷자 저 멀리 번화한 거리의 불빛이 보였다. 그 먼 발치 불빛들 때문에 내가 걷는 거리가 더 어둡고 음침해 보였다. 나는 어느 틈에 그 거리가 끝나지 않기를 바라고 있었다. 걸어도, 걸어도 밝아지지 않기를 바랐다. 내 발걸음이 느려졌다. 미현의 발걸음도 느려졌다. 내가 멈추었다. 미현도 멈추었다. 내가 오른손을 뻗었다. 미현의 손이 잡혔다. 내 심장은 당장이라도 늑골 밖으로 튀어나오기라도 할 듯 거칠게 뛰고 있었다.

내가 오른쪽으로 반쯤 몸을 돌렸다. 빈 택시 한 대가 역시 신경질적으로 옆을 지나치면서 우리가 숨어 있던 어둠에 한순간 빛을 흩뿌리고 달아났다. 잠시 주춤했던 내가 몸을 숙이려는 찰나 미현의 가냘픈 상체가 내게 달려들었다. 만 스무 살이 채 안 된 여자의 가늘고 탱탱한 두 팔이 내 목을 끌어안았다. 나도 얼떨결에 두 팔을 어정쩡하게 그 애 등 뒤에 포갰다. 우리는 그렇게 서로를 끌어안고 한동안 가만히 서 있었다. 버스가 몇 대가 지나도록 우리는 미동도 하지 못했다. 나는 입맞출 생각은 고사하고 감히 손바닥으로 그 애의 등을 어루만질 생각조차 하지 못했다. 그렇게 한다면 너무나 큰 자극에 그 자리에 주저앉고 말 것 같았다. 그저 나는 가쁘게 숨을 고르며 미친 듯 피가 솟구치는 내 몸의 반응을 감추느라 전전긍긍하고 있었다.

34. 조다쉬를 입는 내 누이여

스무 살 즈음의 첫사랑이란 건 정신착란과도 같았다. 생애 한 번도 현실에 존재하는 진짜 여자를 보고 가슴 설레거나 성욕을 느껴본 적 없는 나 같은 사내애에겐 특히 더 고통스러운 정신질환이었다. 마치 처음 마신 술에 취하는 것처럼 내 머리는 처음 겪는 감정에 잔뜩 취해 있었다. 불행인지 다행인지, 나는 아주 어릴 때부터 본능과 충동을 잘 억제할수록 좋은 인간으로 평가받는다고 생각해왔다. 그 시절에는 그게 그다지 틀린 말이 아니었다. 덕분에 나는 대학에 입학하기 전까지 큰 정신적 고통 없이 사춘기를 지낼 수 있었다.

하지만 어설프고 아이 같던 내 생애 첫 포옹은 뒤늦게 내 마음을 육체적 욕망이라는 고통 속으로 던져 넣고 말았다. 미현이가 버스 타는 모습을 본 후 화곡동으로 가는 마지막 버스를 간신히 잡아탄 나는 덜컹대는 버스 안에서 고삐 풀린 망아지처럼 날뛰는 내 뒤늦은 사춘기의 욕망을 달래느라 몹시도 애를 먹었다.

나는 그날 일을 후회하기 시작했다. 미현을 버스에 태워 보내는 그 순간이 어찌나 고통스러웠는지 나도 모르게 그 애가 내 손에 닿지 않는 곳에 있다고 포기하고 살던 지난 일 년이 그리워질 지경이었다. 그 고통은 내 더럽고 추한 욕망에 대한 죗값이었다.

화곡동 버스정류장에 내렸을 때는 이미 자정 가까운 시간이었다. 버스정류장 근처 상점이며 시장 불은 거의 다 꺼져 어두웠다. 삼월의 밤은 차가웠고, 내 몸은 피곤했다. 어서 집으로 돌아가 방문을 닫고 미현을 생각하며 혼자 눕고 싶었다. 버스정류장에서 집까지 고작 10분 남짓한 시간이 그렇게 춥고 힘들 수가 없었다. 철제 대문 앞에 도착한 나는 주머니에 넣고 다니던 열쇠를 꺼내 되도록 살그머니 대문을 열었다. 그리고 다시 현관문 열쇠를 꽂아 문을 연 후 숨 죽이고 집안에 들어섰다. 순간 2층 계단 위에서 딸깍 소리가 나며 2층 홀의 불빛이 보였다.

"성식이니?"

어머니의 목소리였다. 서울시내 백화점에서 내 봄 옷을 사야 한다는 구실로 찾아와 내 방에서 이틀 밤을 지내고 떠난 게 불과 열흘 전이었다.

"아, 예."

나는 황망히 대답하고 계단을 오르기 시작했다. 잠자리에 누웠다 일어난 모양인지, 어머니는 몹시 피곤해 보였다. 어머니가 내 등을 어루만지며 말했다.

"술 먹었니?"

"아, 예, 신입생 환영회 때문에 할 수 없이…. 싫다 해도 선배들이 억지로 마시게 혀서."

"아유, 어떡하니, 피곤해서. 얼른 씻고 와."

내가 굼뜨게 움직이자 어머니는 내 등을 떠밀며 재촉했다.

"얼른!"

화장실에서 돌아왔을 때 내 방은 꽉 차 있었다. 침대와 책상 사이, 사람 하나 겨우 웅크리고 누울 수 있는 그 비좁은 자리에 요를 펴고 어머니가 모로 누워 있었다. 어째서 널찍한 할머니 방에서 주무시지 않고 늘 내 방에서 주무시는 걸까? 짜증이 밀려왔지만 내색하지 못했다. 어머니가 몸을 돌리며 잠이 묻은 목소리로 나직하게 중얼댔다.

"어이구, 우리 성식이, 고단해서 어쩌니? 얼른 자라."

나는 어머니의 몸을 넘지 않으려고 어머니 발치에서 침대로 기어올랐다. 숨이 턱 막혀왔다. 그 방이 그렇게 비좁게 느껴지는 건 처음이었다. 내 몸의 모든 세포들은 미현의 촉감과 냄새를 잊지 못한 채 미친 듯 날뛰고 있는데, 침대 아래서 들려오는 나직하게 코 고는 어머니의 존재가 내 숨을 틀어막는 것만 같았다.

다음날 아침, 아직 곤한 중에도 나는 어머니가 내 방에서 잤다는 사실을 기억하고 퍼뜩 자리에서 일어났다. 어머니는 자리에 없었다. 어머니가 깔고 덮던 이부자리만 한 켠에 개켜져 있을 뿐이었다. 이부자리가 외할머니 방 장롱에 들어가지 않고 내 방 한 켠에 개켜져 있다는 건 어머니가 그날 중으로 떠나지 않으리라는 의미였다.

미적대며 양치와 세수를 하고 2층에서 내려오는데 어머니의 목소리가 들렸다. 북어해장국 냄새가 났다. 어머니가 북어해장국의 간을 맞추는 모습이 보였다. 외숙모는 그 옆에서 아기를 업은 채 설거지를 하고 있었다. 식탁 앞에 앉아 있던 외할머니가 내게 어서 와 앉으라는 듯 손짓했다.

"성식이 셔츠 좀 제때 다려봐. 서울대 다니는 조카가 구질구질하게 하고 다니면 올케는 좋아?"

"죄송해요, 형님. 요 며칠 어머니 모시고 병원 다니느라 그만…"

"하이고, 겨우 홀어머니 한 분 모시면서 유세하곤. 시부모 다 살아 계셨으면 큰일 날 뻔했네."

외숙모는 더 이상 변명하지 않고 묵묵히 설거지만 했다. 민망해져서 몸을 돌려 도로 이층으로 올라가려는 순간 어머니가 나를 발견했다.

"성식아, 여여 와! 내가 술국 끓였다."

어머니는 늘 해장국을 술국이라고 불렀다. 술국과 해장국은 엄연히 다르다고 아버지가 몇 번 타박했지만, 어머니는 아랑곳하지 않았다. 듣는 사람이 알아서 알아들으면 된다는 거였다. 사람들은 곧잘 그렇게 부정확한 어휘를 사용했다. 어차피 정확할 필요가 없었다. 부정확한 어휘를 사용하는 사람보다 그 맥락을 읽지 못하고 되묻는 사람이 웃음거리가 되게 마련이었다.

식탁에 앉아 젓가락을 들었다. 어머니가 젓가락으로 무 숙채가 담긴 그릇을 탁탁 내려치며 말했다.

"이거 왜 이렇게 간이 약해?"

"아, 그게요, 의사가 어머니 짜게 드시면 안 된다고 해서…"

문득 아기까지 업은 채 설거지하고 있는 외숙모에게 무안하고 미안했다. 내 어머니는 늘 외숙모의 요리를 마땅치 않다고 했다. 외숙모의 어머니가 이북사람이라 음식이 싱겁고 밍밍하다고 대놓고 타박하기도 했다. 외할머니가 입맛을 잃고 자꾸 살이 빠지는 것은 외숙모의 요리 때문이라고 했다.

어머니는 내 옆에 바짝 붙어 앉아 누가 내 먹을 것을 빼앗아 가기라도 한다는 듯이 내 앞으로 바짝바짝 반찬그릇들을 밀어붙이며 언제나 하듯 그 반찬들의 유래를 일일이 설명했다.

이건 증평 이모할머니네 호박고지 남은 거 날 더워지기 전에 볶았다. 이건 당숙네서 가져온 곤드레나물. 이거, 느이 이모가 아는 정육점에서 떼어온 돼지고기로 만든 장조림인데, 아주 맛나다.

마지막으로 어머니는 입을 비죽대며 무말랭이무침이 담긴 그릇 전을 젓가락으로 툭툭 쳤다.

"지난번에 느이 아버지가 어디서 받아왔는데, 모르겠다. 어디서 받아왔는지."

어머니는 여전히 모르는 사람이 만들거나 재배하거나 키운 먹거리를 불신했다. 어쩌다 꼭 필요해서 시장이라도 가면 어머니는 늘 이렇게 속삭였다. 저거 다 농약 쳐서 키운 거야. 저런 저울은 다 무게 속이는 거야. 뭘 갖고 만든 줄 알고 저걸 사니? 어쩔 수 없이 모르는 상인에게 무언가 사야 할 때면, 며칠을 두고 그 식재료를 다 먹어 치울 때까지 구시렁대며 의심하고 불평하며 온 식구들을 불안하게 했다.

어쨌든 나는 어머니의 음식을 좋아했다. 맛과 냄새와 질감이 익숙해서 좋았다. 일 년 동안 학교식당과 기숙사식당에서 낯선 음식을 억지로 접한 이후 나는 어머니의 음식을 필요 이상으로 높이 평가하고 있었다. 내가 들어가 살기 시작하면서 외삼촌네 냉장고의 절반 이상은 어머니가 들고 온 김치와 반찬들로 채워졌다. 외삼촌은 외할머니의 손맛과 같다며 즐거워했다. 외숙모가 어떻게 생각하는지는 알 수 없었다.

어머니는 흡족한 표정으로 내가 밥 먹는 모습을 지켜보다 말했다.

"이따 혜은이 온다. 수업 마치자마자 점심도 안 먹고 고속버스 탄다고 했으니까, 늦어도 3시 30분까지 고속터미널로 데리러 나가야 해. 너 오늘 별일 없지?"

마음 속으로 구반포로 가서 미현을 만날 계획을 꾸미고 있던 나는 더럭 화가 났다.

"걘 왜 또 와요?"

"왜긴, 오빠랑 외삼촌 보러 오는 거지…"

내가 어머니를 빤히 바라보자 어머니는 머뭇대더니 마침내 이실직고 했다.

"아니, 걔가 사고 싶은 청바지가 있는데, 본정통(本町通)에선 안 판다고…"

본정통은 일제시대부터 청주시내 번화가를 일컫는 말이었다. 얼마 전부터 무슨 까닭인지 어머니의 씀씀이가 커져서, 소위 말하는 '메이커' 옷 아니면 사지 않았다.

"고등학생이 아무 거나 단정한 거 입으면 됐지, 무슨 청바지 하나 사러 서울까지 와요?"

나도 모르게 숟가락을 딱 소리가 나도록 내려놓았다. 어머니가 내 눈치를 보면서 변명했다.

"그러게 말이다. 다 똑같이 교복 입으면 좀 좋니? 에휴, 그 놈의 교복자율화 때문에."

내가 아무런 대꾸도 하지 않자 어머니는 슬금슬금 내 눈치를 보며 덧붙였다.

"요즘 청주에서 살 만큼 사는 집 애들은 다 서울 백화점 와서 옷이랑 운동화 산댄다."

"청주 시장에서 파는 것도 못 믿으시면서 서울 사람들이 파는 건 믿어요?"

어머니는 외숙모 쪽을 흘끔 바라보고 한껏 내게 눈치를 주더니 쏘아붙였다.

"얘, 그거랑 그거랑 같니? 조다쉬는 메이커잖아, 메이커!"

나는 입을 다물었다. 어머니의 이중잣대도, 어느 사이 유명상표라는 의미로 와전된 '메이커'라는 괴상한 영어표현도 듣기 싫었다. 나는 한숨이 나오는 걸 억누르며 서둘러 식사를 마치고 옷을 갈아입으러 2층으로 향했다. 어머니가 계단 위에 대고 소리쳤다.

"이따 같이 갈 거지?"

"학교 가야 혀요!"

집에서 나서자 비로소 숨통이 트이는 것 같았다. 공중전화로 달려가 미현의 집에 전화했다. 학교 도서관에서 만나기로 약속을 잡는 순간 숙취는 온 데 간 데 없이 사라졌다. 몸이 하늘로 붕 뜨는 것만 같았다.

35. 사적 영역

인문대와 학생회관을 잇는 도서관 통로는 한적했다. 토요일에도 자연대학이나 공과대학 쪽에 수업이 있었는지, 아이들이 도서관 맞은편 내리막길에서 무리지어 내려왔다. 간단한 식음료를 팔던 도서관 다과실과 통로 사이엔 커다란 유리벽이 있었다. 그 유리벽이 꼭 대형 수족관처럼 보이고, 그 안에서 담배를 태우는 아이들이 뻐끔대는 모습이 흡사 금붕어 같다는 이유로 아이들은 그 다과실을 수족관이라 불렀다. 누군가 내 어깨를 쳤다.

"이게 누꼬!"

1학년 때 기숙사 룸메이트 부경이었다. 그는 반갑다는 듯 활짝 웃었다. 그는 자동판매기에서 뽑아온 인스턴트 커피를 탁자 위에 내려놓고 내 앞 자리에 앉았다. 지난 학기 종강 후 처음으로 보는 것이었다. 그는 내 가방을 흘깃 보고 물었다.

　"지금 왔나? 도서관에 자리 없을 낀데, 메뚜기 할라꼬?"

　메뚜기는 도서관에서 자기 자리를 찾지 못해 임시로 빈 자리를 찾아 돌아다니며 공부하는 아이들을 가리켰다.

　"아, 아니여. 그냥, 만날 사람이 있어서."

　"누구?"

　나는 대답하지 못했다.

　"여자가?"

　나는 고개를 떨구고 피식 웃었다.

　"여자구만!"

　멋쩍게 고개를 끄덕이자 부경이 나직이 물었다.

　"했나?"

　"하긴 뭘 혀!"

　나는 누가 들을 새라 화들짝 놀라 부정했다가 이내 아무렇지도 않은 듯 퉁명스레 덧붙였다.

　"그런 사이 아니여."

　그 때 한 발치 떨어진 곳 유리문을 열고 미현이 들어섰다. 다과실 안 사내애들 몇 명이 일제히 미현을 바라보았다. 부경도 하던 말을 멈추고 미현을 곁눈으로 힐끗댔다. 미현이 내 쪽으로 다가와 내 곁에 앉자 급기야 부경의 눈이 휘둥그래졌다.

부경과 미현은 마치 어른이라도 되는 것처럼 공손하게 서로 존대하며 인사를 나눴다. 안녕하십니꺼. 지는 성식이랑 같이 기숙사 방 썼던 물리학과 82 김부경입니더. 안녕하세요. 불문학과 82 정미현이에요. 서로 같은 학번이라도 같은 학과나 같은 서클이 아닌 이상 일단 존대하고 거리를 두는 게 일반적이었다. 하지만 일단 학번을 확인하고 상하관계를 파악하거나, 같이 아는 친구가 있거나, 공유하는 무언가가 있다는 걸 아는 순간 그 거리는 별안간 급속도로 단축되곤 했다. 그리고 그건 곧 서로 사적 영역을 침범할 수 있다는 신호이기도 했다.

　부경과 나는 서로 연락처를 주고받았다. 부경은 곧 과제를 마저 한다며 다시 열람실로 올라갔다. 미현과 단 둘이 남겨지자 나는 별안간 할 말을 잃었다. 언제나 그렇듯, 집을 나서기 직전에 머리를 감았는지 미현의 채 다 마르지 않은 머리에서 화사한 샴푸냄새가 퍼지며 내 마음을 어지럽혔다. 나는 머뭇대다 겨우 물었다.

　"열람실 올라가볼까? 혹시 자리 있는지 보게."

　미현이 못마땅하다는 듯 콧등을 찌푸리더니 이내 웃음지었다.

　"너, 월요일 날 전방입소 가잖아?"

　"어."

　"덕분에 우리 여자애들은 시험공부 할 시간이 많아."

　"아, 그러네. 불공평하네."

　미현이 내 가방을 힐끗 보더니 놀렸다.

　"어머? 이 범생이 좀 봐? 책 많이도 가져왔네?"

　나는 그냥 웃기만 했다. 미현이 물었다.

　"너 신림극장 가봤어?"

뭐라고 대답해야 할지 몰랐다. 사실대로 말하자면 무얼 봤는지 물을 터이고, 무얼 봤는지 말하자니 어쩐지 창피했다. 포르노 영화는커녕 일반적인 19세 관람가 비디오테이프나 비디오플레이어마저도 흔치 않던 시절, 우리는 여배우의 벗은 어깨나 허벅지라도 보기 위해 짬을 내어 변두리 재상영관을 찾아다녔다. 진지한 영화도 심각한 영화도 모두 다 도색영화처럼 포스터를 만들던 시절이었다. 어색하도록 요란하게 눈화장을 한 여배우가 색정적인 표정을 짓는 그 얼굴이라도 보겠다고, 하도 돌려서 화질이 엉망인 영화라도 보겠다고, 하루에도 서너 편의 각기 다른 영화를 연속해 틀어주던 동네 삼류영화관에 시간이 날 때마다 드나들었다. 신림극장은 바로 그런 곳 중 하나였다.

용감한 아이들은 영화를 보고나서 극장 뒤 동네로 탐험을 나서기도 했다. 신림사거리와 개천 사이에 다 허물어져가는 판자촌 거리가 있었고, 판자촌들 한 면은 쇼윈도로 이뤄져 있었다. 그 쇼윈도엔 살아있는 여자들이 밤마다 붉은 조명 아래 진열됐다. 고객은 여자를 고른 후 신림사거리를 점차 메우기 시작한 여관 한 곳으로 데려간다고 했다. 매춘을 해봤다고 고백하는 아이들은 아무도 없었지만, 매춘을 해본 사람 얘기를 들었다는 아이는 많았다.

그렇게 신림극장은 그런 감추고 싶은 기억과 연계되는 바로 그런 장소였다. 어쩌다 술에 취한 날 신림사거리를 지나칠 때면 지저분한 욕정이 마음 속 깊은 곳에서 덜컥대는 걸 억누르느라 애먹어야 했다.

내가 대답 못 하고 우물쭈물하자 미현이 말했다.

"우리 가서 뭐 하는지 볼까? 한 번도 안 가봐서 궁금해. 시내까지 나가기도 귀찮고. 설마 동시상영하는 거 세 편 중 하나도 볼 만한 게 없겠어?"

"그래도 개봉관에 가야지, 여자는 신림극장 같은 데 가는 거 아니여."

"아니, 왜? 왜 남자는 괜찮고, 여자는 안 돼?"

"네가 못 가봐서 그랴. 화장실도 얼마나 더러운데."

남녀차별처럼 들리는 내 말에 잠시 격앙했던 미현은 화장실 이야기에 곧 수그러들었다. 나는 공연히 미안해져서 얼른 덧붙였다.

"전방 갔다 와서 시내에 있는 개봉관 가자."

"갔다 오면 중간고사야."

"그럼 중간고사 끝나고 가자."

마침내 미현이 칭얼댔다.

"어떻게 한 달을 기다려?"

어둠을 틈타 겨우 손이나마 마음 놓고 잡기 위해 한 달을 기다려야 한다고 생각하니 나 역시 숨이 턱 막혀왔다.

갈 곳 없는 우리는 볕 잘 드는 학생회관 앞 계단 쪽으로 나왔다. 토요일 늦은 오후의 캠퍼스에는 사람이 거의 보이지 않았다. 언제나 아이들로 둘러싸인 대자보 자리마저 완전히 비어 있었다. 하지만 그 넓고 텅 빈 곳에서 나는 내 여자를 데리고 있을 내 영역을 찾을 수 없었다.

사생활이라는 건 허용되지 않은 사치였다. 아무리 서른이 넘고 마흔이 넘어도 결혼할 때까지는 부모나 친척과 함께 살아야 한다고 배웠고 또 그런 줄 알았다. 남자든 여자든 결혼도 전에 부모로부터 독립해 사적 영역을 갖는다는 건 사치나 방종, 혹은 가난, 무지, 성적문란 등 온갖 부정적인 일의 징후로 간주되기 일쑤였다.

나는 첩첩이 쌓인 위계질서의 피라미드 바닥에 깔려 아주 작은 개인의 공간조차 갖지 못한 지질한 사내애였다. 그 혼자 있을 자유가 없어서 답답할 때마다 나는 그 원인을 추상적이거나 관념적인 데서 찾으려 들었다. 그래야만 나 자신이 덜 초라하게 느껴졌기 때문이었을 것이다.

미현과 나는 이리저리 학교 캠퍼스를 서성였다. 오후 늦은 시간 점점 바람이 차가워지자 우리는 봉천사거리로 나갔다. 속칭 봉사리라 부르던 그곳엔 우리 같은 아이들이 들어갈 만한 카페나 커피숍이 거의 없었다. 중년아저씨나 중늙은이들을 상대로 젊은 여자들이 서빙하는 다방만 어쩌다 눈에 띄었을 뿐이다. 어둠이 내려와서야 비로소 나는 용기를 내어 미현의 손을 잡았다. 미현의 손은 아주 가늘고 아주 보드라워서 세게 쥐면 곧 부러지기라도 할 것만 같았다.

나는 내일 학교에서 또 볼 수 있다고 스스로를 위로하며 버스정거장 앞에 섰다. 우리는 손을 꼭 잡은 채 구반포로 가는 버스 두 대를 그냥 보냈다. 여자애 하나를 버스에 오르게 하는 게 그렇게 힘들 수가 없었다. 세 번째 버스가 왔을 때 미현이 올라탔다. 순간 나는 견딜 수 없었다. 나도 모르게 그 뒤를 성큼 따라 탔다. 미현이 뒤따라 들어오는 나를 돌아보고 활짝 웃었다. 구반포 버스정류장에서 나는 미현을 따라 내렸다. 혹시나 너무 자신 있게 걸으면 그 애 아파트 앞에서 몇 시간씩 기다린 적이 있다는 걸 들킬까 두려웠다. 나는 짐짓 천천히 그 애보다 반 걸음 뒤를 따라 걸었다.

아파트로 드는 길, 가로등과 가로등 사이 일찍 잎눈이 벌어지기 시작한 나무 그늘 아래 미현이 멈췄다. 멀리 큰 길가에서 자동차 지나가는 소리만 날 뿐 인적이 없었다. 가로등 불빛이 나뭇가지에 막혀 미현의 얼굴이 잘 보이지 않았지만, 그 애가 나를 빤히 올려다보고 있는 건 알 수 있었다. 나는 더 이상 참을 수 없었다.

하루 종일 쏘다녔기 때문일까? 그렇게 몸 달아 원하던 내 생애 첫 키스에서는 모래와 먼지 맛이 났다. 80년대의 밤, 어두운 골목길 가로등 그늘 아래 숨어 입맞추다 인기척에 화들짝 놀라 서로 떨어지던 그 수많은 연인들의 입맞춤에서는 아마도 대개 그런 맛이 났을 것이다.

36. 철책선의 민중가요

나는 끝난 줄 알고 있었다. 구령과 고함, 겁박, 모욕, 신체적 고통이 일상이었던 그 중고교 시절로 돌아갈 일은 없을 줄 알았다. 이상하게도 그 시절 입은 외상은 시간이 갈수록 치유가 되기는커녕 점점 더 크게 부풀어 오르는 것처럼 보였다. 내 어린 시절은 야만적이고 부조리하고 폭력적이었다. 다 끝난 줄 알았던 그 고통, 아무 생각 없이 가축몰이 당하듯 살아갈 때 제대로 느끼지 못한 고통이 대학에 입학한 후에 악몽으로 돌아왔다.

그런 악몽에서 나는 검정색 교복을 입고 포로수용소같이 경계가 삼엄한 고등학교 건물에 갇혀 있었다. 나는 교사들을 붙잡고 호소했다. 저는 이미 대입시험도 보고 서울대까지 합격했습니다. 여기서 나가게 해주세요. 교사들은 들은 체도 않았다. 원산폭격을 시키고 몽둥이로 엉덩이를 두들겨 팼다. 꿈 속의 나는 생각했다. 학력고사를 다시 봐서 다시 대학에 들어가야 돼! 그게 내가 여기서 탈출할 유일한 길이야! 그러나 악몽들이 대개 그렇듯 시험지의 글자들은 다 뭉개져서 문제를 푸는 것은 고사하고 읽을 수도 없었다.

그런 꿈은 교련 수업 전후에 흔히 꾸곤 했다. 그러면서 아직 보지도 못한 문무대와 전방입소교육과 훈련소의 교관들을 미리부터 두려워하고 증오하기 시작했다.

전방입소교육이 다가오며 고등학교에 갇히는 악몽은 더 잦아졌다. 나는 구타와 언어폭력이 없는 안락한 생활에 이미 안주하고 있었다. 대학은 고등학교에 비하면 훨씬 인격적이었다. 이따금 우리를 불편하게 한 교수나 조교들이 없었던 건 아니지만, 고등학교 때 교사들에 비하면 이야깃 거리조차 되지 못했다. 상당수 교수들은 무심해 보일 만큼 관용적이었다. 심리적으로 언제나 후배들 위에 군림하려 들고 조롱을 즐기던 선배들조차도 직접적으로 우리를 모욕하거나 욕설을 퍼붓는 일은 아주 드물었다. 일방적인 폭력은 거의 없다시피 했다.

교양체육이나 교련 강사들은 곧잘 이렇게 말했다. 서울대생들이 체력은 약해도 사고는 안 치고 무사히 훈련을 잘 마치는 걸로 유명하다고. 그게 격려인지 협박인지는 알 수 없었다. 아무튼 당연한 얘기였다. 우리는 길들이기 위해 거세한 수컷들이었다. 무엇이 훈련시간을 길게 하는지, 어떤 행위가 얼차려를 받게 하는지, 어떻게 충동을 조절해야 남들에게 피해를 주지 않는지 학습과 경험을 통해 습득하고 이에 따라 우리의 행동과 충동을 다른 아이들보다 대체적으로 더 잘 조절할 줄 알았다. 그건 입시에서 성공하는 데 가장 필요한 품성이었다.

나는 육체적인 고통이나 고단함을 두려워했던 게 아니었다. 80년대 초반엔 전체 고등학교 졸업생 중 고작 3할 만이 대학에 진학했다. 나머지 70퍼센트가 밥벌이를 할 때, 우리는 다만 대학생이라는 이유로 모든 경제적, 사회적인 특혜를 받았다. 나는 잠시나마 그 특혜가 사라지는 공간으로 간다는 게 이상하게 부끄러웠다. 얼룩덜룩하고 보기 싫은 교련복을 입은 채 과 여학생 대표들이 건넨 알록달록한 포장의 과자와 편지를 받아들고 버스에 타는 그 순간이 그렇게 민망할 수가 없었다.

나는 마치 거세되러 끌려가는 어린 수소 같은 기분이었다. 오랜 시간 억눌러온 까닭에 어지간해서는 발현되지 않던 내 남성성이 미현 덕분에 수면 위로 떠오르면서, 반항도 저항도 하지 못한 채 하라는 대로 병정놀이를 하러 가는 나 자신이 그렇게 부끄러울 수 없었다. 교련복을 입은 거울 속의 나는 채 싸우기도 전에 꼬리를 말고 깨갱대는 강아지의 모습을 하고 있었다.

　버스가 출발하자마자 곧 누군가 노래를 시작했다.

　　삼천만 잠들었을 때
　　아이들이 일제히 따라 부르기 시작했다.
　　우리는 깨어
　　배달의 농사형제
　　울부짖던 날

　우리는 언제 어디서나 노래를 불렀다. 가슴 안에 무언가 꽉 차 있는데 그걸 문장으로 만들어 풀어낼 수 없을 때, 밑도 끝도 없이 수시로 찾아오는 자기연민에 젖었을 때, 혹은 소영웅주의적 감상에 빠졌을 때는 노래가 안성맞춤이었다. 그 노래들은 타인들에게 들려주기 위해 부르는 게 아니었다. 우리는 우리 자신의 감정에 함몰되기 위해 노래하고 춤췄다. 혹은 다른 무리들이 전달하려는 이야기를 듣지 않기 위해, 혹은 들어도 이를 고집스레 거부하기 위해 노래하고 춤췄다. 우리의 노래가 우리를 위한 것이었듯, 우리의 시선은 언제나 우리 자신을 향해 있었다.

　얼마나 시간이 지났는지 모르겠다. 아이들의 노래 소리가 잦아들면서 나는 잠이 들었던 것 같다. 잠에서 깨었을 때 버스는 산골짜기 길을 굽이굽이 돌아가고 있었다. 맞은편 차선에 이따금 군용차량이 보일 뿐, 우리가 가는 길엔 민간인들이 타는 건 아무 것도 보이지 않았다. 버스도, 택시도, 트럭도, 승용차도 건물도 보이지 않았다. 아무도 없는 것 같은 세상이었다. 그 깊은 산골짜기에 움직이는 건 오직 우리가 타고 가는 버스들뿐이었다.

조금 더 시간이 가자 내리막길이 끝나고 평지가 시작됐다. 몇 킬로마다 대전차방호벽이 보였다. 인적도 차량도 눈에 띄지 않았다.

몇몇 아이들이 다시 노래를 부르기 시작했다.

아, 다시 못 올 흘러간 내 청춘
푸른 옷에 실려간 꽃다운 이 내 청춘

농가 몇 채가 보이는가 싶더니 사라졌다. 텃밭처럼 좁은 밭뙈기가 잠시 이어지고, 이내 그마저 더 이상 보이지 않았다. 그리고 철조망 담장이 보이기 시작했다. 버스는 철조망 담장을 따라 달렸다. 이내 황토먼지가 날리는 공터가 보였다. 버스가 멈췄다. 입구 쪽에 군인들이 보였다. 하사관인지 사병인지 구분하기 힘들었다. 모두 철모를 쓰고 소총까지 메고 있었다. 먼저 도착한 아이들은 열을 지어 정렬해 열중쉬어 자세로 서 있었다. 아직 멈추지 않은 버스 안에서 미리 일어나 웅성대던 아이들도 덩달아 조용해졌다. 버스에서 나서는 순간, 저만치 떨어진 곳에서 익숙한 구령 소리가 들렸다. 체육시간과 교련시간마다 듣던 그 구령이었다. '너희는 장기판의 졸'이라는 듯이, '앞으로도 영원히 누군가의 졸개로 살아야 한다'는 듯, 우리를 어르고 협박하던 그 구령이었다.

37. 유령

우리는 그 곳에서 일주일을 보냈다.

민중가요 대신 군가를 불렀다. 교련복 대신 전투복을 입었다. 학교회관의 사백 원짜리 식사보다 나을 게 없는 식사를 하고, 잠시 세상에 존재한다는 것을 잊고 있던 재래식 화장실에서 생리현상을 해결했다.

우리는 겁에 질려 있었다. 첫날은 실탄이 장전된 소총을 멘 아군에게, 그리고 이틀째 되던 날엔 적군의 확성기 대남방송에 겁을 먹었다. 철책선 주변을 견학할 때, 별안간 북한쪽 확성기가 쩌렁쩌렁 울리기 시작했다. 텔레비전 드라마에서 자주 듣던 낯설고 투박한 이북 사투리가 우리를 환영했다. 확성기 속 목소리는 심지어 우리가 서울대학교 인문대학교에서 온 것도 알고 있었다. 심지어 각 과별로 한 명씩 호명까지 했다. 우리 과 1번이던 강만호의 이름이 들리는 순간, 그만 나도 모르게 옆줄 아이의 얼굴을 돌아보았다. 그 아이의 얼굴이 잿빛으로 질려 있었다. 아마 내 얼굴도 그랬을 것이다.

우리는 일련번호가 붙은 죄수들 같았다. 우리의 존재는 내 나라는 물론이고 북한마저 알고 있었다. 그 깊은 산골에서조차 우리는 숨을 수 없었다. 그리고 얼마 후면 그저 체험이 아닌, 진짜 군대생활을 해야 한다는 데 생각이 미치자 이미 감금당한 것 같은 공포감이 몰려왔다. 하루하루가 그렇게 더디 가는 건 처음이었다.

복무하던 병사들은 우리를 어떤 의미에서 반긴 것 같다. 늘 같은 사람

몇 명 만 보고 살아서 낯선 이들이 반갑다는 병사도 있었고, 어수룩한 서울대 모범생들을 놀리는 게 마냥 즐거워 보이던 병사도 있었다. 하루 3교대로 서로 얼굴 마주하기도 힘들었지만, 작은 짬이 날 때마다 우리가 생전 처음 들어보는 음담패설을 나누거나 기발하리 만큼 음란한 노래들을 가르쳐줬다. 어떻게 하면 쉽게 여자를 꼬셔서 '넘어뜨릴 수' 있는지, 여자가 처녀인지 아닌지는 어떻게 알 수 있는지, 또 어떻게 하면 잠자리에서 여자를 굴복시킬 수 있는지도 가르쳐줬다.

그들에게 음담패설은 현실을 잊게 해주는 마약이었다. 남방한계선은 길고 험했지만, 실제 그들이 거처하는 곳은 아주 좁았다. 좁은 곳에 한정된 자원을 갖고 수컷 여럿이 모여 살다 보면 알력이 일어나는 게 당연했다. 단 하루라도 먼저 입대했다는 이유만으로 상급자의 권위를 갖는다는 건, 언제나 생년월일에 따라 위계질서를 정하던 젊은 사내들에게 그다지 자연스러운 방법이 아니었다. 분대 안에서 느껴지는 팽팽한 긴장감은 겨우 일주일 남짓 머물던 우리조차 견디기 버거웠다. 분대원들은 그 긴장감을 실없는 성적 농담으로 해소하려는 것처럼 보였다. 각자 다른 환경에서 자라나 다양한 경험을 했음에도 억지로 한 자리에 갇힌 그 장병들에게 공통적으로 나눌 수 있는 화제라고는 섹스 하나뿐이었는지도 모른다.

나흘째 되던 날이었을 것이다. 나는 그날 후반야(後半夜) 당번이었다. 후반야 당번은 00시부터 08시까지 감시초소에서 밤을 지새워야 했다. 석식을 마치자마자 골아 떨어졌던 나는 자정 직전에 담당 병사가 깨워주는 덕분에 가까스로 깨어났다.

담당 병사와 함께 캄캄한 언덕을 10분쯤 올라가자 초소가 보였다. 사위가 캄캄했다. 아무 것도 보이지 않았다. 언제나 저 멀리서 왕왕대던 대남방송마저 들리지 않았다. 날짐승 울음소리, 풀벌레 소리조차 들리지 않았다.

쓴 입맛을 다시며 어둠 속에서 억지로 눈을 부릅뜨고 있는 건 생각보다 훨씬 힘들었다. 무엇보다도 고통스러울 만큼 지루했다. 옆에 있던 상병이 뭐라고 먼저 말이라도 걸었으면 했는데, 그는 도무지 말이 없었다. 다른 병사들은 우리를 어린애처럼 다루면서 이따금 놀리긴 했어도 대개는 우호적이었고 관심도 많아 보였다. 하지만 나와 한 조를 이룬 그 상병만큼은 한기가 돌도록 말이 없었다.

그날도 그는 조용했다. 말 한 마디 없이 가만히 어둠 너머 깊은 산중만 노려보았다. 두 시간쯤 지났을 때였다. 내가 졸음과 지루함에 거의 미칠 지경이 될 무렵, 그가 먼저 입을 열었다.

"야, 너 귀신 본 적 있냐?"

느닷없는 질문이었다. 그러나 그가 뱉은 귀신이라는 낱말에 나는 한순간 등에 오한을 느꼈다. 달도 뜨지 않은 흐린 밤이었다. 낮고 두텁게 드리운 구름 아래엔 아무 것도 보이지 않고, 아무 것도 들리지 않았다. 초소 아래 철책선 밑으로 펼쳐진 계곡은 새까만 무저갱(無底坑) 같았다. 보이는 것이라고는 분계선 너머로 보이는 흐릿한 산등성이 윤곽이 전부였다.

"없습니다."

"한 번 보고 싶지 않냐?"

나는 당황했다. 귀신이라는 말에 나는 거의 반사적으로 공포를 느끼고 있었다. 내가 살아온 시대가 그랬다. 사람들은 대부분 마음 한 켠에서 초자연적인 현상에 대한 가능성을 열어 두고 무의식 중에 두려움을 갖고 있었다. 그 믿음은 종교나 학식과 무관했다. 어떤 사람들은 호기롭게 말했다. 세상에 귀신 같은 게 어디 있어? 아직도 그런 미신을 믿어? 그러나 그런 사람들조차 말로만 그럴 뿐, 정작 좋지 않은 일이 생길 때마다 무당이나 점쟁이를 찾아가는 일이 다반사였다. 그리고 그런 무당이나 점쟁이들은 거의 대부분 불운의 원인으로 원혼, 즉 귀신을 들었다.

"괜찮습니다!"

"괜찮긴 뭐가 괜찮아? 봐도 괜찮다는 거야, 안 봐도 괜찮다는 거야?"

"아, 안 봐도 괜찮습니다!"

그는 웃지 않았다. 그는 조용한 목소리로 이야기를 시작했다. 육이오가 처음에 밀고 밀리다가 일 년 만에 소강전이 된 건 알지? 이 일대에서 아주 오랫동안 싸웠어. 중요한 전투도 많았고. 혹시 오면서 설명 들었냐? 하도 포를 쏴대서 어떤 산은 공식 해발고도가 낮아질 정도였다. 그 중엔 단장의 전투라는 것도 있었어. 단장(斷腸)의 전투에 대해 들었냐? 뭐 슬퍼서 애간장이 끊어진다, 그런 뜻 같지? 세상에 살아남은 사람들한테 안 슬픈 전투가 어디 있냐? 포에 맞아서 내장 내놓고 널부러진 시체가 하도 많아서 단장의 전투라고 하는 거야.

그는 누가 엿듣기라도 한다는 듯 목소리를 더 낮추었다.

"여기서 후반야 근무 서다 보면 가끔 내장을 질질 끌고 다니는 귀신이 나타나."

초소 안에 별안간 냉기가 흘러 들어오는 것 같았다. 온 몸에 털이 곤두서는 느낌이 들었다.

"어떤 땐 서넛이 한꺼번에 나타나서 초소 안으로 기어 들어와."

그가 철모를 벗더니 철모 안에 붙은 종이 조각을 보여주었다. 누런 종이에 붉은 글씨가 덩굴 그림처럼 얽힌 부적이었다.

"하도 자주 나타나서 지난번에 양구 읍내 가서 이걸 받아왔다."

그는 다시 철모를 쓰면서 말했다.

"부적 때문인지는 몰라도, 적어도 초소 안으로 기어 들어오려고는 안 하더라."

"그, 그럼, 아직도 귀신을 보십니까?"

"응. 좀 전에 못 봤어?"

"예? 아, 아니 전 못 봤습니다."

"그래….."

그는 내 얼굴을 살피더니 웃음을 터뜨렸다.

"하, 이 새끼, 겁먹은 것 봐!"

나는 덩달아 웃는 척하면서 웃어 넘기려 했다. 그는 이내 웃음을 거두고 다시 초소 바깥으로 시선을 돌렸다. 내려다보이는 계곡은 여전히 칠흑 같았다. 그가 어둠 속에서 중얼댔다.

"저기 또 지나간다."

그가 그 때 정말로 귀신을 보았는지, 혹은 어떤 정신병을 앓고 있었는지 나는 알 수 없었다. 그 문제는 내 평생의 수수께끼로 남았다. 내가 고작 미루어 짐작할 수 있는 건, 젊다 못해 어린 사내들이 고립된 환경에서 모여 서로를 괴롭히며 가지 않는 시간을 지내다 보면 그런 환영도 볼 수 있으리라는 것 정도였다.

내 눈은 그날 그 귀신을 보지 못했다. 그러나 뱃가죽이 찢겨 밀려나온 내장을 끌고 기는 병사의 이미지는 내 망막이 아닌 기억에 열상(裂傷)으로 남아 아주 오랫동안 사라지지 않았다. 훗날 내가 입대하고 군복무를 마치고 나서까지도.

38. 좁은 문

토요일 오전 마침내 전방입소교육을 마치고 서울을 향해 출발할 때, 버스 안 아이들은 조용했다. 험준한 산중에서 겪은 고단하고도 생소하고, 때로는 충격적인 경험에 넋이 나간 게 아닌가 싶을 정도였다. 노래도 부르지 않았다. 농담도 하지 않았다. 버스가 출발할 때까지만 해도 이따금 두런대던 아이들은 이내 다 잠이 들었다. 버스가 굽이굽이 좁고 험한 고갯길을 위태롭게 도는데, 나도 어느 사이 깊은 잠에 빠져들고 있었다.

집에 어떻게 도착했는지 기억조차 나지 않는다. 일요일이었던 다음날엔 하루 종일 잠만 잤던 것 같다. 외숙모가 챙겨준 아침밥을 먹고 잤고, 외할머니가 챙겨준 점심을 먹고 또 잤다. 오후 네 시쯤 되었을까, 겨우 잠에서 깨어 침대에 걸터앉았다. 머릿속에 자욱한 안개가 낀 것만 같았다. 잠시 아무 것도 생각할 수 없었다. 간신히 머릿속 안개가 가라앉을 무렵 내 머릿속에 묵은 요의나 배고픔만큼이나 화급한 갈망이 떠올랐다.

정미현.

나는 벌떡 일어나 욕실로 달려가 몸을 씻었다. 그리곤 옷을 챙겨 입고 쏜살처럼 집 밖으로 튀어나가 가장 가까운 공중전화로 향했다. 교양 있게 들리는 목소리의 중년여자가 전화를 받았다. 미현이 집에 없는데, 누구라고 전해줄까요? 나는 망설이다 대답했다. 과 친구인데, 과제 때문에 전화했습니다. 중년여자가 상냥하게 되물었다. 이름은? 나는 멈칫하다가 용기를 냈다. 이성식입니다.

나는 미현이 어디에 갔는지 짐작할 수도 없었다. 내가 돌아오리라는 걸 알면서도 집에서 기다리지 않은 미현이 원망스러운 동시에, 어제 서울에 돌아오자마자 전화하지 않은 나 자신도 탓했다. 그러나 누구 탓을 할 때가 아니었다. 어느새 나는 아주 극심한 괴로움을 느끼고 있었다. 그 괴로움은 마치 극도의 배고픔이나 목마름과 흡사했다. 일종의 극심한 결핍상태였다.

내가 느끼던 그 극심한 괴로움이 그저 결핍상태라는 걸 나는 알지 못했다. 나는 그저 발정난 수컷, 사춘기 언저리에 솟구치기 시작한 호르몬에 정신적으로나 육체적으로나 채 적응하지 못한 미욱한 수컷이었다. 20여 년 세월 동안 좁은 울타리 안에 갇혀 사육되고 세뇌되면서, 나는 나 자신이 육욕을 초월하는 거룩한 존재인 줄 알았다. 그러다 어느 날 문득 고인 물처럼 썩어가던 젊은 성욕을 방출할 대상을 발견했다. 그러고도 거룩하지 못한 자신의 모습을 인정하지는 못했다. 내 비밀스러운 육욕에 '사랑'이라는 이름을 갖다 붙이는 순간, 내 모습은 발정 나서 짖어대는 수컷에서 젊은 날의 고뇌에 가득 찬 젊은 지식인으로 둔갑했다.

그날부터 나는 나 자신을 소설 '좁은 문'의 주인공 제롬이라고 생각하기 시작했던 것 같다.

나는 거대한 무엇이 내 욕망, 아니 '사랑'을 가로막고 있다는 생각에 빠져들기 시작했다. 제롬에게는 그것이 종교였다. 그러나 모든 대형 종교들을 하나하나 샤머니즘적 기복신앙으로 변형시키며 우리의 도덕률이나 철학에 별다른 영향을 끼치지 못하던 이 땅에서는 그보다 더 신선한 음모론이 필요했다. 나는 대학에서 1년여를 보내면서 그 어떤 핑계에 갖다 붙여도 그럴 듯한 수사(修辭)를 많이 배웠다. 덕분에 그 중에서도 가장 변통성 있는 만능의 핑계가 바로 '사회의 구조적 모순'이라는 걸 알고 있었다. '모순'이라는 말 자체에 이미 순환논증의 가능성이 다분했기 때문에,

아무리 공격을 받아도 결국 제자리로 돌아와서 다시 방어할 수 있었다.

따라서 우리 세대에게 가장 선행하는 과제는 개인의 사랑도, 개인의 삶도 아닌, '사회의 구조적 모순'을 해소하는 것이었다. 어떤 일도 그보다 더 중요하지 않았다. 과제가 너무 거창하면 결국은 스스로 해결하지 못하는 법이다. 우리는 그 거대한 과제를 핑계로 무엇보다도 먼저 풀어내야 할 우리 개개인의 삶의 문제들을 평생 미결로 유예했다.

그러니 삶 자체가 기만일 수밖에 없었다. 우리는 무엇보다도 우리 자신을 속여야 했다. 우리는 여자도 돈도 원하면 안 됐다. 더 큰 게 있으니까. 그 더 큰 게 무엇인지 확실하게는 몰라도, 더 숭고하고 더 거룩한 게 있으니까. 아니 적어도 그렇게 믿어야 했으니까.

내 몸은 여전히 미친 듯이 그 애를 갈구했지만 그 '더 중요한 것'에 세뇌된 내 머리는 계속해서 나를 타일렀다. 이성식, 너는 정미현의 몸을 탐하는 게 아니야. 너는 그 애를 숭고하게 사랑하는 거야. 그러나 정작 내가 그 애의 무엇을 미친 듯이 그리워하는지 생각해보면 생각나는 것들은 그저 그 애의 향긋한 머리칼, 그 애의 희고 작은 얼굴, 늘 흰자위가 하얗게 젖어 있는 큰 눈망울, 마르고 작은 몸, 봉긋한 젖가슴, 희고 가는 손가락… 모두가 그 애의 몸이었다.

나는 공중전화부스 안에서 한참을 멍하니 서 있었다. 이십 대 후반 정도로 보이는 한 남자가 주머니에 손을 꽂은 채 어슬렁대며 공중전화 쪽으로 걸어오는 모습을 보고서야 하는 수 없이 부스에서 나왔다. 봄바람이 찼다. 하지만 집으로 향한 발걸음이 떨어지지 않았다. 내게는 암컷과 짝짓기를 하기는커녕 수음마저 마음 놓고 할 공간 한 쪽 없었다. 얇은 벽과 나무문으로 둘러싸인, 외할머니나 외숙모가 언제 개킨 양말이나 속

옷을 들고 문을 벌컥 열지 알 수 없는 내 방으로 돌아가고 싶지 않았다.

겉옷조차 걸치지 않은 나는 찬바람에 잔뜩 웅크린 채 동네를 걷기 시작했다. 저만치 '담배' 간판이 걸린 구멍가게가 보였다. '은하수'를 개피로 팔고 있었다. 한 개피를 산 나는 주인에게 성냥을 빌려 불을 붙였다. 내 생애 처음 자발적으로 내 돈을 주고 사서 문 담배였다. 담배를 문 채 길을 걷다보니 지난해의 잡초가 겨울을 지나고도 여전히 누렇게 말라붙은 공터가 보였다. 논밭을 갈아엎고 택지로 분양한 그 동네엔 아직도 그렇게 군데군데 공터가 남아 있었다. 그리고 그런 공터는 의례 이웃에서 내다버린 쓰레기로 뒤덮여 있곤 했다. 나는 기껏해야 50평 남짓해 보이는 공터 한 구석에 쪼그려 앉아 남은 담배를 마저 피웠다.

누군가의 집에서 이른 저녁을 준비하는 모양인지 묵은 김치를 들기름에 볶는 냄새가 났다. 먼 곳에서 아이에게 고함치는 어머니의 목소리가 들렸다. 그 도시에 나만의 공간은 없었다. 간혹 그렇게 혼자 있다고 생각하는 순간에도 타인들의 냄새나 소음은 나를 침범했다. 다 자란 수컷이 자기 영역을, 자기 암컷을 차지하지 못한다는 건 죽음 같은 공포일 수 있다는 걸 그 때는 몰랐다. 그래서 왜 슬픈지, 왜 그렇게 화가 나는지도 알지 못했다.

담배 연기가 닿은 눈이 따가웠다. 눈물이 주르륵 흘러내렸다.

39. 깡통 언덕의 애가(哀歌)

불과 일주일 남짓한 사이 미현은 달라졌다.

오가는 남자애들이 아무리 힐끗힐끗 쳐다봐도 언제나 당당하고, 언제나 방긋방긋 잘 웃던 아이가 그날따라 아주 침울해 보였다. 나는 행여 내가 전화를 하지 않아 그런 건 아닌가 싶어 애가 닳았다. 하지만 미현은 언제나 다른 여자애들과 함께 있어서 다가가 말을 걸 수도 없었다. 남들이 우리가 '만난다'는 걸 아는 게 두려웠다. 나는 그저 힐끗힐끗 먼 발치에서 그 애의 눈치만 살피며 하루 해를 보냈다. 이상한 시절이었다. 교내 여기저기에 수업거부와 시험거부를 종용하는 격문이 나붙어 있었고, 총학생회와 인문대학생회에서는 중간고사에 응하는 건 독재정권에 부역하는 일이라고 길목에서, 아크로폴리스에서 하루 종일 떠들었다. 때로는 학생회 아이들이 강의실 문 앞에 서서 아이들이 들어가지 못하게 막기도 했다.

월요일 마지막 강의는 우리 과 전공필수 과목이었다. 출석한 아이들은 채 절반도 되지 않아 보였다. 교수도 포기한 듯 출석조차 확인하지 않고 준비한 내용을 기계적으로 읽었다. 수업이 끝나자마자 나는 쏜살처럼 튀어나가 그 애가 나올 길목에 서서 딴청을 부렸다. 철우가 뒤따라 나오더니 내게 물었다.

"집에 안 가냐?"

내가 머뭇대고 대답을 못 하자 철우는 알 듯 모를 듯 미소 짓더니 손을 흔들며 자리를 떴다.

"그래, 나 먼저 간다!"

곧 아이들 한 무리에 섞여 미현이 나왔다.

미현은 나와 눈이 마주치자 여자애들을 먼저 보내고 강의실 쪽으로 돌아가 내 쪽을 보고 멈춰 섰다. 우리는 10여 미터를 떨어져 서로를 곁눈으로 힐끗대며 다른 아이들이 모두 강의동을 떠날 때까지 기다렸다.

오후 네 시의 강의동이 별안간 적막해졌다. 내 심장이 뛰는 소리가 들릴 지경이었다. 단 둘 만 남기를 그토록 기다렸는데 막상 단 둘 만 남고 보니 몹시도 불편하고 어색했다. 우리는, 아니 나는, 떠들썩한 인파 속에 익명으로 숨어 나 자신을 숨기며 살아가는 데 필요 이상으로 익숙했다. 미현이 어쩐지 쓸쓸한 미소를 지으며 내 쪽으로 다가왔다.

"잘 다녀왔어? 힘들지 않았어?"

그 애가 먼저 침묵을 깨뜨리는 순간 느닷없는 기쁨이 불꽃처럼 터졌다. 나도 모르게 웃음이 나왔다. 나는 웃음을 삼키려 입술을 깨물며 고개를 끄덕였다.

"어제 전화했었다며?"

또 다시 바보처럼 고개만 끄덕였다. 미현이 말했다.

"너무 늦어서 전화를 못 했어. 미안."

왜 늦었는지 묻고 싶었지만 나는 묻지 못했다. 궁금한 게 있어도 되도록 묻지 않고 자연스레 답이 나올 때까지 기다리는 게 내 습관이었다. 솔직한 호기심은 미덕이 아니었다. 미현이 수줍게 눈을 마주치며 물었다.

"같이 공부할래? 수요일에 딕테 있잖아."

까맣게 잊고 있었지만, 나는 마치 기억하고 있다는 듯 고개를 끄덕였다. 나는 미현을 따라 중앙도서관 열람실로 들어갔다. 아이들이 자리를 비우기 시작한 시간이었다. 먼저 찾은 자리에 미현을 앉히고, 둘러보니 먼 발치에 또 다른 빈 자리가 있었다. 미현을 바라볼 수 있는 자리였다. 공부가 손에 잡히지 않았다. 자꾸만 미현 쪽만 훔쳐보았다. 관내는 30분 남짓 어수선하더니 다시 조용해졌다. 떠날 아이들이 다 떠난 모양이었다.

문득 목요일 딕테 점수를 제대로 못 받으면 미현에게 몹시 부끄러울 것 같다는데 생각이 미쳤다. 별안간 공부가 그렇게 잘 될 수가 없었다. 어릴 때부터 암기력은 좋은 편이었다. 저녁 여섯 시가 좀 넘은 시간이었던 것 같다. 미현이 살그머니 다가오더니 내 귀에 대고 속삭였다.

"나 배고파서 기절할 것 같아."

별안간 그 애의 숨결이 내 귓가에 와 닿는 통에 나는 정신이 나갈 것만 같았다. 나는 애써 태연하게 책을 챙겨 밖으로 나왔다.

경사로를 올라 공과대학 쪽 '깡통식당'으로 향했다. 어떤 연유인지 몰라도 공과대학 건물 사이 작은 경사지에 컨테이너를 개조한 가건물이 있었다. 거기서는 아기 기저귀를 고정시킬 때 쓰는 고무줄처럼 질기고 노란 자장면을 팔았다. 식품공학과 교수가 개발한 불지 않는 면이라고 했다. 우리는 소문 듣던 것 이상으로 '고탄성의 견고한' 면을 입으로 끊어 삼키려고 갖은 애를 쓰며 키들댔다. 그 때 하얀 실험복을 입은 대여섯 명의 사내애들이 식당에 우르르 몰려 들어왔다. 실험실에서 작업하던 대학원생들인 것 같았다. 그들은 미현을 보고 눈이 휘둥그래졌다. 줄을 서서 면을 주문하고 면을 받아가면서, 자리를 잡아 앉으면서도 자꾸만 미현을 훔쳐보았다. 한편으로 으쓱했고, 또 한편으로 불안했다.

교내 연애라는 건 흡사 부도덕한 일탈행위 같았다. 하는 사람은 부끄러워하며 숨겨야 했다. 하지 못하는 사람들에게는 이들을 비난하고 정죄할 권한이 있었다. 연인으로 보이는 아이 둘이 꼭 붙어다니면 선배들은 마치 너무 음험해서 발설하기 힘든 일이라도 되는 양 혀를 끌끌 찼다. 그리고 목소리를 낮춰가며 그들을 놀리는 음담패설을 주고받았다. 그 공과대학 아이들의 눈빛만 보고도 나는 내가 당할 수 있는 수치가 두려웠다. 미현을 보호해야 한다는 생각은 미처 하지도 못했다.

깡통식당 밖으로 나왔을 때는 날이 완전히 어두웠다. 차가운 밤공기

속에 나트륨 가로등들이 오렌지빛을 내고 있었다. 우리는 사회대와 사범대 쪽을 향해 걷기 시작했다. 그 길은 늦은 시간 인적이 드물었다. 우리의 발걸음은 점점 더 느려졌다. 약대를 지나자 인적은 더 드물어졌다. 우리는 약속이나 한 듯 동시에 서로의 손을 잡았다. 당장이라도 꽃망울을 터뜨릴 듯 부푼 벚나무 그늘 아래 멈춰 섰다. 그 꽃나무 그늘 아래 나는 더 이상 참지 못 하고 그 애를 끌어안았다.

눈으로 볼 때는 세상을 가득 채워 다른 아무 것도 볼 수 없게 만들던 그 애는 내 품 안에 들어오자 아주 작고 가냘프게만 느껴졌다.

다음날부터 중간고사가 끝날 때까지 거의 보름 동안 나는 매일 아침 여섯 시 삼십 분에 도서관에 도착해 두 자리를 잡고 그 애를 기다렸다. 아침 여덟 시가 거의 다 되어갈 무렵이면, 버스에서 내려와 교문부터 줄곧 뛰어온 그 애가 얼굴이 발갛게 상기되어 숨을 몰아쉬며 열람실에 들어와 두리번거리며 나를 찾았다. 그리고 우리는 저녁 일곱 시나 여덟 시, 때로는 열 시까지 함께 공부했다. 내 생애에서 매 순간순간이 그렇게 벅차고 가슴 저린 적은 다시 없었다.

하늘에 옅은 구름이 서쪽 산허리 위에 뜬 상현달에 동그랗게 달무리 관을 씌웠던 어느 저녁, 벚꽃이 흐드러지게 핀 약대 계단을 내려가던 미현이 별안간 나지막한 목소리로 노래하기 시작했다.

Les escaliers de la butte sont durs aux miséreux ;
가난한 이들에게 언덕의 계단들은 힘겹네

Les ailes des moulins protègent les amoureux.
풍차 날개가 사랑하는 사람들을 지켜주네

미현은 이 노래를 '깡통 언덕의 애가'라고 불렀다. 며칠 후 그 애가 그 노래를 다른 샹송들과 함께 카세트테이프에 담아주었다. 그 애가 준 두 번째 카세트테이프였다. 그 두 테이프는 군복무를 다녀오고 몇 번인가 이사 다니는 사이 어디로 사라져버렸다. 하지만 이따금 혼자 노란 나트륨 가로등 켜진 골목길을 걸을 때마다, 함께 녹음된 LP 음반의 지직대는 먼지소리와 함께 그 노래가 내 머릿속에서 아직도 절로 재생되곤 한다.

40. 사관과 신사

우리는 문자 그대로 '만났다'. 매일 아침 중앙도서관 열람실에서 '만났다'. 그 학기의 중간고사 기간이 그리 행복했던 건, 시험기간이라는 핑계 덕에 학교에서 '만나는' 것 이외 달리 할 수 있는 일이 없었기 때문인지도 몰랐다. 선택할 수 있는 여지가 많아지는 순간, 자유가 생기는 순간 나는 어찌할 바를 몰랐다. 자유라는 건 그저 내게 아무런 책임이 없다고 생각할 때나 좋은 것이었다.

중간고사가 끝나던 날 나는 무엇을 어떻게 해야 할지 몰랐다. 나는 인문대 앞 평행봉에서 운동하는 시늉을 하며 미현이 나타나기를 기다렸다. 철우가 철봉에 매달린 채 내게 물었다.

"미현이랑 어디 갈 거냐?"

"글쎄, 모르겠다."

"무서운 영화 보러 가지 그래?"

"무서운 거?"

철우는 키들대면서 공포영화가 얼마나 남녀의 신체접촉 가능성을 크게 높여주는지 설명했다. 나는 짐짓 퉁명스레 내뱉았다.

"아, 그런 사이 아니여."

철우는 철봉에서 내려 바닥에 놓았던 가방을 들어 털더니 그 안에서 오려낸 신문 쪽지를 꺼내 내게 내밀었다.

"사관과 신사 봐라. 요즘 이게 제일 유명하다."

철우가 건넨 영화광고에는 극장 이름과 주연배우 이름, 그리고 상영시간이 깨알처럼 적혀 있었다. 심지어 그 작은 지면에 버스번호까지 적혀 있었다.

"이거 여자애들이 좋아할까?"

"당연하지. 포스터만 봐도 감 오지 않냐?

철우는 가방을 매며 어깨를 으쓱했다.

"고맙다!"

"고맙긴. 난 간다. 재밌게 놀다 와라."

나는 가방을 매고 신문지 조각을 쥔 채 사범대 쪽 경사로를 오르기 시작했다. 먼 발치에 미현이가 보였다. 미현이는 무언가 종이 조각을 들여다보고 있었다. 나와 눈이 마주치자 미현이 수줍게 웃었다.

"시험 잘 봤어?"

"아유, 몰라… 쓰긴 다 썼는데, 제대로 쓴 건지."

미현이는 언제나 그러는 것처럼 엄살을 부리며 콧등을 찌푸리고 웃었다. 나는 미현에게 신문광고 오린 종이를 내밀며 말했다.

"이 영화 보러 안 갈래?"

"어머!"

미현이 내가 내민 광고를 보자마자 탄성을 지르더니, 자기가 쥐고 있던 종이 조각을 내게 보였다. 그 애가 쥐고 있던 것도 사관과 신사 광고였다.

나는 그 영화를 제대로 이해하지 못했다. 해군에 왜 조종사가 필요한지도 몰랐고, 사관생도들이 그렇게 힘든 훈련을 해야 하는 이유도 납득하지 못했다. 우리 세대는 거의 모든 정보를 학교에서 접했다. 매체도 부족했고 오락거리도 부족했다. 학교에서 습득한 지식은 대개 너무 단편적이어서 무용지물이 되기 일쑤였다. 역사 시간에 배운 태평양전쟁이나 2차대전 같은 건 극히 추상적인 몇 개 문장으로 압축됐고, 그나마도 우리는 더 압축해서 핵심단어와 숫자만 암기했다. 미국 해군의 함대가 어떻게 구성되는지, 항공모함이 어떻게 운영되는지, 전투기 조종사가 어떻게 양성되는지 호기심이나 관심을 가질 기회마저 없었다. 나는 그 영화 주인공들의 성격은 고사하고 줄거리조차 제대로 이해하지 못했던 것 같다.

장래를 함께 한다는 약속도 없이 쉽게 육체관계를 맺으면서 – 두 사람이 잠자리를 함께 하는 부분은 물론 검열에서 삭제됐다 – 아무런 고뇌나 후회도 보이지 않는 건 특히 더 이해하기 어려웠다. 그런데, 거기에 '신사(紳士)'라는 말을 붙이다니. 어쩌면 싸구려 같기도 한 서구식 신데렐라 스토리의 할리우드식 변형은 내 가치관으로는 납득하기 어려웠다. 리처드 기어가 연기한 사관생도 캐릭터에게 무엇이라고 형용하기 어려운 열등감을 느낀 것도 사실이었다.

나는 아주 어린 나이 때부터 '일부종사(一夫從事)'라는 유교적 아포리즘을 절대적 진리로 간주하고 있었다. 여자들이 결혼 전까지 '순결'할 수 있도록 돕는 것이 남자의 중요한 의무라고 생각하도록 나는 배웠다. 사람들은 마치 아무도 성행위를 하지 않는다는 듯 말하고 행동했다. 사춘기 이후 청소년들에게 성행위란, 대합실이나 여객터미널 공중화장실 벽에 온갖 쓰레기 같은 하류층들이나 기리는 지저분한 판타지였다. 어린 시절 나는, 혼자 성행위를 상상하거나 떠올릴 때마다 지저분한 공중화장실에서 맡았던 그 지독한 분뇨 냄새를 나도 모르게 함께 떠올리곤 했다.

많은 남자애들이 여자의 순결을 '지켜주기 위해' 자기 여자친구가 아닌 사창가 여자들과 첫 경험을 한 것도 그렇게 기이하게 왜곡된 성 관념 때문이었다. 그리고 그것은 마치 성인식을 무사히 치렀다는 듯이 묘하게 자랑스러운 일이었다. 입영전야나, 20세 생일 모임처럼 의미 깊은 날은 의례히 '총각 딱지' 떼는 날이었다. 비행(非行)을 통해 무리 내 서열을 재확인하고 유대감을 다지기 위한 어린 남자 무리들의 의식(儀式)이기도 했다. 개인적이고 비밀스러워야 할 자신의 육체적 욕망을 타의 반, 자의 반으로 타자화하고 희화화해서 웃어넘길 일로 만드는 과정에서 아이들은 소속감을 느끼는 모양이었다.

극장을 나왔을 땐 저녁 여섯 시가 조금 넘은 시간이었다. 길가 식당들이 풍기는 음식냄새가 거리에 가득했다. 영화를 보는 내내 느꼈던 긴장감 때문인지, 평소보다 더 허기지고 피곤했다. 하지만 어디에 가서 무엇을 먹어야 할지 알 수 없었다. 미현이 말했다.

"밀크셰이크 먹고 싶어!"

밀크셰이크라니, 이건 또 무슨 소리인가? 나는 당황했다. 물어봐야 하나? 아는 척하면서 떠봐야 하나? 미현이 내게 물었다.

"소공동 롯데리아 가봤어?"

"아니, 안 가봤는데…"

"나도 전에 엄마하고 백화점 갔을 때 지나쳐 보기만 하고 한 번도 안 가봤어. 여기서 걸어가긴 좀 멀고, 차 타고 가자니…"

"안 비싸냐, 거기…?"

미현이 방긋 웃으며 대답 대신 말했다.

"극장 표는 네가 샀으니까, 롯데리아에선 내가 살게!"

우리는 버스정류장 쪽으로 걷기 시작했다. 울퉁불퉁하게 대충 얹어 놓은 보도블록을 밟고 미현이 휘청댔다. 얼른 손을 뻗어 미현의 허리를 잡았다. 미현이 살그머니 손을 뻗어 제 허리를 감은 내 손을 잡았다. 좋으면서도 곤혹스러웠다. 그 애의 모습, 냄새, 감촉 하나하나가 그냥 견디기엔 너무나 심한 자극이기 때문이었다. 내 욕망은 사회적 금기를 이겨낼 만큼 강하지 않았다. 고작해야 나 스스로를 괴롭힐 정도밖에 되지 못했다.

41. 서울대 3대 바보

중간고사가 끝나자 학교는 다시 뒤숭숭해졌다. 강의시간 이외에 아이들은 각자 속한 서클이나 학회로 뿔뿔이 흩어졌다. 학과 모임은 유명무실했다. 학과공부에 관심 있는 아이들은 과대표나 학년대표를 하지 않았다. 대개는 운동권에서 활동하는 아이들이 자신들의 존재감을 과시하고 아이들을 장악하기 위해 과대표나 학년대표 선거에 기꺼이 나서서 당선됐다.

서클이나 학회도 비슷했다. 본인이 원하기보다는 주변 선배나 친구들의 강권에 못 이겨 나가기 시작하는 경우가 대부분이었다. 특히나 1학년 때 학점을 잘 못 받아 원하던 과에 들어가지 못한 아이들은 학과공부에 마음을 붙이지 못하고 소속감도 없었다. 그런 아이들은 적극적으로 후배들을 모집하고 다니던 선배들의 좋은 표적이었다.

그들은 공부 외에는 별로 해본 것도, 할 줄 아는 것도 없는 순진하고 어수룩한 아이들의 마음을 잘 조작할 줄 알았다. 그들은 우리의 콤플렉스를 본능적으로 파악하고 있었다.

우리는 어릴 때부터 까닭 없이, 아무 잘못도 하지 않았음에도 '공부만 잘하면 뭐 해, 인간이 되어야지'라는 말을 수도 없이 들었다. 사람들은 '공부를 잘한다'가 '착하지 않다'와 서로 배반사건이기라도 한 듯 기회가 닿을 때마다 이 말을 되뇌었다. 항변해봐야 어른들에게 말대꾸한다는 죄목만 늘어날 뿐이라, 우리는 직접 우리의 삶을 통해 그렇지 않다는 걸 입증해야 했다. 쉬운 일은 아니었다. 언제나 빠른 결과에 급급했던 우리는 착하다는 게 무엇인지 생각해보기도 전에 착하게 보일 궁리부터 했다. 그것이 우리가, 아니 내가 선배들의 강권을 못 이겨 별로 관심도 없었던 서클과 학회에 이리저리 끌려 다녔던 이유였는지도 모른다.

중간고사가 끝난 다음 주 어느 날 오후, 나는 과 아이들과 사회대와 인문대 사이 통로 부근 양지 바른 곳에서 우유팩을 차고 있었다. 여자아이들 몇 명이 재잘대며 우리를 구경했다. 도서관 앞 아크로폴리스에서 아이들 십여 명이 모여 확성기에 대고 독재타도를 외치는 소리가 들려왔다. 미현이는 여자애들 사이에 끼어서 짐짓 철우를 응원하는 척하고 있었다. 내가 막 팩을 놓치고 돌아서는 순간 낯선 목소리가 들렸다.

"오랜만이다!"

고개를 들어보니 국문학과 선태와 지훈이 둘둘 말린 종이뭉치를 들고 있었다. 내가 꾸벅 인사하자 그들은 인사를 받고 나서 바로 옆 화단 경계석에 앉았다. 팩차기는 곧 끝났다. 철우 편이 승리의 함성을 질렀다. 선태가 들고 있던 담배꽁초의 재를 손가락으로 쳐내며 내게 말을 건넸다.

"야, 이성식 왜 이렇게 보기 힘드냐?"

아이들이 인사 대신 자주 되뇌는 이 말은 참 이상했다. 문장 자체로는 아무런 비난이나 힐책의 의미가 없다. 그러나 이 말이 연장자나 선배 입에서 튀어나오는 순간, 특히나 나처럼 사회의 위계질서에 길들여진 아이들은 즉각적으로 무언가 잘못한 게 있다는 느낌을 받고 위축되곤 했다. 정기적으로 선배들이나 연장자들의 안부를 묻고 인사하러 다니기라도 해야 하는데 그 의무를 다하지 못한 듯한 그런 이상한 죄책감이었다.

뭐라고 변명해야 한다는 생각은 들었지만 딱히 떠오르는 핑계가 없었다. 조금 떨어진 곳에서는 미현이 눈을 동그랗게 뜨고 날 쳐다보고 있었다. 선태는 여자애들 쪽을 힐끔 보며 자리에서 일어나 들고 있던 종이뭉치에서 몇 장을 꺼내 나에게 한 장 건네고, 다른 아이들에게도 나눠주기 시작했다. 축제 행사 안내문이었다.

아이들은 그 전단을 그냥 구겨버리거나 하지 않았다. 건네준 사람 얼굴을 봐서, 혹은 몸에 밴 모범생 기질 때문에 대부분이 잘 접어 잠시나마 간직했다. 미현도 그 전단 제목과 서두 부분을 읽어보더니 잘 접어 자기가 늘 갖고 다니던 공책 사이에 끼워 넣었다. 모든 인쇄물이나 복사물이 상대적으로 귀하던 그 시절, 우리는 거의 모든 인쇄물이나 복사물에는 어떤 권위와 신빙성이 있다고 생각한 것 같다.

서울대학교에는 '서울대 3대 바보'라는 오래된 농담이 하나 있었다. 첫째가 '고등학교 때 전교 1등했다고 자랑하는 놈'이었고, 둘째가 '택시 타고 와서 교문에서 내리는 놈', 그리고 마지막은 '축제 때 여자친구 데려오는 놈'이었다.

서울대 축제는 다른 대학 축제와 많이 달랐다. 술 마시고 남녀가 짝 지어 춤추고 게임하며 노는 행사는 적어도 공식적으로는 없었고 그나마도 규모가 크지 않았다. 서울대의 축제 행사들 거의 대부분에는 '세미나', '심포지엄', '학술발표', '토론회', '포럼'과 같은 이름이 붙었다. 그리고 그런 행사의 상당수가 마르크스주의 사회학이나 마르크스주의 미학 등 마르크스주의적 관점을 소개했다. 거기서 벗어나는 다른 모든 관점들은 자연스레 수구적, 파쇼적, 자본주의적, 제국주의적인 것으로 간주됐다.

여학생들을 '자체조달'할 수 없던 사내아이들이 이화여대나 숙명여대까지 나가 수없이 미팅을 하며 겨우 만나기 시작한 여자애들을 그런 지루하고 심각한 자리에 데려갈 이유가 없었다. 그것은 서울대 안에서 몰래 '만나는' 여자친구에게도 적용되리라는 게 내 생각이었다. 나는 바보처럼 보이고 싶지 않았다.

42. 회피

축제 기간 사흘 동안은 휴강이었다. 때문에 아예 학교에 나오지 않는 아이들도 더러 있었다. 축제가 시작되기 전날 나는 미현에게 말했다.

"학교 올 거지? 오다가다 보게 되면 보자."

미현은 실망한 표정을 감추지 못했다.

나는 절대 해소될 가능성이 없어 보이는 그 팽팽한 성적 긴장감에 지치기 시작했던 것 같다. 우리가 '만나기로' 한 이후 한동안은 한 시라도 그 애가 눈에 안 보이면 죽을 것 같았다. 그러나 한 달 정도 지나면서 나는 조금씩, 그 애가 내 시야에서 사라졌을 때 차라리 마음이 더 편하다는 걸 알았다. 조금이라도 그 애를 만져보고 싶어서, 조금이라도 더 그 애

몸에 가까이 닿고 싶어서 안달복달하는 나 자신이 초라하고 못나게 느껴졌기 때문이다.

어쩌면 나는 문제해결을 미루고 싶었을 것이다. 어릴 때부터 나는 어려워 보이는 문제는 속히 외면하라고 배웠다. 포기해야 한다면 되도록 빨리 포기하고 해결할 수 있는 문제에 집중하라고 반복해 주입됐다. 그런 태도는 시험문제를 풀 때만이 아니라 일상생활, 그리고 더 나아가 중대한 문제에서도 똑같이 적용됐다. 학교에서 아이들 눈에 띄지 않고 미현과 함께 다니는 건 어려운 문제였다. 미현과 하루 종일 붙어 다니면서 성적인 충동을 느끼지 않는 건 어려운 정도가 아니라 해결이 불가능한 문제였다.

축제 첫 날을 보낸 후, 버스에 오르는 그 애에게 나는 말했다. 내일 아침에 출발할 때 전화할게. 그리고 다음날 아침 나는 별안간 모든 것으로부터 회피하고 싶어졌다. 그 애를 보고 싶은 만큼이나 하루 종일 내 지질한 욕망과 싸워야 하는 상황이 싫었다. 전화하는 것조차 부담이었다. 전화벨이 울릴 때마다 그 애의 아버지나 어머니가 받을까 봐 조마조마한 것도 싫었고, 그 때마다 최대한 예의를 갖춰 사소한 거짓말을 해야 하는 것도 싫었다. 나는 공중전화부스 앞에서 잠시 망설이다 그냥 버스정류장으로 향했다. 어쨌든 학교에 가면 오가다 만나게 되리라 생각하고, 아무 생각도 하지 않으려 애쓰며 그냥 학교로 향하는 버스에 올라탔다.

학교에 도착했지만 미현의 모습은 보이지 않았다. 과룸에서 한참을 서성인 후에 비로소 전날 구체적으로 약속잡지 못한 걸 후회하기 시작했다. 공중전화부스로 내려가 미현의 집에 전화했다. 미현 또래로 들리는 낯선 목소리의 젊은 여자가 전화를 받았다. 가정부 같았다. 그녀는 미현이 집에 없다고, 학교에 갔을 거라고 전했다. 전화를 끊고 돌아서는 한순간 가슴에 구멍이 뚫린 듯 허전했다. 그러나 십 분도 채 안 되어 묘한 해방감이 슬금슬금 밀려들어왔다.

나는 과룸에서 만난 우리 과 다른 남자아이들과 함께 경사진 교내도로에 설치한 '국어국문과 주점'에서 막걸리를 마시기 시작했다. 학교 안에서 주점을 열어 술을 파는 건 극히 일부 학과뿐이었다. 교수들 대부분은 질색하며 막았다. 어떤 단과대학 교수들은 혹시라도 그런 짓을 하면 전공필수과목에 전원 F를 주겠다고 으름장을 놓았다는 소문도 들었다.

얼마나 마시고 떠들었는지 모르겠다. 어떤 아이가 내민 기타를 들고 지난 겨울방학 내내 연습했던 더스트 인 더 윈드(Dust in the Wind)를 목 놓아 불렀던 걸 기억한다. 그리고 더 이상 기억이 나지 않았다.

정신을 차렸을 때는 화곡동으로 향한 버스 안이었다. 시계를 보니 열한 시가 넘어 있었다. 머리가 깨질 것처럼 아팠다. 나는 국어국문학과 아이들이 주점 간이 간판에 걸어 놓았던 문구를 기억했다. '포천에서 공수해온 우리 쌀막걸리'. 아이들은 수입한 곡물로 만든 막걸리는 마시면 두통이 오지만, 국산 쌀막걸리는 절대 그런 일이 없다고 호언장담했다.

비로소 국어국문학과 주점에서 선태와 지훈을 만나서 함께 녹두거리에 갔던 것이 기억났다. 녹두거리에 모두 몇 명이 갔는지, 어디서 무엇을 더 마셨는지는 잘 기억나지 않았다. 그저 기억나는 건 노래를 많이 했다는 것, 내 어머니 또래의 주점 주인여자가 급기야는 좀 조용히 해달라고 사정했다는 것, 처음으로 두 대 연속 줄담배를 피워봤다는 것, 꽁초를 술집 바닥에 버리고 밟아 끄면서 어쩐지 통쾌한 기분이 들어 낄낄댔다는 것 정도였다. 그리고 나는 미현을 생각했다. 별안간 심장이 오그라드는 기분이었다.

집 앞 정류장에서 내리자마자 옆 공중전화부스로 뛰어 들어갔다. 수화기를 들고 첫 다이얼을 돌리려는 순간 시계를 보았다. 거의 자정이었다. 남의 집에, 그것도 사내애가 여자애 집에 그 시간에 전화한다는 건 있을 수 없는 일이었다. 하는 수 없이 몸을 돌려 공중전화부스에서 나오는 순간 토사물이 발에 밟혔다. 그 시절 밤길에는 언제나 토사물이 보였다. 유흥가는 물론 주택가도 매한가지였다. 공중전화부스에 취객들의 소변 냄새가 진동하는 일이 허다했고, 이따금 인분을 보는 일도 그리 드물지 않았다.

사람들은 취하지 않으면 살 수 없다고들 했다. 내 아버지도 술에 취하면 늘 그렇게 외치곤 했다. 뭐여? 술 좀 작작 처먹으라고? 이놈의 세상을 우치게 지 정신으로 살라는겨? 돌이켜 생각해보면, 취하지 않으면 살 수 없었던 건 세상 탓이 아니었다. 내 탓이었다. 술에 취해 제대로 기억조차 나지 않던 몇 시간 동안 내 몸은 한 번도 미현이를 그리워하지 않았다. 심지어 내 머리조차 미현의 존재를 까맣게 잊고 있었다. 내 아버지를 포함해 수많은 사람들이 거의 매일 술에 취해 살았던 건 그저 해결할 수 없는 문제를 잠시라도 잊기 위해서였다. 내가 미현을 보는 것도, 안 보는 것도 힘들어 술에 취해 버렸던 것처럼.

그러나 그렇게 술에서 반쯤 깨기 시작하자 또 다시 미친 듯이 그 애가 보고 싶었다. 울어도 된다면 목 놓아 울고 싶은 심정이었다. 너무나 애절해서 심장이 아팠다. 흉강이 무너지는 것만 같았다. 창자가 꼬이는 것만 같았다. 그 순간 미현의 손을 잡고 한 번만 입맞출 수 있다면 세상 그 무엇도 필요 없을 것 같았다. 당장이라도 반포 그 애의 집으로 달려가고 싶었다.

하지만 나는 그런 작은 일탈조차 하지 못하게끔 길들여진 유약하고 비겁한 수컷이었다. 나는 한숨을 몰아쉰 후 천천히 내 방이 있는 외숙모의 집으로 걸어갔다. 밤바람이 점점 더 차가워지고 있었다. 그 애의 부재가 너무나 고통스러웠던 그날 밤, 나는 내 감정에 처음으로 사랑이라는 이름을 붙였다.

43. 여성혐오의 미학

전날 어디 있었냐는 내 질문에, 그 애가 전화 너머로 대답했다.

"너 과룸에 안 보이기에 미학과 포럼에 갔었어."

미현의 대답을 듣고 비로소 나는 여자친구를 서울대 축제에 데려가는 걸 바보짓이라고 하는 농담의 어폐를 깨달았다. 나는 태연한 척 다시 물었다.

"언제부터 언제까지? 나 계속 인문대 쪽에 있었는데."

"오후 네 시 정도에 끝났어. 끝나고 미학과 애들이 봉사리에서 술 산다고 해서 거기 따라갔어."

나는 화가 치밀어 오르며 얼굴이 확 달아올랐다. 나도 모르게 목소리가 커졌다.

"뭐? 미학과에 남자들뿐인데 거길 따라갔다고?"

미현이는 낮은 목소리로 으르듯 대꾸했다.

"지금 네가 한 말, 굉장히 모욕적으로 들려."

내 뇌가 방금 들은 말을 처리하기도 전에 내 혀가 먼저 반응했다.

"그게 왜 모욕이야? 그럼 여자가 밤 늦게 남자들이랑 쏘다니는 게 좋은 거야?"

수화기 너머에서 잠시 아무 소리도 들리지 않았다. 전화가 끊긴 게 아닌가 하고 되물으려는 순간, 미현이 크게 한숨을 내쉬는 소리가 들렸다. 그리고 미현은 또박또박 끊어 말했다.

"응. 모욕이야."

그리고 미현은 설명했다. 일단 넌 날 자기 몸 하나도 방어하지 못하는 저능아로 간주했어. 그리고 두 번째로 넌 나한테 단지 여자라는 이유로 전근대적인 도덕 기준을 들이댔어. 셋째로 넌 네가 알지도 못하는 미학과 아이들을 아무 때나 아무 여자한테나 집적대는 발정난 짐승 같을 거라고 추정했어.

반박할 수가 없었다. 무슨 말을 해야 할지 알 수 없었다. 그저 입학 후 어머니가 언제나 농담 반, 진담 반으로 되뇌던 말만 떠오를 뿐이었다.

'서울대 나온 여자들은 시건방져서 못 쓴다. 혹시라도 서울대 여자애 색시로 데려올 생각은 말어.'

내가 아무 말도 하지 않자 미현이 독촉했다.

"사과해."

그 한 마디는 나를 더욱 더 당황하게 했다. 내가 살던 세계에서 '미안하다', '사과한다', '고맙다' 같은 말은 그저 텍스트로만 존재할 뿐, 그 말들을 실제 입 밖으로 내는 일은 드물었다. 식당을 나서며 '감사하다'는 고사하고 '잘 먹었다'고 말하는 사람조차 찾기 어려웠다. 버스에서 발을 밟으면 '미안합니다' 하고 말하는 대신 모르는 척 딴전을 피웠다. 좁은 길에서 걷다 서로 어깨가 닿으면 '죄송하다' 대신 서로 아래 위로 흘겨보았다. '실례합니다' 같은 말은 사어(死語)나 다름없었다. 어른들은 말했다. 먼저 잘

못 했다고 인정하면 지는겨. 사과라는 건 본래의 뜻을 잃고 서열이 낮은 사람이 서열이 높은 사람에게 보이는 복종의 표시가 되어 있었다.

침묵이 흘렀다. 미현이 먼저 입을 열었다.

"못 하겠으면 이만 끊자."

순간 머릿속이 부글부글 끓어오르는 듯 화가 치밀었다. 미현의 태도가 너무 무례해서 더 이상 견디기 어려웠다. 나는 대답도 없이 수화기를 쾅 소리가 나도록 내려놓았다. 학교에 가기 싫었다. 집으로 돌아가려고 발걸음을 옮기는데, 한순간 파란 하늘에 연녹색 가로수 이파리가 눈에 들어왔다. 5월이었다. 학교 캠퍼스에 벚꽃이 지고 한창 애기사과꽃이 피어날 때였다. 시험공부를 마치고 도서관에서 나와 걷던 언덕길, 계단을 내려가기 전 언제나 약속이라도 한 듯 미현과 손을 잡고 입을 맞추던 그 자리가 그리웠다. 나는 마음을 고쳐먹고 몸을 돌려 버스정류장으로 향했다.

축제 마지막 날의 학교는 평소보다 훨씬 더 어수선했다. 건물과 건물 사이 통로마다 아이들이 꽉 차 있었다. 나는 혹시라도 미현이 보이지 않을까 싶어 두리번거렸지만 그 애는 보이지 않았다. 일단 과룸으로 가보았다. 아이들 십여 명이 앉거나 서서 하릴없이 시간을 때우고 있었다. 아이들은 이상하게 잔뜩 들떠 있었다. 금요일이었고, 축제의 마지막 날이라 그런 모양이었다. 나는 82학번 한 명을 잡고 물어봤다.

"다른 애들 못 봤냐?"

"다 자기 서클서 놀겠지, 뭐."

나는 문득 이번 학기 들어 한 번도 클래식기타 서클을 찾지 않았음을 기억했다. 불현듯 영규가 보고 싶었다. 내게 스케일 훈련을 시켜주던 정수도 잘 있는지 궁금했다. 서클룸에 가봐야겠다는 생각에 나는 건물에서 나와 학생회관 쪽으로 걷기 시작했다. 빈 벽마다 이런저런 전단지와 포스터가 어지럽게 붙어 있었다. 오월의 항쟁, 그날의 진실, 깨어나라 분노하라… 1학년 때부터 줄곧 봐온 그 어둡고 침울한 격문들은 따뜻하고 밝은 오월의 햇살과 대비되어 어느 때보다 더 비장하고 진실되게 보였다.

도서관 아래 통로에 막 접어들자 아크로폴리스 쪽에서 스피커의 찡음이 들렸다. 공연이 있는 모양이었다. 스피커에서 '끼익'하고 귀를 찢는 잡음이 잠시 나더니 가라앉았다. 그리고 곧 기타소리와 함께 익숙한 멜로디가 들렸다. 알베니즈의 아스투리아스, 작년 서클에서 누군가가 늘 연습하던 그 곡이었다. 무대 위 연주자를 보았다. 지질학과 돌돌이 선배였다. 그리고 무대 앞쪽에서 기타를 들고 자기 차례를 기다리는 낯익은 얼굴들이 보였다.

순간 어제부터 나를 사로잡던 심한 외로움을 잊고 말았다. 클래식기타의 기본도 모르던 나에게 기본을 가르쳐주던 정수, 틈만 나면 마음 둘 곳 없는 신입생들을 끌고 녹두거리에 나가 국밥과 막걸리를 먹이던 영규의 뒷모습이 보였다. 기타를 산다며 떠들썩하게 함께 몰려다니던 낙원상가도, 인사동의 누추한 민속주점도 그리웠다. 여자애들 눈치 볼 필요 없이 담배를 피고 음담패설을 주고받던 그 실없는 순간들이 그리웠다.

나는 무대 근처로 가만히 걸어가 연주를 듣기 시작했다. 낯선 남학생 한 명이 다가와 내게 프로그램을 건넸다. 제목엔 '83년도 화현회 정기공연'이라 적혀 있었다. 나는 자리를 잡고 앉았다. 무대 근처에 정수가 보였다. 정수와 눈이 마주치는 순간, 나도 모르게 활짝 웃으며 손을 들어 흔들었다.

44. 퇴행

클래식기타 서클에는 여자애들이 적었다. 그런 분위기를 남자애들은 '양기탱천(陽氣撑天)'이라 일컬었다. 모두 틈만 나면 여자 얘기였다. 몇몇은 자기 여자를 얻을 수 있다면 섶을 지고 불에 뛰어들기라도 할 듯이 떠벌렸다. 그러나 딱 거기까지였다. 막상 여자애들이 서클에 들어오면 남자애들은 긴장했다. 성적으로 긴장하는 것도 피곤했고, 여학생을 사이에 두고 갈등하는 것도 힘겨웠으며, 여학생 두어 명 때문에 사내애들만의 고유한 장난과 농담을 포기하고 싶지도 않았다. 여자애들은 대개 오래 버티지 못했다. 외모나 성격 모두 남자애들과 별반 다를 게 없는 그런 여자애들만 오래 견뎠다. 그런 애들도 결코 다른 남자애들과 완전히 섞이지는 않았다.

내 또래 남자애들은 마치 한배에서 태어난 강아지들처럼 언제나 툭탁댔다. 싸우는 건지 노는 건지 분간하기 어려웠다. 끊임없이 옥신각신하고 농담을 주고받고, 끊임없이 경쟁심을 느끼고 서열을 가늠했다. 어차피 모든 게 강아지들의 장난 같아서, 어쩌다 뜻하지 않게 상대방의 기분을 상하게 하거나 하더라도 정말로 큰 잘못을 저지르지 않은 이상 굳이 말로 사과하거나 말로 해결할 필요가 없었다. 그저 옆에 와서 등 한 번 두들기거나 술잔 한 번 부딪히면 대개의 갈등은 풀렸다.

연주회가 끝났다. 기타와 보면대를 챙기던 몇 명의 선배들이 나를 알아보고 활짝 웃었다. 내가 다가가자 한 명이 내 어깨를 쳤다. 또 한 명이 내 등을 쳤다. 또 다른 한 명이 팔로 내 목을 감고 목 조르는 시늉을 했다. 야, 이 새끼, 살아있었구나. 가서 막걸리나 한 잔 하자! 그 동안 왜 안 왔냐고 묻지도, 무심하다고 힐난하지도 않았다. 우리는 키들대며 각자 기타와 보면대 같은 장비를 들고 서클룸이 있는 학생회관 쪽을 향했다. 나는 다시 '성팔이'라고 불렸다. 이름 한 글자를 '팔'로 바꿔 부르는 건 친근하고 격의 없는 사이임을 과시하는 행동이었다.

왁자지껄 떠들며 학생회관 쪽을 향한 계단을 내려가는데 대여섯 명의 아이들이 대자보 붙은 외부계단 아래에서 나와 내 쪽을 향해 올라오는 모습이 보였다. 가슴이 덜컹 내려앉는 것 같았다. 미현이는 항상 그랬다. 아무리 군중 속에 묻혀 있어도 항상 제일 먼저 눈에 띄었다. 청바지에 헐렁한 웃옷을 입고 있어도, 텔레비전 드라마 속 어린 식모처럼 머리를 질끈 묶고 있어도 무리 중에 오직 그 애만 눈에 띄었다. 게다가 그 때 그 무리에 여자라고는 미현밖에 없었다. 나도 모르게 멈춰 섰다.

미현은 나와 눈을 마주치는 순간 표정이 굳었다. 하지만 발걸음을 멈추지 않고 그대로 나를 지나쳤다. 나는 잠깐 멍하니 서 있다가 황망하게 서클 아이들을 따라 내려갔다. 아이들이 물었다. 야! 아까 걔 봤냐? 쟤가 걔잖아. 누군데? 불문과 소피 마르소 몰라? 야, 피비 케이츠겠지! 아, 난 또 불문과라기에 소피 마르소인 줄 알았네. 9점. 난 8. 그 때 누군가 크게 외쳤다.

"10!"

영규였다. 영규는 짐짓 심각한 표정을 지으며 나를 흘겨보았다.

"성팔아, 너 작년에 쟤랑 소개팅 해준다고 하지 않았냐?"

"아, 아니, 그게…."

"왜? 네가 작업 중이냐?"

"아, 아니, 아니요."

"그럼?"

"전에 한 번 물어보긴 물어봤는데, 물어보니까, 싫다고…"

몇 번 더 장난처럼 나를 윽박지르더니 영규가 탄식했다.

"하…. 나를 한 번 만나보면 도저히 저항할 수 없는 이 매력에 푹 빠져들 텐데. 공주님이 내게 기회를 허락하지 않으시는구나."

아이들이 왁자하게 웃음을 터뜨렸다. 나는 미현과 함께 가던 남자애들이 누굴까 생각하느라 웃지도 못했다. 막 서클룸에 도착해서 짐을 내려놓고 서클룸 한 구석에서 막걸리를 가져와 내놓는 순간 나는 나도 모르게 중얼댔다.

"아 씨! 미학과 새끼들인가?"

놀란 한 82학번 아이가 내 등을 치며 옆에 앉았다.

"와 또? 미학과 제비새끼들이 또 뭘?"

내가 반문했다.

"뭐? 미학과 애들이 제비냐?"

"제비가 몇 마리 있다고 들었다. 쪽수도 얼마 안 되는 아아들이 막 폼나는 말 해싸면서 여자애들 잘 후리고 다닌다 카데."

"내 그럴 줄 알았다."

"와 그라는데?"

"암 것도 아니여."

"그 제비들한테 니 좋아하는 가스나라도 뺏깄나?"

"… 그런 거 아니여."

내 앞에 빈 일회용 종이컵을 던지며 영규가 외쳤다.

"성팔아! 미학과 제비들로부터 내 소피 마르소 잘 지켜라!"

아이들이 왁자하게 웃으며 영규를 타박했다. 형, 피비 케이츠라니깐요? 영규는 계속해서 익살을 피우며 아이들의 잔을 채워주기 시작했다. 하지만 나는 미현에 대한 불안감에 어제의 숙취까지 겹쳐 술이 넘어가지 않았다. 아이들이 미현 이야기를 농 삼아 떠벌리는 것도 싫었다. 나는 속이 아프다는 핑계로 곧 자리에서 일어났다. 내가 일어서자 영규는 젓가락을 두들기며 구호처럼 외쳤다. 소-피! 마르소! 소-피! 마르소! 아이들이 또 다시 왁자하게 웃었다. 피비 케이츠라니까요? 정수가 내게 외쳤다. 다음주에 보자! 그란 발스 하기 전에 손도 풀고, 스케일도 다시 해야지!

스케일이라는 말에 나는 깨달았다. 클래식기타 연주라는 건 꼭 연애 같았다. 남들이 하는 걸 볼 때는 그저 좋아만 보여 막연히 선망한다. 그러나 한 곡을 연주하기 위해 수많은 시간을 남몰래 지리하고 힘겨운 연습에 할애해야 했다.

1983년도 식의 위선적 연애는 그보다 더 나빴다. 나는 인문대학에서 가장 예쁘다고 생각하던 여자애에게 먼저 '만나자'는 말을 들었다. 그 순간은 우쭐했다. 내가 아무런 노력하지도 않고 그 애를 얻은 게 자랑스러웠다. 하지만 거기까지였다. 그 애는 훈장처럼 자랑할 수도 없었다. 남몰래 만나야 했고, 그 만남은 문자 그대로 만남뿐이었다. 스무 살도 채 되지 않은 젊은 사내에게 그건 고문이나 다름없었다.

남자들에게 여자란 딱 두 가지, 성녀 아니면 창녀였다. 단 한 번이라도 성경험이 있다면 그 순간 그 여자애는 '몸 버린 여자'라 불렸다. 영화나 드라마 같은 대중문화에나, 어머니가 이모들과 숙덕대는 뒷담화에나 온통 그렇게 '몸 버린' 여자들이 진정한 사랑을 만나지만 그들의 '과거' 때문에 결국 사랑을 이루지 못하고 불행해진다는 이야기들이 차고 넘쳤다. 우리는 여자의 처녀성을 지켜줘야 한다고 배웠지만, 우리의 몸이 그 교훈을 생리학적으로 준수하는 건 불가능에 가까웠다.

나는 남들은 다 잘 참고 잘 사는 줄 알았다. 시도 때도 없이 밀려드는 부끄럽고 창피한 욕망 같은 거, 남들에겐 없는 줄 알았다. 어느새 나는 남들 다 잘 조절하는 그깟 육체적 욕망조차 주체 못 하는 나 자신을 멸시하고 혐오하고 있었다. 미현에 대한 욕망이 커질수록 나 자신에 대한 혐오도 커져만 갔다.

나는 잠깐 주춤대다 일단 서클룸을 나왔다. 미현이 어디 있는지 찾고 싶었다. 도서관 쪽으로 뛰어가는데, 본부건물 앞 잔디밭 뒤에서 꽹과리와 징 소리가 요란하게 울려왔다. 이삼백 명 정도로 보이는 아이들이 함성을 질렀다. 아이들이 든 플래카드 위에 민주, 항쟁, 출정, 규명, 촉구, 진실과 같은 낱말들이 두서없이 눈에 띄었다. 그 아이들은 꽹과리 장단에 맞춰 열을 지어 교문 쪽을 향해 서서히 행진하기 시작했다. 다른 아이들은 계단 위나 발코니 위에 서서 그 모습을 내려다봤다. 잠시 멍하니 서 있던 나는 인문대 쪽으로 달음질쳤다.

45. 어여쁜 너의 젖가슴

나는 숨을 헐떡이며 미현이 갈 만한 곳을 이리저리 돌아다녔다. 건물도 몇 채 되지도 않는 인문대가 그렇게 크고 넓게 느껴질 수 없었다. 30분 이상 헛되게 돌아다니다 문득 미대 조소과 앞 등꽃이 늘어진 퍼골라가 생각났다. 중간고사 기간에 미현이 말했었다. 등꽃이 피면 여기 오자. 여긴 인문대 아이들도 거의 없고, 미대 애들은 우릴 모르니까. 그 때 되면 날씨도 따뜻하고 정말 좋을 거야. 나는 조소과 건물 쪽으로 다시 달리기 시작했다. 교문 앞으로 나가는 아이들의 함성이 저 멀리서 꿈결처럼 들려왔다.

미대 건물 앞 계단을 오르는데 별안간 가슴이 먹먹하도록 향긋한 냄새가 대기를 가득 채우기 시작했다. 모퉁이를 돌자 퍼골라가 보였다. 주변에는 조소과 아이들의 미완성 작품들이 마치 토막 난 사체처럼 흉물스럽게 팽개쳐져 있었지만, 퍼골라를 뒤덮은 덩굴 아래에는 미현이 말했던 대로 연보라 꽃송이들이 늘어져 견딜 수 없이 향긋한 냄새를 내뿜고 있었다. 그리고 그 아래 나무 벤치 위에 마르고 가냘픈 여자애가 혼자 앉아 있었다.

미현이었다.

그 순간 눈물이 핑 돌았다. 그 애의 모습을 먼 발치에서 발견할 때마다 내 몸에는 늘 전율이 일었다. 척추에 오한이 흐르고 이가 시렸다. 계단 수십 개를 한 걸음에 뛰어올랐음에도 그 전율은 어김없이 찾아왔다.

"미현아!"

주변에 다른 아이들이 없을 때면 우리는 서로를 이름만으로 불렀다. 나는 그 애에게 성식이였고, 그 애는 내게 미현이였다. 우리들의 이름 옆에서 가족을 상징하는 성(姓)이 사라지는 순간 우리는 그저 사랑에 빠진 어린 남녀였다. 그 애가 고개를 돌리고 나를 보았다. 그리고 방긋 웃었다. 나는 다시 달려가 그 애 앞에 섰다. 나는 다시 말했다.

"미안하다."

그 애는 희미한 미소를 띤 채 고개를 끄덕였다. 뭐가 미안한지, 뭘 잘못했는지 따지지 않았다. 우리는 말하지 않아도 서로 알아듣고 통해야 진짜 사랑이라는 미신을 믿고 있었다. 그 믿음을 증명하기 위해 우리는 서로 알아듣는 척, 서로 통한 척하고 살았다. 그게 미덕이었다.

나는 그 애 옆에 앉았다. 우리는 서로 손을 뻗어 서로의 손가락 끝만 조금 포갠 채, 조소과 아이들 서너 명이 나무로 만든 커다란 빈 틀 위에 누런 삼베를 감아 무언가 형태를 만드는 모습을 한동안 구경했다. 문득 멀리 교문 쪽 함성이 희미하게 들리더니 폭죽 터뜨리는 소리가 났다. 최루탄이었다. 미현이 고개를 돌려 나를 쳐다보며 방긋 웃으며 말했다.

"우리 갇힌 것 같다."

나도 어쩐지 웃음이 나왔다. 우리는 키들거리며 자리에서 일어났다. 최루탄 냄새를 덜 맡으려면 교문에서 최대한 멀리 떨어진 곳으로 피해야 했다. 인문대 쪽으로 내려가자 아이들이 웅성대며 어찌할 바를 모르는 모습이 보였다. 사범대 쪽도 그리 한산하지는 않았다. 노천극장으로 갔다. 거기선 아이들 스무 명이 자리를 차지하고 앉아 막걸리 병들을 앞에 두고 고래고래 소리지르며 노래하고 있었다. 잔디밭을 가로질러 한참을 걸었다. 천문대를 지나자 순환도로 건너 숲 앞에 작고 양지바른 빈터가 보였다. 우리는 어느새 손을 잡고 있었다. 길을 건너 빈터 안으로 들어갔다. 좀 더 걷자 빈터 안쪽에 아주 작은 연못 같은 저수지가 보였다.

멀리서 희미하게 함성소리와 최루탄 소리가 이따금 들릴 뿐, 주변에서는 아무런 소리도 들리지 않았다. 어디에 아까시꽃이 핀 모양인지 바람이 불 때마다 희미한 향기가 밀려왔다. 미현이 내 위팔에 손을 댔다. 한참을 걷고 뛴 후 간신히 진정시킨 심장이 다시 미친 듯 뛰기 시작했다. 나는 몸을 돌려 힘껏 미현의 작은 몸을 안았다. 미현의 머리칼에서 샴푸냄새와 흙먼지 냄새가 함께 났다. 우리는 곁에 있던 바위 위에 앉았다. 그리고 나는 아주 서툴고 거칠게 미현의 입술을 물고 빨기 시작했다. 마침내 내가 손을 뻗어 그 애의 셔츠 단추 하나를 풀었을 때 그 애는 나를 막지 않았다.

그날 나는 그 애의 가슴을 처음으로 보았다. 그 애의 가슴을 보는 순간 나는 그만 잠시 굳어버렸다. 그 애의 가슴은 너무나 하얗고 보드라워 보였다. 이 세상 것 같지 않았다. 구름 같기도 했고, 능직 비단 같기도 했다. 내가 본 그 어떤 자연물에도, 그 어떤 회화나 조소에도 그 촉감과 빛깔을 빗댈 수 없었다. 나와 눈이 마주치자 그 애는 두 뺨이 새빨갛게 달아 생긋 웃었다.

나는 더 이상 견디지 못하고 그 보드라운 가슴에 얼굴을 묻었다. 순간 머릿속엔 오로지 신림사거리에서 본 여관 간판들뿐이었다. 그런 곳은 얼마나 하지? 깨끗할까? 병균 같은 건 없을까? 그러나 그런 숙박업소가 매춘의 장소라는 생각 역시 떨쳐버리지 못했다. 그런 곳에 미현을 데리고 갈 수는 없었다. 그런 곳에서 첫 경험을 할 수는 없었다.

얼마나 시간이 지났는지 해가 뉘엿뉘엿해지기 시작했다. 높은 산으로 둘러싸인 캠퍼스는 언제나 다른 곳보다 일찍 어두워졌다. 내 욕망을 절대 해소할 수 없다는 걸 깨닫자 별안간 맥이 빠졌다. 나 자신이 초라하게 느껴졌다. 나는 몸을 돌리고 심호흡을 했다. 미현도 흐트러진 옷매무새를 가다듬었다. 우리는 빈터에서 나와 순환도로를 따라 걷기 시작했다.

저 멀리 잔디밭에 사내애들 몇 명이 보였다. 나는 얼른 미현의 손을 놓고 외쳤다.

"지금 정문으로 나갈 수 있어요?"

한 아이가 대답했다.

"못 나갈 걸요? 열렸더라도 지금 내려가면 매워서 죽어요."

우리는 기숙사 쪽으로 내려가기로 하고 발걸음을 재촉했다. 미현이 다시 내게 손을 뻗었다. 나는 반사적으로 그 손을 뿌리쳤다. 미현이 발걸음을 멈추더니 쏘아붙였다.

"왜? 애들이 볼까 봐? 지금 누가 본다고 그래?"

"그런 거 아니야…."

나는 차마 사실대로 말할 수가 없었다. 그 애의 손을 잡으면 다시 내 몸에서 반응이 올 테고, 그러면 걸어다니기 힘들고 민망한 상황이 올 터였다. 하지만 그걸 도저히 내 입으로 설명할 수가 없었다. 미현은 숨을 몰아쉬고 앞장서서 걷기 시작했다. 순환도로를 벗어나 기숙사로 향하는 길로 접어드는 순간 최루탄 냄새가 날아왔다. 미현의 발걸음이 느려졌다. 나는 발걸음을 재촉해 미현의 곁으로 다가갔다. 미현의 얼굴이 눈물로 얼룩져 있었다.

"왜 울어?"

"우는 거 아니야!"

미현이 울먹이면서 쏘아붙였다.

"최루탄 때문이야!"

46. 원죄

기숙사를 지나 남부순환도로까지는 꽤나 멀었다. 한 무리의 아이들이 몸에 최루탄 냄새를 잔뜩 묻힌 채 기숙사 쪽으로 달려갔다. 날은 완전히 어두워졌다. 지난해 어느 봄날 그 애의 향기를 찾기 위해 달려갔던 근대화슈퍼도 여전했고, 지난해 국문학과 학생대표였던 선태의 자취방 가는 골목도 그대로였다. 그 자리에 돌아가보니 눈 깜짝할 사이 지나가버린 지난 일 년이 까마득한 옛날처럼 느껴졌다. 그리고 그 애가 손에 닿지 않아 애절했던 시절도 그만 먼 옛날 같았다.

그 아득한 추억 때문에 잠시 나는 내가 아주 늙어버린 듯한 기분에 빠졌다. 나는 손을 뻗어 그 애의 손을 잡았다. 미현은 뿌리치지 않았다. 낙성대 길에는 건물도 인적도 거의 없었다. 바람이 불었다. 저 너머 언덕에서 아까시 향기가 파도처럼 밀려왔다. 발걸음을 멈췄다. 나는 주저하며 미현의 어깨에 손을 얹었다. 미현이 고개를 숙였다. 잠시 침묵이 흘렀다. 또 한 번 아까시 향기가 쏴아아 밀려왔다. 미현이 입을 열었다.

"있잖아, 나….."

나는 침을 꿀꺽 삼켰다. 그 애 입에서 무슨 말이 나올지 전혀 짐작이 가지 않았다. 미현이 머뭇대다 마침내 한숨을 쉬며 털어놓았다.

"죄책감이 들어."

"죄책감?"

미현은 고개를 들더니 힘겹게 말을 이었다.

"다른 애들이 저렇게 싸우고 있는데… 나는….."

끝까지 들을 필요도 없었다. 학교에 입학하면서부터 선배들에게 수도 없이 듣던 말이었다. '학우들이 민주주의를 위해 저렇게 투쟁하고 있는데, 지금 학점 따위가 문제냐?' '우리도 뭔가 해야 하지 않아?' '졸업정원제는 전두환이 너희를 학점의 노예로 옭아매려고 만든 거야!' 시위나 학회 등에 적극적으로 참여하지 않는 아이들은 자기들도 모르는 사이에 조금씩, 조금씩 그들이 강요하는 집단 죄의식에 빠져들고 있었다.

우리 모두는 꼭 씻어야 할 원죄를 짊어지고 있었다. 서울대에 입학할 수 있을 만큼 유리한 조건에서 양육되고 교육받은 죄였다. 우리가 서울대에 입학한 것은 우리 개개인의 능력이나 노력 덕분이 아닌, 우리가 태어날 때부터 갖고 있던 환경적 우위와 유전적 요인 덕분이라고 선배들은 말했다. 우리는 불공평한 경쟁에서 특혜를 누렸을 뿐이었다.

그 죄를 조금이라도 씻기 위해서는, 혹은 특혜를 환원하기 위해서는 사회현실에 참여해야 한다고 선배들은 말했다. 이따금 학교를 그만 두고 ─ 혹은 제적당하고 ─ 공장에 들어가 노동운동을 하는 선배들의 이야기가 영웅담처럼 이어져 내려왔다. 우리는 그들을 입고 있는 옷 외에 아무것도 소유하지 않고 말씀을 전파하러 떠난 예수 그리스도의 사도들로 여겼다. 그들의 용기는 경이로웠다. 골수 운동권 아이들만의 생각이 아니었다. 그저 옆에서 지켜만 보고 있던, 어쩌다 선배들의 강권에 못 이겨 '학회'나 '스터디'라는 데를 몇 번 나가본 평범한 아이들 대부분이 그렇게 생각했다.

때문에 우리는 불안했다. 기타를 치고 놀면서, 신촌까지 나가 이화여대 아이들과 미팅을 하면서, 이따금 종로나 강남에 나가 나이트클럽에서 취해 놀면서도 불안했다. 그런 학회나 스터디 모임에서 주워들은 말들이 혹시나 그들과 같은 세속에 감춰진 진리의 말씀이면 어떡하나 싶었다. 그러나 학회의 선배들이나 우리들이나, 논리학이나 철학시간에 배운 기초적인 논증을 그 '비서(祕書)'에 나온 '말씀'에 적용해 비판할 생각은 감히 하지 않았다. 세상의 초등 학문으로 절대자의 말씀을 해석하려는 것은 무의미할 뿐 아니라 불경한 일이었다.

그래서 나는 미현에게 무어라 대답해야 할지 몰랐다. 나는 어렸다. 미현에겐 감췄지만 나는 그 애보다 정확히 한 살 어렸다. 아버지는 나를 한 해

일찍 학교에 보내기 위해 생일을 4개월 앞당겨 신고했다. 자식이 한 해라도 일찍 학교를 마치고 밥벌이를 시작하는 게 바람직하다고 다들 생각했기 때문이다. 같은 나이면 대개 사내애들보다 성숙해 보이는 여자애들 앞에서 내가 언제나 모자라고 초라하게 느껴졌던 것도 무리가 아니었다. 나는 특히 내 생각과 감정을 언어로 표현하는 데 굉장히 미숙했다. 시를 쓰고 싶다는 생각을 한 건 내게 재능이 있어서가 아니었다. 내 생각과 감정을 표현할 줄 아는 능력이 그만큼 절실했기 때문이었다.

나는 우물우물하며 아무런 말도 하지 못했다. 언제나 그랬다. 말하는 쪽은 거의 미현이었다. 미현은 또 한참 자기 감정을 토로했다.

"나는 한국문학도 잘 모르는데, 불문학을 하는 게 무슨 소용일까? 불어학을 할 생각도 해봤는데, 과연 이 땅에서 그게 무슨 의미가 있는지 솔직히 잘 모르겠어. 불어불문학과라는 학과 이름부터 굉장히, 뭐랄까, 할 일 없어 보이지 않아? 오늘도 교문에서 저렇게 애들이 투쟁하는데, 자기들 즐거움도 포기해가며 저렇게 투쟁하는데, 우린 숨어 다니기만 했잖아. 너랑 있는 거 좋으면서도 뭔가 마음에 걸려. 우리가 만나는 거 그냥 소모적인 도락이 아닐까? 우린 그저 데카당한 즐거움에 빠져 현실을 보지 못하고 있는 게 아닐까? 어떻게 하면 좋은지 모르겠어."

나는 잠자코 듣기만 했다. 그 애가 물었다.

"넌 어떻게 생각해?"

곤혹스러웠다. 차라리 옛날 철학자가 뭐라고 했는지 물어보든지, 그 책에 무어라 적혔는지 물어보는 게 나았다. 미현이 채근했다.

"말 좀 해봐."

"글쎄…."

"그냥 네 생각을 말해 보라고."

미현은 자꾸만 재촉했다. 재촉하면서 또 자기 이야기를 덧붙였다. 어느덧 나는 미현이 하는 말의 핵심이 무엇인지 잊어버렸다. 또 다시 미현이 재촉하자, 불현듯 상상하지도 못했던 말이 내 입에서 튀어나왔다.

"그러면, 각자….

"응?"

"각자 시간을 따로 갖고… 생각해보는 시간을 갖자."

순간 나는 가로등 그늘 아래 어둠 속에서도 미현의 표정을 읽을 수 있었다. 커다랗게 뜬 두 눈은 자기 귀를 의심하는 것 같았다. 벌어진 입술은 당장이라도 내가 방금 한 말의 부적절함을 매섭게 성토할 것만 같았다. 순간 그 애가 무서웠다. 나는 정말 그 순간 아무런 생각도 없이 그 말을 뱉았다. 그건 그저 수없이 들어온 수사(修辭)적 표현이었다. 아무런 의미 없이, 마치 국민학생이 뜻도 모르고 애국가 가사를 외워 부르고 국민교육헌장을 암송하는 것과 유사했다. 내가 12년 동안 학교를 다니며 했던 그대로.

나는 미현의 표정을 보고서야 비로소 내가 뱉은 문장의 '각자', '따로', '생각'이라는 어휘가 무슨 뜻으로 읽혔는지 깨달았다. 나는 허둥대기 시작했다.

"아, 그게, 우리가 아직 너무 어리고…."

"어리다고? 만 스무 살이면 법적으로 성년이야."

"우리가 너무 서두른 것 같기도 하고…."

"서둘렀다고? 너 일 년 동안 나 지켜봤다고 말하지 않았어?"

"공부도 해야 하고…."

"너 지난번에 말했잖아. 대학 와서 지금까지 이렇게 공부 열심히 많이 한 적 없다고."

미현은 내 어머니의 표현을 빌자면 '꼬박꼬박 사내한테 말대꾸하는 여자애'였다. 당혹감에 내 얼굴이 달아올랐다. 창피했다. 고작 계집애한테 말싸움에서 지고 쩔쩔매는 내 꼬락서니가 부끄러웠다. 나는 고개를 돌리며 내뱉었다.

"그만하자."

미현이 분연히 쏘아붙였다.

"뭐? 그만하자니?"

"이런 쓸데없는 말다툼 그만하자고."

"그럼, 각자 시간 두고 생각하자는 말은?"

"아니, 그게…."

조금 전 했던 말들이 다시 거의 똑같은 패턴으로 오갔다. 나는 지치기 시작했다. 마침내 나는 인정했다. 단지 지치고 피곤하고, 계속해서 그 애에게 입씨름에서 지는 게 힘들어서 인정했다.

"그래, 각자 따로 시간 갖고 생각하자. 내가 말한 그대로."

미현은 나를 잠시 노려보더니 몸을 돌려 걷기 시작했다. 나는 10미터쯤 뒤처져 그 애 뒤를 따랐다. 마침내 버스정류장에 도착한 미현은 처음 온 버스에 올라탔다. 나는 그 애가 버스 안 사람들 사이로 몸을 숨기는 모습을 멍하니 지켜보았다.

잘 가, 하고 인사하지도 못했다.

47. 세계의 조망(眺望)

천국 같던 내 학교생활은 별안간 나락으로 떨어졌다. 하루하루, 매 순간이 힘들었다.

아무 것도 손에 잡히지 않았다.

아무 것도 생각할 수 없었다.

처음 일주일 동안은 수업 때마다 제일 늦게 들어가 문간에 앉았다 제일 먼저 튀어나왔다. 강의가 비는 시간엔 인문대 아이들이 보이지 않을 만한 장소에 혼자 앉아 시간을 보냈다. 대개는 클래식기타 서클룸에 앉아 영규의 노래를 듣거나, 서클의 공용 기타를 들고 마지 못해 스케일 연습하는 시늉을 하며 얼렁뚱땅 시간을 때웠다. 마치 반쯤 잠든 듯 언제나 무기력하고 노곤했다.

날씨는 날이 갈수록 더워지고 있었다. 날이 따뜻하다는 건 여자애들에겐 기말고사가 다가왔다는 의미였고, 남자애들에겐 밤새 술 마시기 좋다는 의미였다. 나는 여자애들과 어울려 대화하는 일이 거의 없었지만, 이따금 여자애들 속 대화에서 미현의 이름이라도 들리는 때면 가슴이 철렁 내려앉는 것만 같았다. 그럴 때면 늘 안 듣는 척 딴청을 하며 귀를 쫑긋 세우며 미현에 대한 새로운 정보를 수집했다.

여자애들은 미현이를 싫어했다. 그들은 미현의 등 뒤에서 그 일거수일투족을 비판했다. 어린 시절을 프랑스에서 보낸 미현이의 적극적이고 활달한 태도는 '나댄다'고 표현했고, 무언가 잘못된 게 있으면 결코 그냥 넘어가지 못하는 성격은 '잘난 척한다'고 표현했다. 언제나 생긋생긋 웃는 태도는 '꼬리친다' 한 마디로 요약됐다. 그런 '불여우'가 불어 발음이 좋다는 이유로 조교들과 교수들에게 귀여움 받고, '쁘띠 부르주아'처럼 잘 차리고 다니는 덕분에 어디를 가나 단연 남자들의 눈길을 사로잡는다는 사실을 그 애들은 못 견뎠다. 미현은 점점 여자애들에게 따돌림당하고 있었다.

어느 날 미현이는 그 길던 머리를 자르고 학교에 나타났다. 한 여자애가 미현에게 말을 건네는 게 들렸다.

"프랑스에서 할 거 다 해봤어도 짧은 머리는 못 해봤나 봐? 유산계급의 여유야?"

농담을 빙자한 가시 돋친 그 말에 미현이는 반응하지 않았다. 강의실 구석에 앉아 있던 나는 미현이 앉은 쪽을 돌아보지도 못한 채, 저수지 옆에 숨어 어루만졌던 그 애의 긴 머리칼이 사라져 가슴 아플 뿐이었다.

기말고사가 일주일 앞으로 다가온 어느 날 밤, 나는 화곡동 외숙모 집앞 공중전화부스에서 큰 용기를 내어 다시 미현이 집에 전화를 했다. 미현의 어머니가 받았다.

"미현이 아직 집에 안 들어왔는데. 전화 거는 친구는 누군가요?"

"아, 예, 전 과 친구입니다."

"과 친구인 건 알아요. 이름이 어떻게 되죠?"

나는 심호흡을 하고 대답했다.

"이성식입니다."

"아, 성식군."

미현의 어머니는 목소리를 낮추더니 소곤소곤 이야기를 시작했다. 미현이가 요즘 집에 늘 늦게 들어와요. 서클 때문이라는데, 혹시 어느 서클인지 알아요? 모른다는 대답에 미현이 어머니가 덧붙였다. 술도 마시는 것 같아서 걱정이에요. 이상한 서클이면 큰 일인데, 철우한테 물어도 모르겠다고 하네요. 성식군이 좀 알아봐 줄 수 있나요? 나는 그러겠다고 대답했다. 미현에게 말을 걸 좋은 핑계였다.

하지만 다음날 미현은 어디에도 보이지 않았다. 강의에도 들어오지 않았고, 과룸에도 보이지 않았다. 미학과 과룸까지 가봤지만 찾을 수 없었다. 나는 결국 철우를 붙잡고 축제 마지막 날의 일을 털어놓았다. 철우는 크게 한숨을 쉬더니 중얼댔다.

"야, 이 바보야, 내가 그렇게 밀어줬는데…."

나는 그동안 애써 미뤄왔던 고통을 한꺼번에 느끼기 시작했다. 그 애가 그날 중으로 내 눈에 띄지 않으면 당장 죽기라도 할 것만 같은 고통이었다. 오후 네 시쯤 됐다. 포기한 나는 법대 쪽으로 터덜거리며 걸어가고 있었다. 그 순간 기적처럼, 신축 건물 공사장 옆에 미현이가 맞은편에서 내 쪽으로 걸어오고 있었다. 그 애는 모르는 얼굴의 아이들 대여섯 명에게 둘러싸여 웃고 있었다. 한 아이가 농담이라도 했는지 아이들이 한꺼번에 웃음을 터뜨렸다.

머리칼을 잘랐어도, 사내애같이 헐렁한 옷을 입었어도 그 애는 여전히 빛났다. 나는 걸음을 멈췄다. 웃음을 잔뜩 머금은 그 애의 눈이 내 눈과 마주쳤다. 그냥 지나치려는 그 애에게 황급히 말을 걸었다.

"잠깐, 정미현, 잠깐 얘기 좀 하자."

함께 가던 아이들이 일제히 나를 바라보았다. 여자애는 미현을 포함해 두 명이었고 나머지는 모두 남자애들이었다.

"뭔데? 말해."

"아, 어디 좀 가서…."

경계하듯 지켜보던 남자애들이 피식 웃었다. 내가 미현이를 따라다니는 숱한 남자애들 중 하나로 보인 모양이었다. 미현이는 일행에게 먼저 가라고 눈짓했다. 나는 미현이와 함께 법대 건물 그늘 쪽으로 갔다. 오후 햇살이 제법 따가웠다.

"할 말이 뭔데?"

언뜻 마주 본 미현은 무어라고 말할 수 없이 복잡한 표정을 짓고 있었다. 나는 그 표정이 무엇을 의미하는지 몰라 당황했다. 나는 그저 준비했던 말을 꺼냈다.

"서클 애들이야?"

미현은 대답하지 않았다. 나는 재차 물었다.

"무슨 서클이야?"

미현이 어깨를 으쓱하며 쓴웃음을 지었다. '너랑 무슨 상관이야?'라고 말하는 것 같았다. 나는 순간 의기소침해졌지만 생각해둔 말을 그대로 뱉었다.

"어제 너희 집에 전화했는데, 어머니께서 걱정하시더라."

"뭐? 왜?"

"어머니께서 너 매일 늦게 들어온다고, 무슨 서클 하는지 궁금해하시더라."

미현은 어깨를 으쓱했다.

"네가 무슨 상관이야?"

나는 민망해졌지만 다시 물었다.

"아까 걔들 같은 서클이야? 무슨 서클이야?"

"서클 아니야. 그냥 스터디 모임이야."

"무슨 스터디?" 친구

"미학연구회."

"아니, 거긴 왜 자꾸 나가?"

미현이 측은하다는 듯 나를 빤히 바라보았다. 나는 재차 물었다. 미현이 입을 열었다.

미학은 전공자들만의 것이 아니야. 우리가 언어학을 전공하지 않아도 언어를 사용하는 것처럼 우리 모두는 날마다 예술을 접하고 살아. 그런데 진정 가치 있는 예술이 뭔지 모르면 우리는 예술로 둔갑한 프로파간다에 희생되기 마련이야. 지금까지 사람들은 세상을 우물 안 개구리 같은 관점에서 세상을 보고 세상의 극히 일부 보기 좋고 듣기 좋은 것만 표현하면서 그걸 예술이라고 불렀어. 그런 건 부르주아들의 편협하고 퇴폐적인 예술이야. 감각을 만족시킨다는 점에서 예술보다 외설에 가까워. 예술의 목적은 감각적 쾌락이 아니라 세상의 진실을 탐구하고 그 모형을 제공하는 데 있어. 그러려면 이전과 다른 시각과 관점으로 세계를 바라봐야 하고. 세계의 다수를 차지하는 민중의 시각으로 세계를 조망하지 않는 건, 세상의 진실에서 동떨어진 가짜 예술이야. 난 그런 데 대해 공부하고 싶은 것뿐이야.

미현은 마르쿠제니, 알튀세니 하는 유명인들의 아포리즘을 인용하지 않고도 자기가 하고 싶은 말을 할 수 있는 애였다. 나는 아무 대꾸도 하지 못했다. 미현은 덧붙였다.

"불문학이든, 국문학이든, 민중예술이든, 미학과 무관한 건 없어."

여전히 나에겐 아무런 할 말도 없었다. 한두 살 많은 동기 여자애들을 볼 때마다 치밀어 오르던 지질하고 못난 열등감만 다시금 고개를 들고 올라왔을 뿐이었다. 차라리 입을 다물었으면 좋았을 텐데, 나는 바보 같은 질문을 하고 말았다.

"이상한 데 정말 아닌 거지?"

미현이 웃음을 터뜨렸다. 채 웃음을 그치기도 전에 몸을 돌리더니 대답도, 인사도 없이 일행이 사라진 길 쪽으로 달리기 시작했다. 6월 초순의 오후 햇살은 눈을 똑바로 뜰 수 없을 만큼 찬란했다. 달려가서 그 애 손목을 잡고 싶었다. 그리고 아직 끝난 거 아니라고, 이제 시작이라고 말하고 싶었다. 그러나 그러기엔 내가 너무 어리석고 자만했다. 한참 시간이 지난 후 나는 알았다. 그날 나는, 기울어진 오후 햇살 속에서 발랄하게 달려가는 그 아이의 모습보다는 실연의 그늘에서 힘겹게 어깨 늘어뜨린 나 자신의 처연할 모습을 더 사랑했다는 것을.

1986

48. 용병(傭兵)의 위수지역

2년 반 만에 찾은 학교는 많이 변해 있었다. 사회대학 근처에는 큼직한 건물 몇 채가 새로 지어져 본부건물 쪽 시야를 가로막았다. 보도도 새로 났고, 없던 주차장도 보였다. 2월 하순, 잔디도 나무도 모두 아직은 황달 앓는 병자처럼 누렇게 말라붙어 있었다. 수강신청하러 온 아이들이 간간이 눈에 띄었지만 학교는 쓸쓸했다. 아이들이 나를 힐끔힐끔 쳐다보았다. 누군가 나를 보고 수군대는 소리가 들렸다.

카츄샤다.

아이들은 카투사(KATUSA)라는 말을 러시아 창녀의 이름처럼 발음했다. 또 다른 아이가 입꼬리를 일그러뜨리며 들으라는 듯이 큰 소리로 외쳤다.

양키 용병!

학교 분위기는 무거웠다. 아직 개강 전인데 대자보와 플래카드가 여기저기 붙어 있었고, 그 문구들도 전보다 더 과격했다.

1983년 여름방학에 나는 휴학계를 내고 카투사 시험준비를 시작했다. 나는 또 운이 좋았다. 입대영장 나오기 전까지 얼마든지 제한없이 카투사 시험을 반복해서 치를 수 있었다. 나는 별다른 준비도 하지 않은 채로 두 번 시도 끝에 카투사 시험에 합격했다. 영어로 말하기는 고사하고, 읽고 이해하는 사람조차 턱없이 부족했기에 얼마든지 가능한 일이었다. 하지만 나는 내가 운이 좋다고 생각하지 않았다. 우리 학교에는 방위병이 되어 18개월만 복무하는 애들이 부지기수였다. 고도 근시같이 사소하다면 사소한 건강문제로 면제되는 아이들도 드물지 않았다. 도무지 알 수 없는 이유로 면제를 받고, 비결을 알려 달라는 친구들에게 그저 웃기만 하고 시원하게 대답하지 않는 아이들도 흔했다. 알고 보면 그런 아이들의 아버지는 내 아버지와 비교도 할 수 없이 높은 직위의 공무원이거나 군 장성들이었다.

인구구성으로 볼 때 우리는 베이비부머들이었다. 입대 차례를 기다리는 아이들은 남아돌았다. 입대영장 발급이 지체되면서 수많은 사내애들이 젊은 날의 귀한 시간을 허비했다. 나는 카투사에 합격한 덕분에 입대영장도 얼른 받을 수 있었다. 12월 중순 논산훈련소에서 내 군대생활이 시작됐다. 내 생애 다시없을 혹독한 겨울 두 달을 논산에서 보낸 후 마침내 평택의 부대에 배치 받았다. 부대에서는 아직 운전면허조차 없는 나에게 한 달 동안 트레일러 화물트럭 운전을 가르쳤다.

운전을 배우며 나는 세상에 존재하는지도 몰랐던 기상천외한 욕도 함께 배웠다. 그리고 곧장 운전병으로 투입되어 거대한 트레일러 트럭을 평택항에서 전국 미군부대로 운반했다.

내 짧은 영어회화 실력은 카투사 복무에 아무런 문제도 되지 않았다. 카투사 시험에 합격했다고 영어를 구사할 수 있는 건 결코 아니었다. 문법 용어나 관용어를 파편적으로 암기하는 것만큼은 누구 못지 않게 잘하던 나 같은 아이들도, 막상 그 문법과 어휘 실력을 발휘해 말을 하려고 하면 한 문장도 제대로 못 하는 경우가 대부분이었다. 아는 단어를 대충 나열하는 것조차 힘들었다. 카투사 시험을 도대체 어떻게 합격했는지, 뇌물을 쓰거나 아는 사람의 힘을 써서 들어온 걸로 추정되는 아이들까지 고려하면 내가 그나마 괜찮은 축에 속할 정도였다.

군에 있는 동안 대학 동기들과 연락은 거의 끊어졌다. 처음엔 철우와 같은 과 애들 몇 명이 간간이 편지를 보내줬지만, 사내들끼리 편지로 할 말은 그리 많지 않았다. 게다가 우리의 가장 큰 화젯거리였던 여자애들, 특히 미현에 대한 이야기를 피하다 보면 더더욱 할 말이 없었다. 철우는 내가 훈련소를 떠나던 날 평택으로 찾아왔다. 신고식 후 면회 때 철우는 내 눈치를 살피며 조심스레 전했다. 미현이, 남자친구 생긴 것 같더라. 나는 짐짓 태연하게 대꾸했다. 그래, 걔 얼굴에 남자가 안 꼬이면, 그게 이상한 거지. 철우는 걱정스레 물었다. 너, 괜찮으냐? 그리고 얼마 후 철우도 입대했다. 그리고 포천 부근에서 18개월 방위병으로 복무했다.

전역하는 순간까지도 나는 운이 좋았다. 내 말년휴가는 학교 수강신청 기간과 맞아떨어졌다. 내가 대학생이 아니었다면, 그래서 문무대와 전방에 입소하지 않았더라면, 나는 27개월만에 전역하는 대신 다른 고졸 아이들처럼 30개월을 꽉 채워서 전역했을 터였다.

내가 곧장 복학하겠다고 했을 때 어머니는 대뜸 탄식했다.

"힘들게 뭘 하러 벌써 복학을 하니? 집에서 좀 쉬었다가 2학기 때 복학하지. 나중에 여름에 졸업하게 되면 졸업식도 제대로 안 해주는 거 아니니? 남들이 한 학기 유급했다고 생각하는 거 아니니?"

그 때 나는 아마 태어나서 처음으로 어머니에게 큰 소리를 냈던 것 같다.

"그게 무슨 상관이에요? 내가 유급 안 하면 그만이지, 학교를 남들 보여주려고 다녀요?"

어머니도 성을 냈다.

"너 왜 안 하던 짓을 하니? 어쩌자고 감히 에미 앞에서 큰 소리야?"

나는 물러서지 않았다.

"어머닌 늘 그래요. 남들이 어떻게 하나, 남들이 뭐 하나, 남들이 어떻게 생각하나, 그저 입만 열면 남, 남, 남… 아니, 그리고, 학교가 힘들긴 뭐가 힘들어요? 평택에서 대구까지 매일 화물차 왕복 운전하는 것보다 힘들어요? 학교에서 누가 나한테 쌍욕을 해요, 아니면 손찌검을 해요?"

나도 모르게 목소리가 커졌다. 어머니는 조금 기가 꺾인 듯했다.

"아니, 그게, 남들이 그러던데, 운전병이 제일 쉽다고…. 군생활 편하게 한다고…."

"또 남 얘기예요? 장교 승용차 운전이랑 화물차 운전이 같아요?"

"얘 좀 봐? 운전이 그게 그거지, 더 어렵고 말고가 어딨니?"

못 들은 체하고 있던 아버지가 어머니에게 외쳤다. 거, 애한테 무식헌 소리 좀 작작 혀! 옆에서 텔레비전을 보고 있던 할머니는 슬금슬금 눈치를 보며 당신 방으로 들어가 문을 닫았다.

이튿날 아침 일찍 나는 군복을 챙겨 입고 아침밥도 먹지 않은 채 고속버스터미널로 달려갔다. 혹시나 고속버스터미널에서 서성대는 헌병에게 걸려 트집이라도 잡힐까 몸을 사리며 고속버스를 잡아탔다. 나는 또 다시 운이 좋았다. 카투사에겐 대한민국 전역이 위수지역이었다.

거의 3년 만에 발을 디딘 관악캠퍼스는 처음 합격자 명단을 확인하러

왔던 그날처럼 을씨년스럽고 차가웠다. 군복을 입은 나 자신이 완전한 이 방인처럼 느껴졌다. 그럼에도 누렇게 잔디가 말라붙고 거뭇하게 말라붙은 나뭇가지가 황량한 캠퍼스를 보는 순간 왈칵 눈물이 나올 것만 같았다. 그렇게 도망치듯 뛰쳐나온 그 캠퍼스가 그렇게 한 시라도 빨리 보고싶을 만큼 그리울 줄은 정말 몰랐다.

머뭇대며 찾아간 불어불문학과 과룸에는 아이들이 모여 두터운 수강편람을 뒤적이며 수강신청서를 작성하고 있었다. 군복을 입은 '군인 아저씨' 모습이 생소한지 몇 명이 힐끗 쳐다보긴 했지만 아는 얼굴이 하나도 없었다. 과사무실 접수대로 갔다. 여직원 한 명이 나를 맞았다.

"이번에 복학해요?"

나는 그 뜻밖의 존대에 잠깐 당황했다. 직원들은 학생들에게 웬만해서 존대를 하지 않았다. 군복무 동안 키가 조금 더 크고 체격도 더 좋아져서 아이처럼 보이지 않아서 그랬을까? 나는 한편으로 우쭐한 기분을 느끼면서도, 또 한편으로는 혹시 내가 군복무 동안 너무나 늙어버린 게 아닌지 걱정했다. 그 때 문이 열리며 과사무실 안쪽에서 한 여자가 나왔다. 여자가 나를 보더니 반색했다.

"어머, 이게 누고!"

나는 멋쩍게 웃으며 그녀가 내미는 손을 잡았다. 하지만 이름이 기억나지 않았다. 내 당황한 표정을 읽었는지, 그녀가 과장되게 얼굴을 찌푸리며 외쳤다.

"어머, 어떡해? 군대 가면 선배도 잊어버리는 거가?"

다시 목소리를 듣자 겨우 생각났다.

81학번 김선영이었다. 녹두거리에서 시몬느 드 보봐르와 장 폴 사르트

르에 대해 이야기해줬던. 그 후로 오다가다 목례만 나누고, 두어 번 함께 자동판매기 커피를 마셨던 그 선배가 나를 기억하고 있었다. 내가 '선영 누나?' 하고 묻자 그녀가 까르르 웃었다. 나도 쑥스러운 미소를 지었다. 별안간 마음이 푸근해졌다.

49. 카페 드 플로르

복학신청서와 수강신청서를 제출했을 때는 이미 오후 늦은 시간이었다. 나는 약속했던 대로 선영의 대학원 연구실로 갔다. 문을 두드리자 선영이 안에서 대답했다.

"들어와요!"

연구실이라고 해봐야 대학원생 대여섯 명이 책상을 빽빽이 두고 앉아 각자 공부하는 장소에 불과했다. 개인용 컴퓨터는 아직 상용되기 전이었다. 한 컨에 프랑스 어 액센트를 입력할 수 있는 타이프라이터가 한 대 놓여 있을 뿐, 연구실이라고 해봐야 딱히 눈에 띄는 건 없었다. 누가 구했는지, 벽에 파리 지도가 한 장 붙어 있었다.

연구실에는 선영이말고 다른 여학생 두 명이 더 있었다. 두 명 모두 나와 같은 82학번이었다. 그 아이들은 나를 보고 반색했다. 나는 그 둘의 이름도 기억하지 못한다는 걸 깨닫고 또 다시 당황했다. 한 아이가 키득대며 말했다.

"이성식 얜 원래부터 여자들한테 통 관심이 없었어."

다른 아이가 끼어들었다.

"일편단심 정미현뿐이었지."

여자 셋이 동시에 까르르 웃었다. 얼굴이 화끈댔다. 현숙이라는 애가
웃으며 말했다.

"너 미현이랑 헤어졌다고 소문 났을 때 은근히 좋아한 여자애들 꽤 많
았다는 거, 알아?"

나는 애써 대수롭지 않다는 듯 대꾸했다.

"아니, 그게 왜 그렇게 소문까지 났냐…."

희정이라는 애가 내 팔을 툭 치며 말했다.

"너랑 헤어지고 미현이 완전 폐인 됐는데 어떻게 몰라?"

내 얼굴에서 웃음기가 가신 것을 봤는지, 선영이 희정이의 옆구리를 팔
꿈치로 찔렀다. 선영이 자리에서 일어나며 말했다.

"성식이도 왔고, 오늘 내가 한 잔 사야지?"

나는 당황했다.

"아, 저, 청주 돌아가야 하는데…."

희정이가 말했다.

"맞다. 너 집 청주지…. 너 군대 가기 전엔 어디서 지냈어?"

"그땐 화곡동 외삼촌 댁에서…."

"그럼 외삼촌한테 말씀드리고 하룻밤 신세 좀 지면 안 돼?"

옆에서 듣던 다른 여자애들도 거들었다.

"그래, 그럼 되겠네! 너도 참, 어떻게 당일치기로 서울 올 생각을 했니?"

나는 여자애들 등쌀에 떠밀려 공중전화부스로 갔다. 사람들은 중요한
전화번호 여남은 개쯤 늘 머릿속에 담아두고 살았다. 모두 다 집 전화만
쓰던 시절이니 기억할 번호가 많지도 않았다. 그래서 그런지 어떤 번호는
수 년이 지나도 머릿속에 고스란히 남아있곤 했다. 선임 병사가 팔로 툭

치기만 해도 절로 입에서 튀어나오던 관등성명처럼, 공중전화 수화기를 들 때마다 자동으로 떠오르는 번호는, 미현의 번호였다.

신호음이 들리는 동안 나는 불안했다. 몇 년 전 뇌졸중으로 쓰러진 이후 이런저런 합병증으로 고생하던 외할머니가 내가 입대한 지 일 년 만에 결국은 세상을 떠났다. 나는 더 이상 외삼촌 댁에 연락할 일이 없었다. 외숙모는 다행히 오랜만에 걸려온 내 전화를 반갑게 받았다. 그러면서 여자애들과 똑같은 말을 했다.

"어떻게 서울에 당일치기로 다녀갈 생각을 했니? 서운하게."

녹두거리로 향하는 버스 안에서 여자애들이 다른 아이들 소식을 전했다. 남자애들 중 절반 이상은 2학년을 마치고 입대했다. 그 중 18개월 단기사병들은 이번 학기에 많이 돌아온다고 했다.

이윽고 도착한 녹두거리는 몰라보게 바뀌었다. 선영이가 말했다.

"카페 드 플로르 갈까?"

"좋죠!"

내가 어리둥절한 표정을 지은 모양이었다. 희정이 까르르 웃었다. 선영이 어깨를 으쓱하면서 설명했다.

"새로 생긴 주점인데, 대학원생들이 자주 가는 바람에 애들이 그렇게 불러."

대학원생들은 여전히 녹두거리 근방을 카르티에 라탱이라고 부르고 있었다. 대학원생들은 스스로를 사르트르나 보봐르로 여기는 모양이었다. 진짜 카페 드 플로르는 파리의 지식인들이 모이던 장소였다. 불문학과 출신인 유명 시인과 동창회 뒤풀이를 했던 곳은 레두마고(Les Deux Magots)였고, 녹두거리 꼭대기에 위치한 작고 보잘것없는 사찰, 그러니까 절은 판테옹이라 불렸다. 판테옹이라는 말을 듣는 순간 나도 모르게 웃음이 터졌다.

카페 드 플로르는 녹두거리 큰 길에서 멀지 않았다. 그곳은 녹두거리의 흔했던 다른 주점들처럼 흙바닥인지 시멘트바닥인지 분간이 안 갈 만큼 더럽지도 않았고, 공사판 함바식당처럼 어수선하지도 않았다. 여학생들이 오자고 한 이유를 알 것 같았다. 여자애들은 국수를 시켰다. 나는 콩나물국밥을 주문했다.

여자애들은 국수를 먹으면서 연신 다른 82학번들의 소식을 전했다. 스무 명 남짓한 남자애들 중 절반 이상은 군복무 중이었다. 그 중에는 시력도 좋고 몸도 멀쩡해 보이는데 이런저런 지병을 이유로 병역면제를 받은 아이들 소식도 있었다. 재력과 의지가 있으면 불법으로 군대를 '빼는' 게 가능하다는 건 여자애들도 아는 모양이었다. 우리에겐 뇌물이라는 게 불의한 행위라는 인식조차 희박했다. 여자애들조차 그저 남들보다 한 발 앞서 가는 수단 정도로 생각하는 것만 같았다. 남자애들 중 다섯 명은 제적당하거나 자퇴했다. 나는 그 중 귀에 익은 이름을 듣고 깜짝 놀랐다.

"아니, 제적이요? 걔가 왜요?"

굳이 묻지 않아도 알 것 같았다. 인문계열에는 서울대 법대에 들어가지 못한 게 인생 최대의 실패인 아이들이 많았다. 어릴 때부터 조금이라도 공부를 잘하면 교사들이나 부모들이나 마치 입버릇처럼, 관용어처럼 아이의 적성이나 재능 같은 건 생각하지도 않고 뱉은 말이 있었다. 너는 서울대 법대 가야 한다, 갈 수 있다, 갈 거다, 가면 좋겠다. 전자공학과를 다니던 클래식기타 서클 선배가 생각났다. 전자공학과는 물리학과, 의예과와 함께 학력고사 합격 커트라인이 가장 높은 학과였다. 그런데도 그의 할아버지는 손자를 볼 때마다 공과대학 나와서 뭐 하냐고, 다시 시험 봐서 법대를 가야 한다고 타박한다고 했다. 누군가 서울대 법대나 경영대나 의대 아닌 다른 과에 다닌다고 하면 사람들은 곧잘 득의양양해져서 이렇게 물었다.

'법대 가기엔 점수가 모자랐나 봐?'

사람들은 그렇게 자기 콤플렉스를 우리같이 어수룩한 어린애들에게 투영했다. 덕분에 적지 않은 아이들이 법대 같은 '커트라인 높은 과'에 입학하지 못한 자신을 실패자로 보곤 했다. 학과공부보다 사법고시나 행정고시 공부에 더 몰두하는 아이들도 흔히 눈에 띄었다. 아예 학과공부를 손에서 놓고 학사경고를 연신 받아 제적당한 후 재입학하는 아이들도 드물지 않았다.

여자애들은 남자애들보다 잘 적응하는 편이었다. 여학생들의 대학진학률이 남학생들의 절반 정도에 지나지 않다 보니 상대적으로 타인들의 기대에 대한 부담도 적었다. 어학과 문학에 대한 흥미나 적성, 소질도 남학생들에 비해 전반적으로 높았다. 대학에 오는 여자애들 중 상당수는 중산층 이상 부유한 집안 출신이어서 졸업 후 당장 돈벌이를 해야 한다는 압박감도 적었다.

82학번 여자애들 대부분은 졸업했다고 했다. 대학원에 진학한 아이들 일곱 명 중 다섯 명이 여자애들이었다. 여자애들은 덧붙였다. 불문학과에 점점 남자애들이 줄어들고 있어. 86학번에는 여자애들이 더 많아.

국수를 다 먹은 선영이 키들대며 소주 한 병을 주문했다.

"아, 요 며칠 하도 마셔서 오늘은 좀 자제해야 하는데."

주인아주머니가 소주병과 함께 제대로 말리지 않아 물이 뚝뚝 떨어지는 소주잔을 가져왔다. 한 아이가 익숙한 손놀림으로 소주잔의 물기를 바닥에 탁탁 털더니 선영과 나에게 각각 내밀고 잔을 채웠다.

"제대 축하해!"

"건배!"

여자애들은 그 사이 술꾼이 다 되어 있었다. 두 잔을 연거푸 들이켠 선영이 물었다.

"미현이 소식은 좀 들었나?"

심장이 철렁 내려앉는 기분이었다. 내가 기억도 잘 나지 않는 여자애들을 굳이 따라나선 건 사실 미현의 소식을 듣고 싶었기 때문이었다. 나는 되도록이면 표정이 변하지 않으려 애쓰며 고개를 가로저었다.

"아뇨. 걘 잘 지내죠?"

여자애들이 서로 눈치를 봤다. 선영이 고개를 갸웃하면서 대답했다.

"글쎄, 뭐라고 해야 하나…"

50. 중독

나는 극심한 두통에 잠이 깼다. 정신은 간신히 들었지만 전신이 마비된 듯 몸을 움직일 수가 없었다 한동안 몸을 뒤척이기 위해 안간힘을 썼다. 소용없었다. 몸을 뒤척이는 건 고사하고 눈조차 뜨기 힘들었다. 마치 두개골에 금이라도 간 듯 아팠다. 아무 생각도 할 수 없었다. 그럼에도 무엇 때문인지 눈을 뜨고 정신을 차려야 한다는 생각이 들었다. 한동안 애를 쓴 끝에 간신히 고개를 돌릴 수 있었다. 방안에 들어오는 빛을 보니 날이 밝은 지 이미 한참 된 것 같았다. 눈을 뜨고 나서도 생판 낯선 벽지와 천장과 등만 바라보며 한동안 아무런 생각도 하지 못했다. 몇 번 심호흡을 했다. 어릴 때 줄곧 맡아온 익숙한 냄새가 났다.

연탄가스다.

황급히 일어나려 했으나 몸이 움직이지 않았다. 마침내 겨우 몸을 모로 누인 나는, 문가에 붉은 장미꽃무늬 담요를 덮고 누워 있는 자그마한 여자의 몸을 보았다. 손바닥만 한 방이었다. 팔을 뻗으면 금방 닿을 곳이었다.

그제야 어젯밤 일이 희미하게 떠올랐다. 서울에서 부모님과 함께 사는 희정과 현숙이 떠난 후에도 나는 선영과 계속 술을 마셨다. 마침내 술집이 문을 닫는다며 남은 아이들을 쫓아낼 때, 선영이 말했다.

"가자, 가서 한 잔 더 하고 가자. 누나가 택시비 줄게."

나는 군바리에게도 택시비 정도는 있다며 호기롭게 선영을 따라 개천을 건넜다. 아이들이 우안(右岸)이라 부르는 동네였다.

파리의 우안에는 오페라 극장과 호사스러운 상점, 그리고 오스만 스타일의 아파트가 있지만, 신림동의 우안에는 70년대 후반부터 지어진 양옥집들이 가파른 언덕을 즐비하게 채우고 있었다. 그런 양옥집들을 사람들은 '집 장사 집'이라고 불렀다. 집을 지어 팔아 이문을 남기는 것이 부도덕한 일이라도 되는 것처럼 그 표현은 음험하게 들렸다. 그런 양옥집엔 흔히 반 지하층이 있었다. 그런 집 장사 집을 산 사람들은 지하층을 보일러실이나 다용도실로 신고해 완공허가를 받은 후 방으로 개조했다. 부동산중개사무소들은 그렇게 불법으로 용도변경한 방에 세입자를 구해주었다. 기숙사가 적어 지방 출신 1학년들조차 다 수용하지 못하던 시절이었다. 그런 방조차 없었더라면 학교 근처에서 거처할 곳을 구하는 게 더 힘들었을 것이다. 탈법이나 불법이 큰 흠이 아닌 시절이기도 했다. 세입자들은 작은 아궁이 앞에 쪼그려 앉아 밥을 지어먹고, 쪼그려 앉아 연탄 아궁이에서 데운 물을 바가지로 몸에 끼얹으며 몸을 씻었다. 그러나 그런 방의 월세조차 상당수 아이들에겐 부담스러웠다. 아이들이 그곳을 우안이라 부른 건 반의법이 아닐 수도 있었다.

집이 강릉인 선영은 바로 그런 반지하 방에서 혼자 기거하고 있었다. 장정 하나가 사지를 뻗고 누우면 꽉 찰 것 같이 작은 방이었다. 내가 무슨 생각으로 여자 혼자 기거하는 그 방에 선뜻 들어섰는지 모르겠다. 내 여동생을 제외하면 여자 방에 들어가 본 건 그게 난생처음이었다. 아마 술기운이었던 것 같다. 어쩌면 미현의 이야기를 듣고 싶어서 그랬는지도 모르겠다.

선영의 방에 들어와 소주 한 병을 비우고, 둘째 병을 열었던 것까지 생각났다. 그리고 쓰러져 잠들었던 것 같다.

나는 간신히 입을 열어 선영을 불렀다.

"누나?"

선영은 대답하지 않았다. 선영이 누운 곳은 문간 옆, 아궁이 가까운 쪽이었다. 나보다 더 가스를 많이 맡았을 것 같았다. 나는 선영 쪽으로 몸을 끌고 갔다. 손을 뻗어 어깨를 흔들었다. 선영은 마치 죽은 사람처럼 미동도 하지 않았다. 겁이 더럭 났다. 간신히 상체를 일으키고 기다시피 문간으로 갔다. 옷도 벗지 않은 채 잠이 들었던 게 다행이라면 다행이었다. 미닫이 문을 열었다. 숨이 턱 막혀왔다. 매캐한 냄새가 부엌을 꽉 채우고 있었다. 나는 기다시피 방을 나서서 바깥 출입문을 열었다. 차가운 바람이 들이쳤다. 그제야 좀 숨을 쉴 것 같았다.

몇 번 심호흡을 한 후 나는 겨우 두 발로 곧추설 수 있었다. 비틀거리며 시멘트로 덮인 뒷길을 돌아 주인집 현관으로 향했다. 현관문을 열자 내 어머니 또래의 주인여자가 나왔다. 나는 간신히 여자에게 말했다.

"택시 좀, 불러주세요. 누나가, 연탄가스를 마셨어요."

여자가 선영의 방으로 가서 선영을 보더니 수선을 떨며 대문 밖을 나섰다. 나는 선영을 들쳐 업고 언덕길을 내려갔다.

의식을 잃은 선영을 옆에 태우고 신림사거리로 향해 달리는 택시 안에서 나는 비로소 전날 일을 조금씩 돌이키기 시작했다.

전날 선영은 도착하자마자 허둥지둥 연탄을 갈았다. 너무 오래 되어 곧 부스러질 것 같은 연탄재를 들어내고, 거의 다 타 들어간 연탄을 아래에 놓고, 그 위에 새 연탄을 올려놓았다. 술에 취한 선영이 불구멍을 제대로 맞췄는지 걱정됐지만 나는 곧 잊었다. 선영이 소주병과 새우깡이 든 비닐봉투와 소반을 들고 키들키들 웃으며 앞장서 방으로 들어가며 내게 어서 들어오라고 손짓했다.

선영은 작은 소반에 소주와 새우깡 봉지를 얹고 바닥에 앉더니 내 잔에 소주를 따라주며 다짜고짜 물었다.

"너, 미현이 얘기 들으려고 여기까지 따라온 거지?"

"아, 그게…."

"그럼 나 먼저 좀 묻자."

"예…."

"니네 만났던 거 맞지?"

남녀가 같은 학교, 같은 학과에서 만난다는 건 특히 여자에게 결코 명예로운 일이 아니라고 나는 생각했다. 육체관계는 고사하고 단지 문자 그

대로 '만난다'고 해도 마찬가지였다. 만일 미현이 나 이전에 다른 남자아이를 '만난' 적이 있었더라면 나는 아마도 미현을 가까이할 엄두도 내지 못했을 것이다. 첫 남자가 곧 그 여자의 주인이라고 생각할 만큼 나는 고지식한, 아니 고루한 사내였다. 미현을 보호하고 싶다는 생각에 나는 부정하려 들었다.

"아니, 만났다기보다는…."

그러나 나는 말을 채 마치기도 전에 처음이자 마지막으로 봤던, 오월의 오후 햇살에서 눈부시게 빛나던 그 애의 하얀 가슴을 기억하곤 그만 고개를 푹 숙이고 말았다.

"어휴, 야, 솔직하게 말해도 괜찮다. 어차피 애들도 다 안다."

선영이 빈 소주잔을 소반 위에 탁 내리치며 말했다. 나는 눈물이 나올 것만 같아서 계속 선영을 외면했다.

"미현이, 너 휴학한 다음에 부쩍 골수 운동권 애들이랑 친하게 지내더라. 걔 원래 불문과에 수석으로 들어왔던 거 아냐? 그런데 학점 뚝뚝 떨어지고 수업도 잘 안 나왔다더라. 다들 이상하다 생각했지."

나는 고개를 들고 선영을 바라보았다.

"집도 나갔었나 보더라. 지난 학기에 걔네 어머니가 학교까지 찾아왔었다."

선영은 내게 새우깡 봉지를 내밀면서 계속 말을 이었다.

"그런데 아무도 모르는 기다. 걔가 어딜 갔는지, 무슨 사고는 없는지…. 그러다가 지난 학기 말에 누가 그러더라. 걔 지금 구로공단에서 야학 한다고."

"야학이요?"

"응. 공장에서 일하는 여자애들 검정고시 준비도 시켜주고, 의식화교육도 하고, 그러는 것 같더라."

"누가 그 얘길 하던가요?"

"국문학과 80이 그러는 걸 우리 과 희준이가 들었다 하데."

"국문학과 80이요? 이름이 뭔데요?"

"아, 걔 아주 떠들썩하고 허풍 떠는 걸로 유명한 앤데, 이름이 기억 안 나네. 하여간, 걔가 아주 자랑스레 떠벌렸대. 불문학과 피비 케이츠가 자길 얼마나 존경하는지 아냐는 둥, 자기가 한 마디 할 때마다 피비 케이츠가 막 오빠, 오빠 외치면서 쓰러진다는 둥하면서."

"희준이 형은 그걸 어디서 들었는데요?"

"어디 스터디에서 그랬다나 술집에서 그랬다나…. 아, 몰라. 스터디나 술집이나…. 구분하는 게 무의미하지 않나? 하여간, 희준이 말에 의하면, 그 어감이 좀 그렇더래."

"어감이? 어땠는데요?"

"뭐랄까…. 뭐라고 말해야 하나…."

"뭔데요, 괜찮으니까 그냥 말해주세요!"

선영이 나와 차마 눈을 마주치지 못하고 술잔을 내려다보며 털어놓았다.

"둘이 잠자리 함께 하는 사이라고 하는 것 같더래."

그 순간 나는 눈물을 흘렸던 것 같기도 하다.

응급실 복도 대기석에 앉아 잠시 졸았던 것 같다. 간호사가 나오더니 '김선영 환자 보호자'를 찾았다. 다행히 선영의 상태는 그리 심각하지 않다며, 수액을 다 맞으면 집으로 돌아가도 좋다고 했다. 나는 복도 벤치에 털썩 주저앉았다. 또 다시 머리가 아파왔다. 숙취 때문인지, 일산화탄소 때문인지, 잊으려 애쓰던 그 애의 이름 때문인지 알 수가 없었다.

51. 무의식과 의식

나는 사회로 돌아가면 뭐든지 할 수 있을 것 같았다. 제대만 하면 하루에 열두 시간씩 꼼짝 않고 앉아서 공부할 수 있을 것 같았고, 그 나머지 시간에 운동도, 기타 연습도 열심히 할 것 같았다. 우리 과 이성복 선배처럼 시를 쓸 수 있을 것 같았다. 군대에 있어서 할 수 없는 세상 모든 일이 다 만만하고 우습게 느껴졌다.

그러면서 나는 무의식 중에 미현을 되찾을 생각을 하고 있었다. 아무리 의식적으로 아니라고 해도, 내 무의식은 끊임없이 그 애를 탐하고 갈구했다. 문제는 내게 있었다. 평생 좁고 작은 도시, 작은 내 세계에 갇혀 내가 최고인 줄 알고 살다가, 너무나 똑똑하고 아름다운 여자애 옆에서 나 자신이 초라해 보이는 게 싫었다. 내가 주인공이 아닌 게 싫었다. 정미현의 남자친구로 불리는 게 싫었다. 길 가는 모든 남자들이 그 애를 쳐다보는 것도 싫었다.

그러나 아무리 벗어나려 해도 내 백일몽의 여자 주인공은 언제나 그 애였다. 내 몽상 속에서 그 애는 언제나 곁에 아름다운 꽃꽂이 화병처럼 조용했다. 이것저것 골치 아픈 질문을 던지지도 않고, 요구하는 것도 없고, 그저 아름답게 조용히 서 있었다. 그 애는 그러나 정말로 음란한 상상 속에는 여간해 등장하지 않았다. 내가 기억하는 그 애의 가장 음란한 모습이라고 해봐야 셔츠 사이로 수줍게 보여준 하얀 가슴이 전부였다. 시간이

지나며 그 촉감과 색깔마저 그저 관념적이고 이데아적 기억으로 윤색되면서, 마침내 나는 내가 그 애의 무엇을 원하는지 잊어버릴 지경이 됐다.

나는 다시 그 애의 실체를 그리워하기 시작했다. 1983년 여름, 휴학계를 제출하러 서울에 왔다가 구반포 그 애의 아파트 앞 화단에 몇 시간을 앉아 헛되게 기다릴 때 겪었던 그 고통스러운 그리움이 되살아났다. 입영 전날, 장거리자동전화가 되는 공중전화부스에서 몇 번이고 그 애 집 다이얼을 돌리다가 그만 수화기를 내려버릴 때 느끼던 그 격렬한 흉통이 되살아났다.

선영을 집에 데려다주고, 시장에 내려가 작은 전기장판을 하나 사다 준 후 나는 도림천 쪽으로 내려갔다. 고속버스터미널로 가려면 도림천을 건너 289번 버스를 타야 했다. 다음날 18시까지 부대에 복귀해야 했다.

버스정류장 쪽으로 걷는데, 길가에 공중전화부스가 보였다. 잠시 망설이던 나는 주머니에 있는 동전을 꺼내 전화기에 넣고, 평생 잊지 못할 것 같은 그 전화번호를 돌렸다. 심장이 터질 듯 요동쳤다. 신호음이 울리기 시작했다. 그리고 귀에 익은 목소리가 들렸다. 마치 스탕달 소설 번역본에 나오는 귀부인이라도 되는 양 나를 언제나 '성식군'이라 부르던 중년여성의 우아한 목소리가.

"성식군?"

나는 수화기 너머 미현 어머니의 목소리가 떨리는 걸 느낄 수 있었다.

"오랜만이네요. 그 동안 군대라도 다녀왔나요?"

순간 나도 모르게 너무나 침착하게 대답했다.

"예, 그렇습니다. 갈 때 인사 드렸어야 했는데, 죄송합니다."

나는 몇 년 전처럼 바보같이 굴지 않았다. 그 사이 군대에서 마음에 없는 말이라도 격식에 차려 하는 법을 배웠기 때문이다. 완전히 마음에 없는 말은 아니었다. 나는 마음 속으로 언제나 미현의 어머니를 경외하고 있었다. 미현의 어머니는 보기 드물게 교양 있는 중년 여성이었다.

"어떡하지요, 미현이 집에 없는데…."

"아, 어디 나갔습니까?"

미현의 어머니가 대답을 꺼리는 걸 나는 느낄 수 있었다.

"이성식이 전화했다고 전해주십시오."

"그래요, 그런데…. 제대한 건가요?"

"아직 아닙니다. 부대 복귀했다가 이틀 후 정식으로 전역합니다."

"그래요. 잘 됐네요. 미리 축하해요."

어색하게 몇 가지 의례적인 안부를 묻고 나더니 미현의 어머니가 내 연락처를 물었다. 나는 내가 제대 후 거처할 압구정동 이모 집의 전화번호를 모른다는 걸 깨달았다. 나는 다시 연락하겠다고 말하고 그냥 전화를 끊어야 했다.

공중전화부스 안으로 찬바람이 들이쳤다. 나는 수화기를 내려놓고 한동안 바닥을 내려보았다. 긴장이 풀리며 절로 한숨이 나왔다. 또 다시 머리가 아팠다. 모자를 깊이 눌러쓰고 뒤돌아서는데, 한 여자가 내 뒤에 서 있는 게 보였다. 오래 기다리게 했나 싶어 얼른 자리를 내주려고 부스에서 나오는 순간, 나는 그 여자와 눈을 마주쳤다. 보통보다 아주 조금 더 큰 키, 마른 몸, 커다란 눈, 뽀얀 피부, 살짝 튀어나온 이마, 입을 조금 벌리면 그 사이로 물기 머금은 치아가 새하얗게 반짝이는 여자.

미현이었다.

-하권 2부로 이어집니다.

도림천 연가·상

2023년 11월 20일 초판 1쇄 펴냄

지은이 | 이연수

펴낸이 | 길도형
편집 | 이현수
표지 디자인 | 이현수
인쇄 | 삼영인쇄문화
펴낸곳 | 타임라인(장수하늘소)
출판등록 | 제406-2016-000076호
주소 | 경기도 고양시 일산서구 덕산로 250
전화 | 031-923-8668   **팩스** | 031-923-8669
E-mail | jhanulso@hanmail.net

ⓒ 이연수, 2023

ISBN 979-11-92267-06-7
ISBN 979-11-92267-05-0 (세트)

책값은 뒤표지에 표기되어 있습니다.
파손된 책은 구입한 서점에서 바꾸어 드립니다.
이 책의 무단 전재 및 복제를 금합니다.